PAS
UN
BRUIT

OUVRAGES ÉCRITS PAR D.K. HOOD

En français

LES ENQUÊTES DE JENNA ALTON & DAVID KANE

Pas un mot

Pas une larme

Pas un cri

Pas un bruit

Pas un doute

Pas une ombre

LES ENQUÊTES DE L'AGENT SPÉCIAL BETH KATZ

Filles fleurs

Anges d'ombres

Sombres Cœurs

En anglais

DETECTIVE BETH KATZ

Wildflower Girls

Shadow Angels

Dark Hearts

DETECTIVES KANE AND ALTON

Don't Tell A Soul

Bring Me Flowers

Follow Me Home

The Crying Season

Where Angels Fear

Whisper in the Night

Break the Silence

Her Broken Wings

Her Shallow Grave

Promises in the Dark

Be Mine Forever

Cross My Heart

Fallen Angel

Lose Your Breath

Pray for Mercy

Kiss Her Goodnight

Her Bleeding Heart

Chase Her Shadow

Now You See Me

Their Wicked Games

Where Hidden Souls Lie

A Song for the Dead

D.K. HOOD

PAS UN BRUIT

Traduit par Laurent Bury

bookouture

Pour Gary, qui ne cesse de me faire du café et de me rappeler que je dois manger.

PROLOGUE
L'AUTOMNE DERNIER

— Cours sans te retourner.

Les coups de feu criblaient le sous-bois, et les arbres atteints par les balles saupoudraient Paige Allen d'écorce. Elle étouffa un cri et contempla, bouche bée, la tache écarlate qui se propageait sur la chemise de son fiancé.

— Je ne partirai pas sans toi.

Elle prit Dawson par le bras, pour l'inciter à avancer. Il la dévisagea, le regard incertain, le sang ruisselant au coin de sa bouche.

— Vas-y ! *Je t'en supplie...* Sauve-toi.

Terrorisée, elle s'obligea à avancer et roula dans les buissons. Elle entendait quelqu'un se frayer un chemin parmi les arbres tandis que de nouvelles détonations éclataient. Le corps de Dawson se tordit, transpercé par les balles. Il fit tant bien que mal deux pas en avant, puis s'écroula face contre terre. Ses doigts grattèrent le sol, dans un faible effort pour survivre, puis il s'immobilisa, l'observant de ses yeux désormais aveugles. Avec la main, elle réprima le sanglot qui menaçait de lui échapper. *Oh mon Dieu, il est mort.*

Au loin, elle entendait quelque chose de massif qui se dirigeait vers elle à travers le sous-bois. Incrédule, incapable de bouger, elle regarda le sentier sans voir personne apparaître. Que se passait-il ? La terreur lui nouait la gorge et elle avait mal quand elle aspirait de l'air dans ses poumons. Elle scrutait la végétation épaisse, à la recherche d'une issue. *Il faut que je m'en aille.* Claquant des dents, elle s'éloigna du sentier et s'enfonça dans la forêt. Pour survivre, elle devrait être silencieuse, mais chaque brindille sur laquelle elle posait le pied claquait comme un fouet.

Le spectacle du corps de Dawson éclaboussé de sang et de ses yeux vides lui revenait par éclairs horribles, ralentissant ses réactions. Le vent agitait les arbres, soulevait les feuilles tombées et faisait craquer les branches. Chaque bruit ressemblait aux pas d'un tueur. Elle courait, paniquée, se faufilant entre les obstacles, trébuchant sur les racines.

Elle avait perdu tout sens de l'orientation mais elle continuait à courir, traînant les pieds à travers d'épaisses broussailles. Lorsqu'elle parvint à l'orée du bois, elle lâcha un sanglot. « Oh, non. » Elle avait décrit un arc de cercle et elle était revenue sur le chemin, à une vingtaine de mètres du corps de Dawson.

Elle pivota sur ses talons et fila vers la montagne. Quelqu'un avait tué Dawson. L'homme qu'elle aimait était mort comme un animal dans une chasse, traqué et abattu. Des larmes coulaient sur ses joues et leur eau salée lui entrait dans la bouche. Elle devait s'enfuir, appeler la police. Désespérée, elle chercha des yeux une cachette et découvrit un énorme rocher plongé dans l'ombre, à quelque distance du sentier. À condition de parcourir encore quelques mètres sans être repérée par le tireur, elle pourrait s'y dissimuler.

À chaque pas, ses cheveux et ses vêtements s'accrochaient aux arbustes. Haletante, elle atteignit l'affleurement rocheux et jeta un regard rapide derrière elle. Des buissons tremblaient sur le côté du chemin et le bruit des semelles sur le sol sonnait comme un troupeau de bisons. *Il approche.* Une silhouette apparut soudain dans l'étroit sentier, puis s'arrêta et s'agenouilla près du corps de Dawson. Vêtu d'un treillis camouflage, le visage peint des mêmes couleurs, l'homme se retourna dans la direction de Paige et elle retint sa respiration. Son pouls battait si fort dans ses oreilles qu'elle crut qu'il allait l'entendre. Sans la moindre compassion, il redressa Dawson en position assise contre un pin, puis s'avança lentement vers elle.

Envahie par la terreur, elle avait peine à respirer. Elle devait trouver de l'aide. Les membres tremblants, elle prit son téléphone et se réfugia plus loin dans l'ombre. La lumière de l'écran découpa l'obscurité comme une lampe torche, puis le portable glissa de ses doigts tremblants et se fracassa contre le rocher. Elle contempla les débris sans pouvoir en croire ses yeux. *Je suis seule ; personne ne viendra à mon secours.* Les pas se rapprochèrent, plus lents et plus réfléchis. L'homme allait se saisir de sa proie.

Elle considéra le mince passage entre la paroi de la falaise et le rocher. Une fois de l'autre côté de ce bloc, elle pourrait courir dans le sens opposé. L'homme était sûrement trop grand pour se glisser dans cette ouverture étroite. Tremblante, elle entreprit de contourner le rocher.

Trop tard. Une grosse main lui empoigna les cheveux, la souleva, puis la jeta à terre. L'homme l'observa, le visage fendu par un large sourire.

— Qu'est-ce que tu fais là, toute seule dans la forêt ?

Sa voix était étrange, déformée.

Paige cracha quelques aiguilles de pin et se leva en titubant. La colère et la répugnance lui donnaient du courage.

— Vous êtes dingue ? Vous venez de tuer Dawson.

— Il ne peut plus t'aider, maintenant. Dis-moi, ma jolie, tu sais compter jusqu'à dix ?

Remarquant l'amusement dans son regard, elle fit un pas en arrière et déglutit avec difficulté. L'homme émit un petit gloussement, puis leva son fusil et la visa. Elle ne parvenait pas à le croire.

— Comment ça ?

— Un...

Paige se retourna et prit la fuite à travers le sous-bois. Ayant trouvé le chemin qui descendait la montagne, elle s'y engagea à toute allure. Elle pouvait encore lui échapper. Le cœur battant à tout rompre, elle enjamba un tronc écroulé. Au milieu de sa course, la souffrance lui traversa le dos comme si un de ses poumons avait éclaté sous l'effort. Elle força ses jambes à avancer mais la forêt se décomposa en un kaléidoscope de nuances vertes. Alors qu'elle tombait, le sol surgit à sa rencontre, vidant ses poumons douloureux. Étendue sur le sentier sablonneux, elle battit des paupières alors qu'une fleur sauvage devenait parfaitement nette avant de se fondre dans la nuit.

1

À PRÉSENT. LUNDI

L'adjoint David Kane évita une bouteille de bière qui tourbillonnait et projetait de la mousse dans tous les sens. La bouteille passa par-dessus son épaule et se fracassa contre le mur, répandant sur son dos une pluie de débris. N'écoutant que son instinct, il se retourna juste à temps pour saisir un solide gaillard par le poing et lui tordre le poignet, lui repliant le bras contre les reins. D'un geste, il obligea son adversaire à s'agenouiller brutalement. L'homme qui hurlait de douleur ne ressemblait pas aux habitués du Triple Z Bar. Kane le releva puis le plaqua contre le mur, non sans remarquer son blouson de marque et ses chaussures de marche.

— Vous prévoyez de passer la saison de la chasse en prison ?

— Va te faire foutre.

Kane réunit les mains de l'homme derrière lui, lui lut ses droits, puis l'entraîna vers l'extérieur pour l'attacher à un vieux poteau.

— Je verrai tout à l'heure ce que je peux faire.

Devant l'entrée, il contourna le monticule croissant de verre brisé, puis repartit dans le bar. *Un de moins.*

Son emploi d'adjoint du shérif à Black Rock Falls était très différent de l'époque où il avait été tireur d'élite, puis des cinq années pendant lesquelles il avait servi dans les forces spéciales d'investigation, à Washington. Lorsqu'un terroriste avait placé une bombe sous sa voiture, tuant sa femme et lui laissant une plaque de titane dans le crâne, il n'avait pas eu d'autre choix que de partir. Loin de la capitale, dans ce trou perdu qu'était Black Rock Falls, sa vie aurait dû devenir une promenade de santé. Mais son existence avait changé du tout au tout lorsqu'il avait découvert que son supérieur était un ex-agent clandestin de la DEA[1]. Sous un nouveau nom et avec un nouveau visage, le shérif Jenna Alton s'était reconvertie dans la protection des témoins, et Black Rock Falls était tout sauf la petite ville tranquille qu'il avait envisagée.

Une dispute avait éclaté entre son prisonnier et deux hommes du cru à propos de la carcasse d'un cerf huit-cors, puis avait dégénéré en bagarre d'ivrognes. Derrière le comptoir, le tenancier rougeaud brandissait un fusil ; ses lèvres remuaient mais ses mots se perdaient dans le vacarme. Les hommes se battaient comme des animaux, ils se servaient des chaises, des tables et des queues de billard en guise d'armes. Une femme en minijupe et hauts talons sauta sur le dos d'un des combattants et lui laboura le visage avec ses ongles vernis.

Une odeur de bière et de sueur flottait dans la pièce enfumée. Kane esquiva un coup lancé par un homme portant un bandana rouge noué autour de son crâne dégarni. Il voulut lui mettre un coup de pied dans l'énorme bedaine qui ballottait au-dessus de son pantalon, et sa chaussure s'enfonça dans une masse gélatineuse. Quand l'homme s'effondra, Kane le poussa contre le billard, puis repartit dans la mêlée, écartant les corps sur son passage pour aider l'adjoint Rowley.

Son jeune collègue affrontait deux individus, que d'autres

---

1. *Drug Enforcement Administration*, équivalent américain de la brigade des stupéfiants.

avaient rejoints. Rowley tenait bon, mais un idiot au visage ruisselant de sang se dirigeait vers lui, tenant en l'air une chaise. Kane sortit son Glock et tira trois coups dans le plafond. Un calme surnaturel s'abattit sur la salle et la foule en colère leva les yeux vers lui.

— Sortez d'ici avant que je vous conduise tous au poste.

L'exode massif fut rapide, et il rangea son arme dans son étui avant de s'avancer vers les deux hommes qui avaient attaqué Rowley.

— Frapper un membre des forces de l'ordre est un délit, vous le savez, non ?

— Il a essayé de m'arrêter en disant que j'avais volé le cerf.

— On peut ajouter la rébellion aux chefs d'accusation, suggéra le shérif Alton qui venait d'entrer.

Les lumières du bar se reflétèrent sur ses cheveux d'un noir de jais, lorsqu'elle tourna la tête pour observer les lieux, d'un air agacé. Parfaitement maîtresse de la situation, elle alla se placer à côté de Kane et fit la moue lorsqu'elle regarda son prisonnier.

— Menottez-le et emmenez-le.

Elle désigna l'autre, qui saignait comme un porc par l'entaille qu'il avait sous un œil.

— Lui aussi.

Elle leur récita sèchement leurs droits.

— Bien, madame.

La bouche de Rowley se tordit tandis qu'il tirait les menottes de sa poche. Il se tourna vers Kane.

— Vous avez eu le grand qui vous menaçait avec la bouteille ?

Kane sourit.

— Oui, oui. Il reprend ses esprits dehors, attaché à un poteau.

— Et il chouine parce que son Stetson à deux mille dollars a été abîmé dans la bagarre.

Jenna lui adressa sa célèbre grimace signifiant « Je m'en contrefiche » et haussa les épaules :

— Il prétend qu'il va porter plainte auprès du shérif par l'intermédiaire de son avocat. Apparemment, j'aurai votre peau. Encore de la paperasserie...

Et elle s'éclaircit la gorge.

— Qui va me rembourser les dégâts ?

Le barman, qui tenait encore son fusil, fixait le visage de Kane d'un air furieux.

— Posez votre arme, tout de suite !

Jenna le foudroya du regard et l'homme s'exécuta, tout penaud.

— Qui a déclenché cette bagarre ?

— Je ne suis pas sûr, mais ces deux-là et le type de la ville se lançaient des bouteilles et des chaises.

— OK.

Elle se tourna vers les autres.

— Vous avez un emploi, du liquide ou des biens pour payer les frais ? C'est le moment de négocier un arrangement avant que l'affaire passe devant le tribunal.

L'homme à la chemise déchirée se mouilla les lèvres.

— Que dalle. Rien que ma bagnole, et on peut pas repartir à pied, on habite dans les montagnes. Le cerf est à nous, on l'a pas volé. On a une autorisation pour ramasser les animaux renversés par les voitures. Je suis dans mon droit.

Kane renifla et s'assura que l'individu était bien menotté.

— C'est votre véhicule qui est garé dehors avec le cerf attaché au capot ?

— Pour sûr.

— Le cerf a été blessé par balle et il a subi d'autres blessures. Vous pouvez nous l'expliquer ? demanda Kane en haussant un sourcil.

— Il a fait irruption devant ma bagnole. Vérifiez vous-même. Il a une patte cassée, et j'ai un phare abîmé.

Chemise Déchirée dirigea vers Jenna une mine suppliante. Le tenancier du bar lança à Kane un regard optimiste.

— Moi aussi, j'ai un permis pour récupérer les cadavres d'animaux sur la route. Je veux bien accepter leur cerf pour ma propre consommation en guise de dommages et intérêts, mais le type plein aux as que vous avez laissé à l'extérieur, je veux qu'il me rembourse en liquide.

— Ça me paraît équitable. Réglez ça avec eux, ordonna Jenna à Kane.

— Jamais de la vie ! J'ai rien volé. Il est à personne, le cerf. Je sais pas pourquoi ce dingue a voulu se battre, ajouta Chemise Déchirée en désignant Kane par-dessus son épaule. Ramasser les bêtes sur la route, c'est pas interdit. Mon permis, il est à jour, et je l'ai payé.

Kane se tourna vers le barman.

— Prenez le cerf. Comme il dit, « il est à personne ».

— Ouais, c'est mieux que rien.

Le tenancier sortit. Chemise Déchirée regarda Jenna comme un chiot maltraité.

— C'est pas juste. Shérif, faut dire à ce fils de pute qu'il a pas le droit, c'est pas juste.

Oh, on va bien s'amuser. Kane réprima un sourire et haussa un sourcil en direction de Jenna.

— OK, mais il ne sera plus comestible quand vous l'aurez laissé au soleil pendant des semaines, lança Jenna avec un sourire crispé. Vous pourriez rester en prison jusqu'à votre comparution.

— Oh putain.

Chemise Déchirée se mordit la lèvre inférieure comme s'il réfléchissait.

— Alors, qu'est-ce vous choisissez ? insista Jenna.

— J'ai pas trop le choix, hein ?

— Vous aviez le choix de ne pas vous battre, pour commencer. Je vais être gentille avec vous, annonça-t-elle en se tournant vers Kane. Faites-les monter à l'arrière de ma voiture. Moi, je prendrai le volant de votre engin.

Elle lui tendit les clés.

— Bien, madame.

Il procéda volontiers à l'échange de clés. Depuis que Kane avait fait subir à son SUV noir diverses améliorations, elle appelait ce véhicule « la bête ». Il était rapide, très rapide.

Les trois hommes étant installés à l'arrière de la voiture de Jenna, Kane regarda le shérif s'éloigner, puis rentra examiner Rowley. Il aurait un œil au beurre noir, mais il avait l'air valide.

— Procurez-vous un peu de glace avant qu'on parte, et demandez au barman de chercher un Stetson. Il vous téléphonera s'il le retrouve.

— Oui, monsieur.

Ils montèrent en hâte dans la voiture de Jenna, Rowley appliquant une poche à glace sur son œil. Les individus assis derrière la vitre pare-balles passèrent tout le trajet à protester. Parvenus à destination, Chemise Déchirée et l'homme à l'entaille sous un œil déclinèrent leur identité sans faire de difficultés, après quoi Kane les confia à l'adjoint Cole Webber qui les mena vers des salles d'interrogatoire séparées, mais celui qui avait agressé l'adjoint le dévisageait d'un œil furieux.

Kane le fit asseoir dans son bureau.

— Nom, prénom ?

— Ethan Woods. Les deux autres m'ont volé un cerf huit-cors que j'avais abattu.

Kane soupira.

— Vous aviez payé le droit de tuer cet animal, ou vous les avez dénoncés comme braconniers à un garde forestier ?

— Non.

Woods lui lança un regard irrité.

— La question que j'ai aussitôt envie de poser à un chasseur expérimenté, et qui a un permis, j'espère, c'est : Pourquoi ?

Woods s'empourpra. Il toisa Kane avec une froideur qui aurait suffi à geler tout Black Rock Falls.

— Je veux que vous appeliez mon avocat.

— Bien sûr.

Après avoir noté les renseignements dans le rapport d'arrestation, Kane le regarda.

— Vous êtes blessé ?

Woods resta de marbre. Ce monsieur voulait donc user de son droit de garder le silence ? Kane haussa les épaules.

— Obligation de protection, monsieur. Les infirmiers arrivent, de toute façon. Si vous voulez qu'ils vous examinent, tenez-moi au courant.

Il se renfonça dans sa chaise.

— Le nom de votre avocat ?

— James Stone.

La journée de Kane se dégradait d'un instant à l'autre. Il gémit intérieurement. L'avocat de Black Rock Falls était un emmerdeur patenté. Apparemment, avant l'arrivée de Kane, il était sorti deux ou trois fois avec Jenna et cela n'avait pas fonctionné, mais il refusait de l'accepter. Kane avait dit deux mots à Stone, laissant entendre qu'il avait une liaison avec Jenna afin de le convaincre de lâcher prise. Depuis, la coopération entre le Bureau du shérif et l'avocat avait pris fin. Inspirant profondément, Kane téléphona à Stone et, vu comment il réagit dès qu'il entendit le nom du prisonnier, il devina que Woods devait être un gros client. Il se représentait presque l'avocat fonçant vers sa voiture pour arriver au poste avant d'avoir raccroché. Étouffant un sourire satisfait, Kane redirigea son attention vers Woods.

— Je vais vous conduire dans une salle d'interrogatoire où vous pourrez attendre votre avocat.

— Vous avez trouvé mon Stetson ?

Kane avait souvent eu affaire à des gens pour qui les forces de l'ordre étaient des moins que rien et qui pensaient pouvoir se tirer de tous les ennuis grâce à leur argent. L'attitude de Woods à son égard était le résultat d'années de privilège et de passe-droit, sans doute parce qu'il avait hérité d'une vieille fortune. Il haussa les épaules.

— J'ai demandé au barman du Triple Z de le chercher.

Les postillons volèrent de la bouche de Woods.

— Ça ne me suffit pas. Retournez là-bas et trouvez-le.

— Impossible. Je veille à éviter les endroits comme le Triple Z Bar, sauf quand il y a du grabuge. Si quelqu'un retrouve votre chapeau, nous vous préviendrons.

Le visage de Woods prit une teinte violacée.

— Ces minables le voleront et vous le savez. Je les ai grassement payés pour qu'ils rabattent l'animal vers moi dans la forêt, et ils m'ont planté là, en déclarant qu'ils allaient traquer le cerf que j'ai tué.

— Vous auriez dû embaucher des professionnels, répliqua Kane en souriant. Quand on se couche avec des chiens, on attrape toujours des puces !

Il le poussa légèrement en direction de la salle d'interrogatoire.

— Par ici.

— J'exige que vous alliez chercher mon chapeau au Triple Z, lui lança Woods avec indignation, par-dessus son épaule.

En le faisant passer devant l'adjoint Rowley, Kane sourit.

— On dirait que M. Woods a renoncé à son droit de garder le silence et a refusé toute assistance médicale. Vous voudrez bien en informer le shérif ?

— Oui, monsieur.

2

Jenna détourna son attention de l'écran de son ordinateur quand Rowley frappa à la porte.

— Un problème ?

— Non.

La regardant de son œil enflé et larmoyant, Rowley lui transmit le message de Kane.

— Woods est dans la salle d'interrogatoire numéro trois.

— OK, répondit-elle en se mettant debout. Les infirmiers vont arriver. Allez vous asseoir et maintenez de la glace sur votre œil. Je vous défends de faire quoi que ce soit tant que vous n'aurez pas été examiné.

— Oui, madame, mais je vais bien.

Elle s'avança, le dévisagea, puis fronça les sourcils.

— Vous n'avez pas l'air très en forme, et je m'inquiète pour vous. Montrez-moi vos mains.

Lorsqu'il lui présenta ses articulations meurtries et écorchées, elle secoua la tête.

— Oh, Jake, vos mains sont mal en point, et vous aussi. Faites-moi au moins le plaisir de rester ici au calme un moment, ordonna-t-elle en tirant une chaise devant son bureau. Je vais demander à Maggie de vous apporter de la glace et de vous envoyer les infirmiers. Appelez-moi si vous avez besoin de quelque chose.

— Bien sûr, merci, mais ne vous inquiétez pas pour moi, dit Rowley en cachant ses mains avec un soupir. Je me suis déjà fait plus mal à la gym.

Jenna ne l'écouta pas. Depuis ses premiers pas dans son service, Rowley ne s'était pas plaint une seule fois. Il était fiable et efficace, et elle était fière de l'avoir formé, mais cette fois elle allait devoir affirmer son autorité. Elle alla directement voir la réceptionniste, Magnolia Brewster, dite « Maggie ».

— Rowley est un peu patraque. Je l'ai dans mon bureau. Vous pouvez lui apporter de la glace et l'avoir à l'œil tant que les infirmiers ne l'auront pas examiné ? Je suis sûre qu'il a une commotion cérébrale.

— Je m'en occupe tout de suite. Vous savez, je ne comprends pas comment l'adjoint Kane s'est tiré de cette bagarre sans une égratignure, avoua Maggie en roulant des yeux. Je n'aurais pas cru qu'il enverrait Jake tout seul.

Jenna réprima un sourire face à cette indignation.

— Non, Kane était là aussi, à distribuer des coups de poing. Je pense simplement qu'il sait mieux esquiver.

Elle baissa la voix, avec un regard en direction de la porte de son bureau, et se pencha vers Maggie.

— Kane m'a ouvert un passage et je n'ai eu qu'à le suivre. Rowley s'est jeté dans la mêlée à corps perdu. Je pense qu'il s'amusait comme un fou.

Tout à coup, James Stone fit irruption dans la pièce, l'air lugubre. L'avocat marcha droit vers Jenna, serrant devant lui sa mallette comme un bouclier.

— Shérif Alton, vous retenez en garde à vue mon client, Ethan Woods.

Comment avait-il pu arriver aussi vite ? Jenna remarqua sa tenue décontractée et ses chaussures de marche. D'habitude, l'avocat arborait un costume trois pièces et des souliers vernis.

— En effet, mais il a déjà renoncé à ses droits.

Stone la contempla froidement.

— Je ne vous crois pas. Menez-moi auprès de lui. De quoi l'accusez-vous ?

Jenna haussa le menton.

— Il a attaqué un de mes adjoints avec une bouteille et a provoqué une bagarre au Triple Z.

Elle le conduisit jusqu'à la salle d'interrogatoire.

— Et puis il y a le cerf.

— Quel cerf ?

En les voyant entrer, Woods se leva d'un bond.

— James. Vous êtes là, Dieu soit loué. Cet imbécile m'a arrêté.

Woods désigna Kane, qui relisait ses notes.

— Vous avez de la chance que je sois ici. J'avais prévu un voyage à New York cette semaine.

Stone posa sa mallette sur la table, prit une chaise et congédia d'un geste Jenna et Kane.

— J'aimerais parler avec mon client en tête à tête.

— Bien sûr. Appuyez sur le bouton quand vous aurez fini.

Puis Jenna se tourna vers Kane.

— Vous pourrez me faire un topo sur les deux autres. Je suppose qu'ils n'ont personne pour les défendre ?

— Non.

Kane quitta son siège et fixa sur Stone un regard froid, mais il sortit avec le shérif sans un mot de plus.

Dans le couloir, elle s'arrêta et s'adossa au mur.

— Qu'est-ce qu'on sait sur eux ?

— Leroy et Abel Finch. Deux frères qui ont une cabane dans les montagnes, près de Bear Peak. Leur permis de chasse est à jour. Rien n'indique qu'ils soient des braconniers, aucune infraction constatée par le service des parcs naturels. Je ne sais toujours pas qui a déclenché la bagarre, dit Kane en consultant ses notes. La balle qui a blessé le cerf est ressortie, même une analyse balistique ne donnerait rien. Il a bien une patte cassée, donc il est possible qu'il ait marché jusqu'à la route avant que Woods ait eu le temps de le rattraper. Woods prétend que les deux autres l'ont abandonné dans la forêt pour poursuivre l'animal. Ce n'est qu'une preuve par ouï-dire, dans le meilleur des cas, conclut-il avec un haussement d'épaules.

Jenna se tapota la lèvre inférieure tout en réfléchissant.

— Je ne suis pas sûre qu'on puisse vraiment les accuser de brutalité envers les forces de l'ordre. Ils auront nécessairement des témoins qui viendront se plaindre pour brutalités policières, au contraire. Et si le dossier est accepté par le juge, ils s'en tireront avec une amende. Je préférerais les garder pour la nuit et les relâcher avec un avertissement.

— Ça me paraît une bonne idée. Je vais aller leur parler. Et Woods ? demanda-t-il en penchant la tête vers la salle d'interrogatoire où l'avocat avait une conversation animée avec son client.

— On verra ce qu'il a à à nous raconter. Il va sans doute proposer un accord financier, et on le libérera. Vous pensez qu'il y a eu beaucoup de dégâts au Triple Z ?

— Si Woods lui propose cinq mille dollars, le tenancier sautera de joie, j'imagine. La plupart des tables et des chaises viennent de vide-greniers, et quelques verres ont été cassés. Une journée pour tout nettoyer, et il n'y paraîtra plus. Quant à Woods, son avocat lui coûte probablement plus cher de l'heure.

— OK, on verra s'il propose un accord.

Elle soupira en apercevant de loin l'adjoint Webber, morose.

— Je crois que je vais être occupée un bon moment. Je vous laisse gérer Woods ?

— Oui, je vais me débrouiller pour qu'il paie la note, et je le laisserai sortir. Ça calmera peut-être un peu Monsieur Glaçon.

Je déteste avoir affaire à cet avocat, c'est vraiment un connard arrogant.

— Tout à fait de votre avis.

Quand Webber s'avança vers eux, Jenna comprit à sa mine que quelque chose n'allait pas. Elle partit à sa rencontre.

— Un problème ?

— Peut-être. Des randonneurs ont trouvé un crâne humain à la limite de la réserve. Je leur ai demandé de patienter à l'accueil. Rowley est encore dans votre bureau avec les infirmiers.

Jenna envisagea les options possibles.

— Emmenez-les dans la salle d'interrogatoire numéro 4, et dès que les infirmiers en auront terminé avec Rowley, envoyez-les ici pour qu'ils examinent les frères Finch. Si ces deux-là sont OK, bouclez-les dans les cellules. Je leur parlerai plus tard.

— Bien, madame.

L'adjoint tourna les talons et s'empressa de disparaître dans le couloir.

Cette journée pourrait-elle être pire ? Jenna soupira et se passa la main dans les cheveux. La bagarre au Triple Z devenait un incident dérisoire. Elle leva les yeux vers Kane.

— Je vais interroger les randonneurs.

— D'accord, répondit-il en se frottant le menton. Un crâne humain, vraiment ? Vous voulez que j'appelle Wolfe ?

Elle secoua la tête. Elle se réjouissait de pouvoir compter sur l'adjoint Shane Wolfe, le médecin légiste de son équipe, et avait été ravie d'apprendre qu'il avait servi dans les marines.

— Pas encore. Voyons d'abord ce qu'ils ont à dire. J'espère que le crâne ne vient pas de la réserve. Il y a de vieilles sépultures là-bas, et les Indiens n'aiment pas qu'on profane leurs lieux sacrés.

Des pas annoncèrent l'arrivée de deux infirmiers. Webber suivait avec un jeune couple. Refoulant le besoin d'en savoir plus sur les blessures de Rowley, Jenna composa le code de la porte et les introduisit dans la salle d'interrogatoire. Elle s'assit et posa les mains sur la table.

— Je suis le shérif Jenna Alton. Pouvez-vous me donner vos noms et adresse, s'il vous plaît ?

— Jim et Bailey Canavar, du Kansas.

Jenna prit le temps d'observer l'apparence du couple. Jim Canavar, un grand bonhomme à lunettes dont les vêtements semblaient trop petits pour lui, offrait un contraste frappant avec la jeune femme qui l'accompagnait : très séduisante, cheveux aile de corbeau aux épaules, ongles manucurés et vêtements de plein air mais de marque. Elle sentait l'argent à plein nez. Détachant d'eux son attention, Jenna prit quelques notes.

— Vous rappelez-vous l'emplacement exact du crâne ?

— Ouais, j'ai noté les coordonnées et j'ai pris des photos. Ça a foutu la trouille à ma femme quand elle est allée pisser.

— Je comprends.

Jenna inscrivit son adresse électronique sur un papier qu'elle lui tendit.

— Avez-vous touché le crâne ou dérangé les lieux, Madame Canavar ?

— Non, je l'ai juste vu au bord du chemin et j'ai couru prévenir Jim, répondit Bailey en s'accrochant au bras de son mari, l'air chagriné. Je ne voulais même pas qu'il prenne des photos. Je n'en veux pas dans l'album de notre lune de miel.

— Je suis sûre qu'il les effacera, mais je vous prie de bien vouloir d'abord m'envoyer les images à cette adresse, avec les coordonnées exactes. Cela me permettra de circonscrire la zone.

Elle attendit qu'il acquiesce, puis elle sourit.

— Qu'est-ce qui vous amène à Black Rock Falls ?

— Nous venons de nous marier et nous sommes descendus au Cattleman's Hotel. Aujourd'hui, nous avons pris la voiture jusqu'à la Deadman's Creek, puis nous avons randonné toute la journée. On prévoyait de camper dans la forêt avant de redescendre demain matin, précisa Jim en haussant les épaules. Les gardes forestiers nous ont assuré que ce n'était pas une zone de chasse, mais on entendait des coups de feu au loin. Je suis à peu près sûr que la route longe la réserve, mais on a bien trouvé le crâne dans le parc, tout près du chemin. J'imagine qu'il s'agit d'un meurtre, dit-il, un sourcil redressé.

— Personne n'est porté disparu pour le moment, mais je vérifierai avec les comtés voisins. Le crâne a dû être emporté par la pluie, et il provient sans doute d'une vieille sépulture.

Quelques instants plus tard, elle reçut un e-mail et ouvrit la pièce jointe. Une image sinistre s'afficha à l'écran. Le crâne, avec des touffes de cheveux noirs, la dévisageait de ses orbites vides. Elle ravala la bile qui montait dans sa gorge en reconnaissant clairement l'impact de balle entre les yeux. Avec les dents de devant qui manquaient et la fracture de la mâchoire, la bouche ouverte semblait crier à l'homicide.

3

Jim et Bailey Canavar attendaient à la réception du Cattleman's Hotel. Comme Bailey appréciait cet hôtel cinq étoiles, Jim avait l'occasion de partir chasser seul, mais sa femme voulait le priver de ce plaisir. Il avait renouvelé son permis de chasse au cas où. Même s'il habitait le Kansas depuis dix ans, il était natif du Montana, y avait grandi, et il y revenait souvent. Black Rock Falls était au milieu de nulle part, mais l'hôtel avait un bar et un restaurant de première catégorie. Il adorait vivre en plein air ; en revanche, pour sa jeune épouse, la randonnée et le camping étaient l'équivalent de coucher sous les ponts. Au moins, en combinant deux jours de marche avec le luxe du Cattleman's Hotel, il la rendrait heureuse un moment. Quand la personne devant lui s'écarta, il s'avança jusqu'au comptoir.

— Vous avez passé une bonne journée ? demanda en souriant le réceptionniste en costume cravate, et dont le badge indiquait qu'il se prénommait Nigel. La randonnée vous a plu ?

— Pas particulièrement, répliqua Bailey avec son habituelle moue de déplaisir. Ce crâne qu'on a trouvé a gâché ma journée entière, peut-être mon voyage de noces tout entier.

— Un crâne ? répéta Nigel en battant des paupières. Racontez-moi ça.

Sans trop savoir si le shérif approuverait qu'ils répandent l'information en ville, Jim baissa la voix.

— On a découvert un crâne humain, tout près de la réserve. On revient à peine du bureau du shérif.

— Waouh, génial ! s'exclama Nigel avec un clin d'œil de conspirateur. Vous savez que Black Rock Falls est en train de devenir célèbre pour ses tueurs en série, non ? Les gens adorent ces histoires-là. Il s'est passé de drôles de choses dans le temps, avec des granges hantées, des gens qui disparaissaient et qu'on n'a plus jamais revus. Et maintenant, ajouta-t-il en désignant la publicité pour un roman policier au dos d'un prospectus touristique, on écrit des livres sur nous. C'est formidable pour les affaires.

— Vraiment ? Des goûts et des couleurs…

Jim connaissait bien la région, mais il se pencha sur les cartes présentées sur le comptoir.

— Vous nous recommandez un autre parcours tranquille qu'on pourrait essayer ? Un endroit où on pourrait camper pour la nuit.

Bailey rejeta une mèche de cheveux par-dessus son épaule.

— Tu m'avais promis qu'on resterait deux jours à l'hôtel. C'était le *deal*.

— Ouais, chérie, on restera ici deux ou trois nuits et puis on repartira dans la montagne. Le beau temps risque de ne pas durer, alors on reviendra ici.

— OK, répondit-elle avec un long soupir. Au moins, tous ces kilomètres à pied, c'est bon pour ma silhouette.

— J'ai exactement ce qu'il vous faut, annonça Nigel en déployant une carte et en désignant une route qui sinuait au milieu des montagnes. Vous pouvez aller en voiture jusque-là, en suivant cette route jusqu'au parking. Il est tout neuf, avec une supérette et une boutique de cadeaux. La famille à qui l'endroit appartient possède quelques cabanes pour randonneurs, dans la forêt.

— Je cherchais plutôt un coin où camper, hors des zones touristiques. Où mène cette piste ? interrogea Jim en pointant le doigt sur la carte.

— Ah, oui, Bear Peak. Il y a une ancienne piste par là. C'est à six cents mètres du parking, un peu isolé, mais il y a un plateau où on peut camper loin de tout. Et la vue qu'on a là-haut est superbe.

Jim sourit jusqu'aux oreilles.

— Merci. Ça me paraît idéal. J'adore quand c'est isolé. Pour te mettre de bonne humeur, dit-il à sa femme, je suggère un bon bain chaud et un repas fin, et après tu auras encore tout le temps d'aller faire du shopping et de visiter l'institut de beauté pendant que je me charge des préparatifs pour notre excursion.

— Je suis déjà de bonne humeur. Je monte dans notre chambre.

Bailey lui sourit, frôla un homme qui tambourinait avec ses doigts sur le comptoir, et se dirigea vers l'ascenseur.

4

Idéal était le mot qui résumait la journée pour lui. Il tourna son attention vers Bailey et son sourire se figea, masquant son trouble intérieur. Rien ne vaut le frisson qu'on ressent en regardant une femme – surtout une jeune femme gâtée et désagréable comme elle – qui prend ses jambes à son cou pour fuir son assassin dans la forêt. Comme il était satisfaisant de voir leur expression horrifiée lorsqu'elles comprenaient qu'elles auraient beau courir ou tenter de se cacher, il les retrouverait et elles mourraient.

Il prit un plan sur le comptoir et un stylo sur un support décoré, souligna la piste menant au plateau, puis replia la carte avec soin et la rangea dans sa poche. Il s'aperçut que Nigel l'observait.

— Pourriez-vous me réserver une table au restaurant pour dîner à 20 heures ?

— Oui, monsieur, répondit Nigel en décrochant son téléphone.

Il s'éloigna du comptoir, tira de sa poche intérieure un petit carnet noir et y chercha une liste codée. Il promena le bout de son doigt sur la page pour choisir quelques noms adéquats. Il fut parcouru par une vague d'enthousiasme. Il adorait les traquer et, finalement, les tuer. Aucune autre montée d'adrénaline n'était supérieure au plaisir de pourchasser une femme et de l'exécuter lentement. C'était addictif, et la prochaine fois, il ne serait pas seul à ressentir ce frisson. La prochaine fois, il aurait un invité spécial.

5

MARDI

Jenna sortit de la voiture noire de Kane et contempla le nouveau parking au sommet de la montagne. Le maire Petersham avait entrepris de grosses dépenses pour déblayer un glissement de terrain qui barrait la route menant à ce coin très apprécié des pêcheurs. La pêche et les excursions étaient deux attractions, mais les meurtres violents dont Black Rock Falls avait été le théâtre faisaient affluer les touristes par milliers. Grâce à cette manne financière, rouvrir la route était une mesure économiquement justifiée. Un nouveau propriétaire avait fait réparer les vieilles cabanes et vivait sur place, tenant la supérette où l'on vendait de tout, du café comme des munitions.

Jenna remarqua la vue spectaculaire ; derrière elle, les sommets formaient une barrière infranchissable, noire contre le ciel d'un bleu éclatant, et des cascades jaillissaient des nombreuses failles des rochers, alimentant un lac qui se répandait sur la falaise avec un bruit de tonnerre. En pivotant un peu, elle découvrait une forêt de pins et de vastes espaces découverts menant à la ville.

Un vent froid lui agitait les cheveux ; l'hiver serait bientôt là et la vie à Black Rock Falls connaîtrait un changement radical, mais pour quelques semaines encore, l'air pur et frais des montagnes attirait les chasseurs et les randonneurs à foison. Elle se tourna vers Kane.

— L'endroit n'est plus le même depuis la dernière fois que nous sommes venus. Je suis contente que nous n'ayons pas à grimper cette pente raide à côté des cascades pour atteindre la scène de crime.

— D'après Wolfe, c'est encore à une demi-heure à cheval.

Il s'approcha de l'arrière du van, puis offrit un large sourire.

— C'est vraiment très beau, par ici. J'adorerais avoir le temps d'explorer un peu les lieux, peut-être de randonner sur les chemins moins fréquentés et camper la nuit.

Jenna resta bouche bée : il avait perdu la raison.

— Camper là-haut ? Vous seriez mort de froid.

— Non, plus maintenant.

Il haussa un sourcil et ouvrit le hayon du van.

— Les gens survivent très bien dans l'Arctique. Il suffit d'avoir les bons habits et le bon matériel.

— Ce sera sans moi. Se geler les fesses, ça ne m'amuse pas.

Elle ouvrit la portière arrière du véhicule de Kane et Duke, le lévrier de l'adjoint, s'élança sur la route. Elle prit les sacs à dos et entendit son second glousser. Après avoir refermé la voiture, elle le rejoignit là où il tenait les chevaux.

— Qu'est-ce qu'il y a de drôle ?

— Rien du tout.

Il la soulagea de son sac à dos, puis monta en selle d'un seul mouvement fluide.

— Je pensais simplement qu'après avoir été bloquée au bureau pendant des semaines, vous savoureriez une petite pause.

— En effet, et je suis contente que nous ayons Walters pour prendre le relais pendant que nous sommes ici, répondit Jenna en mettant ses lunettes de soleil. Je suis ravie qu'il ne soit pas entièrement à la retraite.

— Il aime être aux commandes, dit Kane en désignant les autres d'un signe de tête. Eux aussi, ils ont l'air trop contents.

Jenna remarqua les sourires éclatants de l'adjoint Jake Rowley, qui approcha son cheval de Kane, et de l'adjointe Paula Bradford, non loin derrière lui. Elle plissa le front.

— Pour des policiers sur le point de fouiller un périmètre à la recherche de restes humains, vous avez tous l'air un peu trop joyeux. Qu'est-ce qui se passe ?

— Rien, madame, répliqua Bradford en rejetant sa natte blonde par-dessus une épaule. C'est juste agréable d'être au grand air après tout le boulot qu'on a fait cette semaine.

Sa bouche s'incurva en un sourire lorsqu'elle regarda Kane.

— Si vous avez besoin de compagnie pour aller camper, je suis partante. J'adore dormir à la dure.

— Moi aussi, ricana Rowley.

— Compris, dit Kane en tendant à Jenna les rênes de son cheval. Prête, madame ?

Il siffla Duke et le lévrier surgit hors des buissons pour le saluer.

— Bien sûr.

En grimpant en selle, Jenna vit les lèvres de Kane tressaillir d'amusement. OK, la dernière fois qu'elle était montée à cheval, elle avait soutenu qu'elle n'avait besoin de personne pour cela, et il ne lui avait plus proposé de l'aider. En réalité, après avoir à nouveau souffert le martyre avec lui en salle de gym, elle avait mal dans tous les muscles et elle aurait accepté son assistance. Prenant un air désinvolte, elle se hissa sur l'animal, puis regarda ses adjoints souriants.

— Et alors ? Il vous faut quoi, un gros câlin de groupe ? Kane, vous avez les coordonnées, ouvrez la marche avant qu'on se change tous en Bisounours.

— Oui, madame.

Kane émit un claquement de langue, et le cheval noir nommé Warrior s'élança dans la forêt.

La piste était assez large pour qu'on y chevauche à deux de front, et Jenna rapprocha sa jument de Warrior.

— Pourquoi faut-il que quelqu'un soit mort, chaque fois que nous venons dans cette belle forêt ?

— Les bois couvrent quatre cent mille hectares dans le Montana, et si on songe que plus de 2,5 millions de personnes meurent chaque année aux États-Unis, les quelques décès accidentels qui se produisent dans cette vaste forêt sont quantité négligeable. Il se produit des meurtres et des morts, dit-il en jetant un coup d'œil vers le shérif, mais cela ne doit rien retirer à la beauté d'un endroit comme celui-ci. Je suis bien content de ne pas travailler dans une grande ville.

Jenna le dévisagea, incrédule. *J'ai l'impression de faire du cheval avec Google.*

— La région est magnifique, et elle se transforme tellement à chaque saison.

— Comme je le disais, nous devrions prendre un week-end et passer la nuit ici avant que n'arrive la neige. Là-haut, il y a des pistes qui longent la montagne, avec des plateaux d'où on peut voir tout le Montana.

L'idée d'une vraie pause serait merveilleuse, mais pour Jenna, la recette d'un week-end réussi consistait plutôt à faire du shopping dans Manhattan.

— Je veux bien vous accompagner, mais rien que nous deux, sinon ce sera la même chose qu'aujourd'hui.

— Vous avez envie d'être seule avec moi ?

Kane fit remuer ses sourcils. Elle resta ébahie.

— Je suis déjà seule avec vous la plupart du temps, Kane. Simplement, je ne veux pas que mon travail me suive quand je prends des vacances, vous comprenez ?

— Donc vous viendriez ?

Kane était tout sourire. Jenna, qui appréciait leur amitié détendue, éclata de rire.

— D'accord, si on trouve un moment avant qu'il ne

commence à neiger. Vous avez appris des choses intéressantes sur l'endroit où le crâne a été découvert ? lui demanda-t-elle en regardant les deux adjoints qui chevauchaient derrière eux, en grande conversation.

— Oui, cette piste figure sur un vieux plan, et j'aimerais bien savoir depuis quand ce crâne est là. Les chemins recommandés ont été choisis parce qu'ils sont loin des zones de chasse. Après ce qui s'est passé au Triple Z, je pense qu'il serait temps que je relise le règlement du service des parcs naturels du Montana.

Jenna prit le temps de réfléchir à cette remarque.

— Je suis sûre que Wolfe est au courant. C'est une encyclopédie vivante, dès qu'il s'agit du droit de cet État.

Duke, qui était parti en avant le nez au sol, poussa un aboiement sonore et gémissant, à un endroit où les fougères s'ouvraient. Il revint vers eux en agitant ses longues oreilles et en jappant comme un chiot.

— Il a trouvé quelque chose.

Kane descendit de cheval et confia les rênes à Jenna.

— Bon chien. Qu'est-ce que c'est ?

Le lévrier s'élança dans le sous-bois et disparut entre les arbres. Jenna scruta les alentours et ne put distinguer que les longues ombres des arbres, parmi les fougères brunes et vertes.

— Ça pourrait être un lynx, ou un ours ?

— Il y a peu de chances. En général, Duke ne réagit pas aux animaux sauvages ; un lynx ou un ours, peut-être, s'ils étaient une menace pour lui, mais la plupart du temps il détale dans la direction opposée. L'instinct de conservation passe avant tout, chez lui. Vous voulez que j'aille voir ?

— Je viens avec vous.

Elle se laissa glisser de sa selle et se retourna pour héler Rowley.

— Attendez ici avec les chevaux. Duke a trouvé quelque chose.

— Bien, madame.

Rowley lui fit signe. Jenna leva les yeux vers Kane.

— J'espère que ce n'est pas encore un cadavre.

Entre Kane et son lévrier, l'affection avait été instantanée. Jenna n'avait jamais été très attirée par les chiens, mais elle avait changé d'avis grâce aux grands yeux tristes de Duke et à sa manière de cogner sa tête contre la jambe de Kane pour le saluer. Depuis que son nouveau maître l'avait sauvé, l'été précédent, Duke lui rendait tout son amour et son attention. Le lévrier travaillait avec lui comme s'ils s'étaient entraînés ensemble ; le plus curieux était que Duke semblait comprendre tous les mots que disait Kane, allant jusqu'à se couvrir les yeux avec ses pattes quand il prononçait le mot « bain ».

À cet instant précis, Duke reparut, traversant les broussailles avec des débris de feuillage collés dans ses poils. Il émit un aboiement enthousiaste, sautilla sur ses pattes avant, regarda Kane, puis poussa un gémissement presque affligé. Jenna se rapprocha de son adjoint.

— Vous qui parlez le chien, que dit-il ?

— Il a trouvé quelque chose, et ce n'est pas un animal mort, répondit Kane en empruntant un étroit sentier entre les arbres. Son premier maître avait dû lui faire subir une formation poussée. Je sais qu'il a un odorat exceptionnel, mais c'est la deuxième fois qu'il réagit ainsi, comme s'il essayait de me transmettre un message. La première fois, nous avons découvert une tombe.

Un frisson parcourut le dos de Jenna lorsqu'elle suivit Kane dans le chemin. Elle dut enjamber des racines, repousser les buissons qui s'accrochaient à ses vêtements. Les feuilles des différents arbustes avaient pris une belle teinte cuivrée. La terre du sentier était jonchée de brindilles, de feuilles et de pommes de pin, qui rendaient la marche difficile. Jenna regardait de tous côtés mais les arbres de tous âges poussaient dru et bloquaient la lumière, ne laissant que de rares rayons de soleil moucheter le sol.

Quand le vent bruissait dans la végétation, on voyait de la poussière et des graines danser dans la lumière. C'était à la fois étrange et beau, presque magique. Elle entendit un couinement et s'immobilisa, levant les yeux vers la canopée juste à temps pour voir s'envoler un pygargue à tête blanche. Il existait dans ces montagnes et dans les bois environnants une incroyable diversité d'oiseaux. *Je devrais me sentir en sécurité ici, mais personne n'est en sécurité quand un dingue arpente la forêt.*

— Jenna.

La voix de Kane retint son attention et elle fut frappée par sa mine sérieuse.

— Vous avez trouvé quelque chose.

— Là-bas, indiqua-t-il en tendant le menton. Nous avons un homicide.

Il se pencha pour caresser Duke.

— Bon chien. Cherche.

L'animal se mit à vagabonder dans les broussailles.

Jenna scruta les troncs et déglutit soudain. Ligoté à un arbre par du fil de nylon jaune, le squelette d'un homme grand tenait ensemble grâce aux vestiges d'une épaisse veste molletonnée, de sous-vêtements thermiques, d'un T-shirt et d'un jean. Ses chaussures de marche, couvertes de moisissure, s'étaient détachées, laissant les lambeaux du jean masquer l'extrémité des os. Les deux mains semblaient manquer. Afin de garder son calme, Jenna inhala profondément, puis releva les yeux vers le crâne. Dans les enquêtes sur des meurtres, regarder le visage des victimes était toujours la chose la plus dure. À cause de leur expression qui restait gravée dans sa mémoire, elle se battait jusqu'à ce que justice soit faite.

Une flèche à empennage fixait la tête au tronc ; autour de la hampe, le crâne s'était fracturé, comme les fissures sur une vieille porcelaine. Jenna avala la bile qui lui remontait dans le gosier. Des aiguilles de pin et des feuilles s'étaient accumulées au sommet du crâne, et du feuillage sortait des orbites, lui conférant un aspect terrifiant, surréaliste. Elle s'approcha et s'accroupit devant le cadavre.

— Ne touchez à rien ; ça pourrait être du sang, sur le T-shirt. On dirait des impacts de balles. Difficile à dire, mais il serait en miettes si un animal avait grignoté la chair après la mort.

— Des balles. J'ai vu des cadavres pareils pendant mon service militaire.

Kane s'essuya la bouche avec le revers de la main, comme dégoûté.

— En fait, on dirait que cet homme a été utilisé comme cible d'entraînement. Ils se sont acharnés sur lui.

6

Horrifiée par la dépouille, Jenna obligea son côté professionnel à enregistrer tous les détails qu'elle avait sous les yeux, mais il était difficile d'affronter le résultat d'une séance de torture. C'était le domaine du médecin légiste, et comme aucun objet personnel ne gisait autour du corps, elle le laisserait se charger entièrement de l'opération. Quand Duke aboya, Jenna sursauta et se redressa pour accueillir le retour du chien.

— Qu'y a-t-il, Duke ?

Kane fronça les sourcils.

— Il a dû trouver autre chose. Vous venez ?

— Oui.

Jenna le suivit, quittant le chemin pour rentrer dans le bois. Le lévrier les avait conduits près de la falaise et la température baissa considérablement, comme si le froid suintait de la montagne. À une quinzaine de mètres de la scène de crime, Duke aboya une fois encore, et Kane s'avança, écartant les buissons pour regarder quelque chose.

— C'est quoi ?

— Un sac à dos... non, deux sacs à dos.

Elle prit les gants chirurgicaux que Kane lui remit et les

enfila, puis se pencha pour examiner les deux sacs à moitié cachés sous les débris de la forêt. D'un lit de feuilles, elle dégagea un sac rose et violet.

— Je dirais qu'il appartient à une femme ou à un enfant.

Elle le retourna et, après quelques efforts, une des fermetures zippées céda, révélant un portefeuille. Elle s'en empara et l'ouvrit avec soin pour en inspecter le contenu.

— Il y a des billets dedans, donc il ne s'agit pas d'un vol. Un permis de conduire émis en Californie. Paige Allen, 20 ans. Elle a des cheveux noirs aux épaules. Ce sac à dos est peut-être lié au crâne ?

— Dans l'autre, c'est Dawson Sanders, 24 ans, originaire du même État. Il a cinq cents dollars et de la monnaie.

Kane remit le portefeuille en place.

— J'imagine qu'ils campaient quelque part ; dans le sac, il y a de quoi faire une journée de randonnée. Vous avez trouvé un téléphone ?

Jenna secoua la tête.

— Non, mais quel idiot part en excursion sans téléphone ?

— Personne. Et il y a d'autres incohérences, déclara Kane en plissant les yeux. Pourquoi le corps n'a-t-il pas été dérangé par les animaux ? Si le crâne est celui d'une femme, les bêtes ont pu éparpiller les membres, ce qui serait normal vu le nombre de carnivores dans cette forêt. Celui de l'homme aurait dû être également dispersé ; ça n'a aucun sens.

— Et il n'y a pas non plus eu tentative d'ensevelissement. C'est ce que vous m'avez décrit comme le *modus operandi* typique des psychopathes, qui « utilisent et éliminent sans aucun sentiment ».

Jenna ôta ses gants bruyamment.

— Rappelez-moi de vérifier les panneaux d'affichage, la prochaine que nous sortirons de la ville. Je commence à croire qu'il doit y en avoir un sur le bord de la route qui dit « Les psychopathes sont les bienvenus à Black Rock Falls. »

Jenna nota toutes les informations disponibles sur le corps et les sacs à dos.

— Nous allons délimiter une scène de crime mais nous laisserons là les sacs. Wolfe aura besoin de tous les renseignements que nous pourrons lui fournir.

Elle enleva son propre sac à dos pour en tirer du ruban jaune, puis remit à Kane quelques fanions orange vif.

Après avoir sécurisé les lieux, elle tapota Duke sur la tête.

— Tu es vraiment précieux pour mon équipe. Sans toi, nous n'aurions pas vu le corps.

— Peut-être pas.

Kane avait sur son téléphone un plan des vieilles pistes, qu'il lui montra.

— J'ai téléchargé ces cartes pour préparer ma propre excursion. Sur celle-ci, qui date d'il y a quelques années, cette piste mène à un endroit proche de celui où les Canavar ont trouvé le crâne. J'allais vous proposer de commencer les fouilles là-bas.

— De quand date ce vieux plan ?

— D'il y a cinq ans, environ, mais à en juger d'après le style de ses chaussures, la victime est là depuis moins d'un an. J'ai à peu près les mêmes, et je les ai achetées l'hiver dernier.

Intéressant. Jenna réendossa son sac.

— Vous pensez que Duke pourra découvrir leur campement ?

— Peut-être bien. Je ne sais pas trop si les effets personnels du couple ont encore beaucoup d'odeur, mais Duke a bien flairé leurs sacs à dos.

— OK, je demande à Wolfe d'examiner les sacs et le corps, puis nous pourrons nous déployer pour passer la zone au peigne fin. Il pourrait y avoir quelque chose dans ces sacs qui mettrait Duke sur leurs traces.

Elle fit demi-tour pour regagner les chevaux.

— Je sais que vous prévoyez d'explorer les pistes anciennes, mais en cas d'accident, vous avez en ville des gens qui partiraient à votre recherche. Pourquoi ce couple est-il venu ici ? C'est un peu bizarre, pour des Californiens, de s'éloigner autant des chemins touristiques sans avoir même un téléphone pour deux.

— Je ne sais pas non plus, mais s'ils avaient disparu depuis un an, nous aurions été alertés.

Kane s'avança, puis s'arrêta, retenant une grosse branche pour que Jenna puisse passer.

— À moins qu'ils n'aient dit à personne où ils allaient, ni à leurs amis ni à leur famille, mais ce serait assez curieux.

— Ils n'ont peut-être pas de famille, suggéra Jenna en haussant une épaule. Mais il doit bien y avoir quelqu'un qui s'inquiète de leur disparition. Le problème, c'est que les gens ne veulent pas s'attirer d'ennuis.

— Oui, mais ces deux-là devaient bien avoir un emploi, une adresse, des factures à payer. Quelqu'un a dû s'apercevoir qu'ils n'étaient plus là. Au moins nous connaissons leur nom, dit Kane en se frottant le menton. Je chercherai dans la base de données quand je serai rentré au bureau, pour voir s'ils sont portés disparus.

Jenna s'engagea dans le chemin pour aller retrouver Rowley et Bradford. Son intérêt avait été piqué quand Kane avait parlé de scénarios similaires rencontrés au cours de son service militaire. Son adjoint était un profileur d'exception et ses compétences étaient précieuses.

— Puisque vous avez déjà vu ce genre de meurtre, que pensez-vous du tueur ?

— C'est trop tôt pour le dire, mais je ne parlerai pas forcément d'un psychopathe. Je pourrais évoquer différents mobiles, ajouta Kane, le regard perdu dans le lointain. Par exemple, un triangle amoureux, avec le tueur qui suit le couple pour se venger du type qui lui a piqué sa copine. Ou bien, poursuivit-il en haussant les épaules, un ancien combattant qui vit dans la forêt et qui revit ses années en Afghanistan. Certains sont tellement hantés par leur passé qu'ils voient l'ennemi partout et agissent en conséquence. Le tueur pourrait vivre coupé du monde dans une des grottes. Il y a des centaines d'endroits possibles à flanc de falaise.

Jenna regarda au loin, tandis qu'elle assimilait ses propos.

— Oui, ça paraît logique. Le criminel pourrait aussi tuer pour se procurer des sensations fortes, je suppose.

— Au point où nous en sommes, tout est possible. Même sans affiche pour ça, c'est comme si on attirait les dingues.

Jenna hocha la tête.

— Vous avez raison.

Lorsqu'ils rejoignirent Rowley et Bradford, les adjoints bavardaient, assis sur une bûche. Jenna avait eu raison d'associer la nouvelle, Bradford, avec Rowley. Ils étaient devenus amis et s'entraînaient ensemble au dojo local. L'adjoint Webber, autre recrue récente, était expérimenté mais avait demandé à collaborer avec Wolfe. Il avait manifesté un intérêt pour la médecine légale et se révélait un atout pour le légiste. Jenna connaissait les avantages d'avoir un vrai partenaire de travail, et les deux nouveaux adjoints contribuaient au bon fonctionnement de l'équipe. Elle s'avança dans la clairière.

— Nous avons trouvé un cadavre et deux sacs à dos. Nous allons avertir Wolfe, puis fouiller la zone. Il doit y avoir un campement à proximité, donc ouvrez grand les yeux.

Elle marcha jusqu'à son cheval et entendit Kane derrière elle.

— Je vous aide à monter ? dit-il en lui proposant ses paumes réunies.

Soulagée, elle accepta.

— Volontiers, merci. Je suis un peu raide après notre entraînement de ce matin.

— C'est ma faute, je ne nous ai pas laissé un répit assez long avant de nous mettre en route, mais vous avouerez que se lever une demi-heure plus tôt pour la gym, ça réduit le niveau de stress. Un bon bain chaud ce soir vous fera du bien.

Il sourit et Jenna acquiesça.

— La marche a atténué la douleur, mais je m'en souviendrai, dit-elle en prenant les rênes. Même quand je suis sur un dossier épineux, j'essaie toujours de me ménager du temps pour l'exercice physique, et j'encourage mes adjoints à en faire autant. C'est une chose qui me semble essentielle dans ma formation. Ça me permet d'affronter les longues journées de travail, et ça m'aide à me concentrer.

— On trouve toujours le temps. Vu la façon dont l'équipe est organisée, il y a toujours quelqu'un sur le pont. On fonctionne comme une machine bien huilée, renchérit Kane.

Une fois sur sa monture, elle attendit que les autres soient en selle, puis suivit Kane sur la piste, cherchant partout les traces d'un campement. Elle s'était d'abord imaginé que le crâne était celui d'une personne qui s'était perdue dans la forêt il y a de nombreuses années, et elle sentit combien cela pourrait être effrayant, maintenant qu'elle était entourée de milliers d'arbres. On était vite désorienté dans le bois de Stanton. Hormis la différence entre les chemins qui s'élevaient et ceux qui descendaient la montagne, tout se ressemblait. Des pins à perte de vue et un mur de rochers. Sans GPS, la seule solution était de s'en tenir aux chemins voisins de la cascade et de se guider au bruit, mais ici, quelque part au milieu du parc, elle aurait pu être dans n'importe quelle forêt, sur n'importe quel continent.

L'image de l'homme ligoté à l'arbre lui revint à l'esprit. Tant de questions se posaient à son sujet. Pourquoi sa compagne et lui étaient-ils venus dans cette partie isolée du bois ? Comme l'avait dit Kane, le tueur pouvait être un ancien combattant coupé du monde, qui voyait l'ennemi partout. Et si, tapi près d'eux, il les prenait pour une patrouille militaire ? À cette idée,

Jenna sentit les poils de sa nuque se hérisser. Elle se retourna sur sa selle pour s'adresser à ses adjoints.

— Restez aux aguets. Après tout, il pourrait encore y avoir un tueur dans les parages.

Pas la peine d'en parler à Kane, il devait déjà être en train de scruter les lieux, à l'affût du moindre mouvement. Une chose était sûre : marine un jour, marine toujours. Tout en cherchant autour d'elle les signes d'une présence humaine, elle soupira. En l'espace d'un an, la forêt pouvait engloutir un campement. Les ours pouvaient déchirer une tente et disperser les objets. Le tueur avait également pu faire tout disparaître. Ce serait vraiment un miracle s'ils retrouvaient quelque chose.

Moins de dix minutes plus tard, elle entendit les chevaux hennir quand la tête blonde de Wolfe surgit au-dessus des buissons. Il se retourna et leva la main comme s'il réglait la circulation. Trois chevaux, et non deux, attendaient patiemment dans une petite clairière. Il y avait ceux de Wolfe et de Webber, mais à qui était le troisième ? La scène de crime avait-elle été découverte par un tiers ? Elle n'avait pas eu de nouvelles de Wolfe depuis quelques heures, et cette partie de la forêt se situait à l'écart des chemins conseillés. L'adjoint Webber était invisible, tout comme le propriétaire du troisième cheval. Tous ses instincts en éveil, Jenna vit Kane se raidir et poser la main sur son arme. *Mauvais présage.* Elle s'éclaircit la gorge et se mit à chuchoter.

— OK, on descend et on continuera à pied. Dispersez-vous, et restez vigilants. On a de la visite, apparemment.

7

Alors qu'il déjeunait au Cattleman's Hotel, son attention se fixa sur Bailey, vêtue d'un jogging rose vif criard. Ils partiraient mercredi matin après le petit déjeuner, et prendraient le vieux sentier forestier que Nigel avait recommandé.

Il connaissait bien cette zone. En fait, plus ils s'enfonceraient dans les bois, mieux cela vaudrait. Ils seraient plus près de sa grotte secrète, et l'éventualité de croiser quelqu'un d'autre serait moindre. Il aimait savourer la traque, même si le risque de rencontrer d'autres randonneurs ajoutait seulement à l'excitation.

Quand le mécontentement dédaigneux de Bailey se fit entendre par-dessus le brouhaha des conversations du restaurant, il baissa les yeux dans son assiette. Gâtée et habituée à satisfaire tous ses caprices, elle usait de ses charmes généreux pour parvenir à ses fins. Il gémit et se frotta les tempes. Elle le rendait fou, avec sa voix pleurnicharde. Il devait penser à autre chose avant de perdre son sang-froid, et il se la représenta courant à travers la forêt, trébuchant, puis essayant sur lui ses ruses féminines. Elle le supplierait de ne pas lui tirer dessus, de ne pas lui trancher la gorge. Il réprima une envie de rire. Elle serait troublée lorsqu'il refuserait. Personne n'osait jamais lui dire non, elle se croyait irrésistible. *Pas à moi.*

Il serait soulagé de la tuer. Il ne pouvait pas tolérer qu'elle continue à polluer le monde. Leur devoir, à lui et aux autres ayant les mêmes dispositions, était d'éliminer ce matriarcat qui vous émasculait. Les femmes étaient sur cette terre pour servir les hommes et leur donner des enfants, point final. Il ferma les yeux et sentit la poignée de son arme contre sa paume. Il vit le bout du canon braqué contre le front de Bailey. Il contemplerait sa mine interloquée tout en appuyant très lentement sur la détente pour lui placer une balle entre les deux yeux.

L'idée de partager ce frisson était venue par hasard. Il avait découvert le *dark web* quelques années auparavant. Indétectable, sans courir aucun danger, il évoluait comme un fantôme dans l'obscurité totale, dans un monde où tout était à vendre, même les vies humaines, à condition d'y mettre le prix.

8

Sur l'ordre murmuré par Jenna, Kane se glissa dans les broussailles. Il l'entendait marcher derrière lui en faisant le moins de bruit possible dans le sous-bois. Caché derrière le tronc d'un gros pin, il jeta un coup d'œil sur le côté, l'arme au poing. Le geste de Wolfe pour les éloigner pouvait signifier deux choses : soit il avait des ennuis, soit il ne voulait pas qu'ils contaminent une scène de crime. Kane ne voulait pas prendre de risque et, réagissant comme Jenna, il marchait avec précaution. Il se tapota la jambe et Duke vint à lui. Il était étrange que le chien ne les ait pas avertis.

— Vous voyez quelque chose ?

Jenna avait le dos plaqué à un arbre.

— Non.

Il scruta la zone où Wolfe était apparu, mais rien ne bougeait.

— On fait quoi, madame ?

— Avancez prudemment. Je vous couvre.

Kane la regarda.

— OK. Gardez Duke avec vous, il ferait trop de bruit.

À l'abri des ombres, il se faufila entre les arbres qui poussaient dru, se dirigeant vers Wolfe. Il fut rassuré d'entendre une conversation et, après avoir contourné un ensemble de buissons, il vit trois hommes accroupis qui examinaient le sol. Il reconnut Wolfe et Webber, mais pas le troisième.

— Wolfe, vous nous autorisez à avancer ?

— Oui, répondit Wolfe en se levant. Désolé, j'aurais dû vous prévenir, mais Atohi a trouvé quelque chose qui retenait toute mon attention.

Kane se retourna vers Jenna et cria :

— C'est bon.

L'inconnu était un grand individu mince, dont les cheveux noirs balayaient les épaules. L'Amérindien s'approcha, un regard amusé dans ses yeux bruns et pétillants d'intelligence. Âgé d'une trentaine d'années, il portait une épaisse veste de chasse, une chemise à carreaux et un jean.

— Vous devez être Dave Kane ? Atohi Blackhawk, dit-il en tendant la main. Vous êtes vraiment arrivé sans bruit, je suis impressionné.

Kane lui serra la main.

— Enchanté. On s'est déjà vus ?

— Non. Shane est venu à la réserve nous interroger sur les lieux de sépulture sacrés près des limites. Il a précisé que vous vous déplaciez comme un fantôme. Je suis pisteur, donc je l'ai accompagné ici pour voir le crâne, au cas où il appartiendrait à l'un des nôtres. J'ai un peu fouillé et j'ai trouvé deux ou trois trucs intéressants à proximité, dit Blackhawk avec un sourire. Je suis content de rendre service quand je peux.

— Nous acceptons volontiers votre aide, répondit Kane qui entendit alors Jenna le rejoindre. Bien, je fais les présentations : Atohi Blackhawk, le shérif Jenna Alton. Et voici Jake Rowley et Paula Bradford, ajouta-t-il en désignant les autres adjoints.

— Ravie de vous revoir, Atohi. Qu'avez-vous découvert ? demanda Jenna en se rapprochant de lui.

— Un téléphone et d'autres ossements. Nous n'en avons

retrouvé que quelques-uns, et très éparpillés, donc je pense que les animaux se sont emparés du corps.

— Je vois, dit Jenna en fronçant le nez. Et vous, Wolfe ?

— D'après la taille du pelvis, c'est une femme ; d'après ses dents, elle avait environ 20 ans. Je dirais que la mort a été causée par la balle dans son crâne, mais il y a aussi des traces de blessure au couteau sur deux des os que nous avons ramassés. Il faut que je les étudie de plus près pour déterminer si elles sont postérieures à la mort ou non. Le téléphone est grillé, précisa-t-il en se frottant le menton. L'écran est cassé et il est gorgé d'eau. Je doute de pouvoir en tirer quoi que ce soit.

— Nous avons découvert un cadavre en chemin ; enfin, Duke a découvert un squelette. D'après les vêtements et la taille, ça doit être un homme. Il est fixé à un arbre par une flèche reçue dans le front. Ensuite, continua Jenna, les deux mains sur les hanches, Duke a trouvé deux sacs à dos. Nous avons le nom de leurs propriétaires et Kane pense qu'ils ont dû camper pas loin, puisqu'ils n'avaient de provisions que pour une journée.

Kane appela son chien.

— Duke devient très précieux. Sans lui, nous n'aurions pas vu le squelette, qui est un peu à l'écart du chemin. Si le crâne est celui de la femme avec qui il randonnait, je suppose qu'il a été tué en premier. Elle a abandonné les sacs, s'est enfuie et le tueur l'a rattrapée ici. Où avez-vous trouvé le téléphone ?

— À cinq mètres dans cette direction, répondit Blackhawk en désignant la montagne. Il était près d'un rocher au pied de la falaise. Ne vous inquiétez pas, je n'ai rien touché. Wolfe a pris des photos et a tout mis dans des sacs. J'ai aussi découvert un bouton.

— Je pense qu'elle a essayé de se réfugier sous le rocher, et que le téléphone s'est probablement cassé lorsqu'elle l'a lâché, déclara Wolfe d'un air sinistre. Des signes de torture sur la victime masculine ?

— Je n'en suis pas sûre, il ne reste pas grand-chose du corps et les résidus ne tiennent plus que grâce aux vêtements, expliqua Jenna en replaçant une mèche derrière son oreille. À part les mains qui manquent, il paraît intact. Pourquoi les mains ont-elles disparu ? demanda-t-elle à Wolfe.

— Les petits os sont difficiles à trouver ; ils sont faciles à emporter pour les oiseaux ou les rongeurs. Les identifier dans une forêt de cette superficie serait presque impossible.

— Je me demande pourquoi les os de l'homme n'ont pas été dispersés par les animaux, dit Kane avec un long soupir. Lui aussi a dû être abattu par balle, sa chemise a l'air d'avoir été trouée par les impacts.

— Pas de conclusion hâtive ! La décomposition entraîne toutes sortes de taches sur les habits, mais il est anormal que les animaux n'aient pas touché au corps.

— La seule chose qui pourrait les en dissuader, selon moi, c'est l'essence, dit Blackhawk. Le tueur prévoyait peut-être de brûler le corps, puis il a changé d'avis.

— Oui, s'il avait allumé un feu de forêt, il aurait pu lui-même être consumé, conclut Kane en contemplant l'épais sous-bois parfaitement sec. Personne ne serait assez stupide pour envisager ça une seconde.

— Je peux analyser ses vêtements pour le savoir, proposa Wolfe. Notre tueur peut l'avoir imbibé d'essence pour éloigner les animaux. Il aimait peut-être rendre visite à sa victime. Il y en a beaucoup que ça excite, de voir un cadavre se décomposer.

— C'est répugnant, grimaça Jenna. Enfin, je ne devrais pas dire ça puisque c'est un aspect central de votre métier. Kane m'a parlé de la ferme des corps que vous avez visitée.

— Je ne serais pas un très bon légiste si je n'étais pas capable d'identifier les différents stades de la décomposition. Je trouve extrêmement intéressantes toutes les variables qui entrent en jeu, dont l'invasion par des insectes, l'intervention animale et les effets de la température.

L'estomac de Jenna se noua.

— Voilà exactement ce qu'il me fallait avant le déjeuner. Combien de temps pensez-vous rester ici ? Nous devons repartir au plus vite vers l'autre scène de crime.

— J'ai terminé. Rassemblez le matériel et remettez tout sur les chevaux, ordonna Wolfe à Webber. À moins que vous ne vouliez voir où nous avons trouvé le crâne et les autres ossements ? proposa-t-il au shérif.

— Non, ça ira. Nous allons suivre la théorie de Kane, retourner auprès de la victime masculine et revenir dans cette direction. Mais d'abord, nous mangerons. Rowley, Bradford, suivez-moi et ouvrez l'œil... Il y a un tueur dans les montagnes.

Kane la regarda s'éloigner, puis se tourna vers Wolfe et Blackhawk.

— Je pense qu'il n'est plus ici depuis longtemps. D'un autre côté, Duke n'a pas aboyé avant qu'on vous repère.

— C'est parce qu'il connaît Shane et Cole, répliqua Blackhawk en souriant. Il est assez malin pour reconnaître ses amis à l'odeur.

— Peut-être, mais vous, il ne vous connaît pas.

— Nous sommes de vieux amis, Duke et moi, dit l'Indien en frottant les oreilles du chien. Il est né dans la réserve, et son maître était un de mes cousins qui habitait Black Rock Falls. Nous l'avons dressé ensemble. Quand mon cousin est mort, je suis allé le chercher au refuge, mais il avait déjà été adopté par quelqu'un d'autre. Je suis content qu'il se soit trouvé une bonne maison.

Kane hocha la tête, préférant de ne pas expliquer par où l'animal était passé avant d'avoir un nouveau maître.

— Formidable, comme ça vous pourrez me donner la liste de ses talents, un de ces jours !

— Avec plaisir, on aura tout le temps d'en discuter. Je suis ici pour quelques jours, peut-être plus. Shane m'a embauché comme pisteur.

— Oh, je suis sûr que nous ne manquerons pas de sujets de conversation. J'aimerais en savoir plus sur l'histoire du bois de Stanton.

9

Après son déjeuner, Jenna inspecta la zone que Wolfe avait délimitée et visionna ses photos, puis elle ordonna à son équipe de se rendre sur l'autre scène de crime. En cette fin d'automne, les jours leur étaient comptés. La neige couvrait déjà les cimes et un vent froid sifflait entre les arbres. Toute la végétation, à part les pins majestueux, avait perdu ses feuilles à l'approche de l'hiver, et un tapis multicolore jonchait le sol. Découvrir des indices à cette période de l'année serait un défi. C'était comme si la forêt dissimulait ses secrets sous un manteau.

Kane ouvrant la voie, en grande conversation avec Blackhawk, Jenna s'avança vers Webber. Au sein de l'équipe, Cole Webber s'était révélé un membre solide bien que silencieux. Elle était impressionnée par son souci du détail, mais c'était comme s'il s'abritait sous une coquille protectrice, sans laisser personne venir trop près. Elle devait reconnaître que ses occupations l'avaient empêchée de mieux faire la connaissance de cet adjoint. Elle comptait remédier à cette erreur sur le chemin menant à l'autre scène de crime.

— Vous aimez travailler avec Wolfe ?

Les coins de la bouche de Webber se retroussèrent. Il fit claquer sa langue et leurs deux chevaux se rapprochèrent.

— Ça me plaît bien. Je ne comprends pas comment il peut emmagasiner dans son cerveau autant d'informations à la fois. Au début, les cadavres ne m'inspiraient pas trop, et j'avoue avoir vomi deux ou trois fois pendant les autopsies, mais il explique tout tellement bien que ça rend tout plus facile.

Une brise souffla sur les joues de Jenna. Elle remonta le zip de sa veste et regarda à travers la canopée pour entrevoir le ciel. À son grand soulagement, elle découvrit une étendue d'un bleu sans nuage. *Pas de neige aujourd'hui.* Elle hocha la tête en réponse à ce qu'avait dit Webber.

— Oui, il connaît son boulot. Quand il est arrivé, je savais qu'il avait des compétences en médecine légale et en informatique, mais j'ignorais à quel point. Après toutes ces années où nous avons dû dépendre de M. Weems, des pompes funèbres, avoir notre propre légiste nous simplifie l'existence. Vous voudriez devenir son assistant ?

— Oui, mais je ne me vois pas reprendre des études pour ça, répondit-il d'un air songeur. Ça ne me dérangerait pas de retourner à la fac, c'est plutôt une question de temps et d'argent.

— Je suis sûre qu'on pourrait trouver un arrangement.

— Merci, madame.

Webber porta la main à sa casquette. Jenna se retourna pour saluer Wolfe qui venait vers eux.

— J'imagine que vous avez des questions sur la deuxième victime ?

— Oui, quelques-unes. À quelle distance du chemin principal avez-vous trouvé le squelette ? Vous êtes certaine que ce n'est pas un accident de chasse ? Le couple aurait pu entrer par erreur dans une zone réservée aux chasseurs. Ce serait facile à vérifier, je suis sûr que c'est dans les archives.

— Selon Kane, le tueur a utilisé la victime comme cible d'entraînement, et je suis de son avis. Nous n'avons touché à rien, sauf les sacs à dos. D'après la photo du crâne de la femme, je serais prête à affirmer qu'il s'agit d'un double homicide.

— Le crâne ne laisse aucun doute. J'ai appelé une anthropologue légiste, Jill Bates, à Helena, annonça Wolfe avec un petit sourire presque satisfait. Je lui ai envoyé quelques images du crâne et elle veut participer à l'enquête. Par chance, elle était disponible.

Jenna acquiesça. Fait assez inhabituel, Wolfe semblait de bonne humeur, car dès qu'il y avait des morts, cela illuminait sa journée.

— Vous souhaitez qu'elle examine les ossements avant que vous ne les emportiez ?

— Je peux faire venir une équipe d'Helena, mais comme le squelette est intact, tant que je suis le protocole et que je filme l'enlèvement, je pense que nous n'oublierons rien d'important. Je sais comment préserver une scène de crime dans ce genre de situation, et Jill a insisté pour que j'avance. Nous pourrons étudier les vestiges plus à fond en laboratoire.

Jenna repensa à la sépulture qu'ils avaient découverte en début d'année et au temps qu'il avait fallu aux anthropologues légistes pour recueillir tous les éléments. Wolfe les avait accompagnés du début à la fin.

— Je suis sûre que l'enquête est entre de bonnes mains.

— Merci, madame.

Après avoir serpenté à travers bois, le chemin s'ouvrit sur la clairière voisine. Sachant qu'un homme avait succombé à une mort affreuse non loin de là, Jenna sentit se dresser les poils de sa nuque. Elle se tourna vers Wolfe.

— Le corps est sur la gauche, près du sentier, à environ cinq mètres en direction de la montagne.

— Compris.

— C'est votre domaine de compétence, dit Jenna en quittant sa monture. Comment voulez-vous procéder ?

— Je vais d'abord jeter un œil aux sacs à dos. S'ils

contiennent des provisions, on peut supposer que la scène de crime marque le début de leur randonnée, de sorte que nous pourrons chercher leur campement en descendant la montagne. Évidemment, s'il n'y a pas de provisions, cela peut signifier qu'ils regagnaient leur campement.

Jenna tira une bouteille d'eau de son sac à dos et but une gorgée.

— OK. J'imagine que vous aurez besoin de Webber pour vous aider avec le corps, et que tous les autres peuvent se disperser à la recherche d'indices.

— Si vous partez de la scène de crime pour revenir là où le crâne a été découvert, vous trouverez peut-être comment la femme a fui le tueur. Pendant ce temps-là, je vais préparer la dépouille en vue de son enlèvement, déclara-t-il en abandonnant lui aussi son cheval. J'aurais besoin qu'on photographie et qu'on filme les lieux avant que j'enlève le corps. Qui a la main sûre ?

Comme s'il avait besoin de le demander. Jenna haussa un sourcil.

— Kane. Je vais fouiller les abords immédiats avec Bradford. Rowley peut travailler avec Blackhawk.

Kane les avait rejoints sans le moindre bruit.

— Ça roule. Vous voulez que je montre à Wolfe les sacs à dos, madame ?

— Oui, et moi je vais organiser la fouille.

Tandis que Kane et Wolfe disparaissaient dans la forêt avec Duke sur leurs talons, les adjoints de Jenna se réunirent autour d'elle.

— OK, écoutez-moi bien. Je veux que vous portiez tous vos écouteurs pour que nous restions en contact. Webber, vous aiderez Wolfe, donc à vous de déballer le matériel pour un enlèvement de corps. Nous autres, nous allons quadriller la zone depuis la scène de crime jusqu'à l'emplacement de l'autre victime. Il y a des zones sombres, donc utilisez vos torches si nécessaire. On cherche tout, des bouts de tissu, des cheveux, des douilles de balle. Mettez des gants, prenez une photo avec votre portable si vous trouvez quelque chose, puis rangez l'objet dans un sac. Prenez soin d'étiqueter chaque objet en précisant l'endroit, l'heure et le jour. Si vous découvrez des os, animaux ou humains, ajouta-t-elle en inspirant profondément, n'y touchez pas et appelez-moi aussitôt. Ne dérangez les os en aucun cas, je répète, *en aucun cas*. Des questions ?

Comme tous la regardaient sans un mot, elle leur adressa un rapide salut.

— OK, prenez vos affaires et préparez-vous à partir.

Les adjoints se dirigèrent vers les chevaux, et même s'ils n'étaient qu'à quelques mètres d'elle, un sentiment de malaise s'empara de Jenna. Elle avait vu dans le bois de Stanton le résultat de nombreux crimes affreux et elle n'en avait oublié aucun, mais tous avaient été commis plus près de la ville. Ici, à des kilomètres de la civilisation, sans portable pour appeler au secours, il ne fallait pas une imagination débridée pour envisager une fuite à travers les broussailles épaisses avec un tueur à ses trousses. En marchant lentement, elle avait trébuché quantité de fois sur le terrain accidenté, entre les branches tombées et les racines noueuses. L'idée d'y courir en aveugle était terrifiante. Elle se mordilla la lèvre, résolue à découvrir qui avait tué le jeune couple. *Pourquoi les fous furieux continuent-ils à choisir Black Rock Falls ?*

10

Tandis que Kane cheminait vers les sacs à dos, il scrutait le sol dans l'espoir de découvrir un indice lié à la présence du tueur. Derrière lui, Wolfe avançait à pas lents, s'arrêtant souvent pour examiner quelque chose. Kane s'arrêta et se retourna.

— Je pensais à présenter à Duke un vêtement tiré du sac à dos pour voir s'il détecte les traces de la femme. Vous pensez que l'odeur serait suffisante, après tout ce temps ?

— Peu probable. À mon avis, un an au moins s'est écoulé depuis la mort de cette femme, et peu d'odeurs survivraient à la neige ; même ici, à l'abri des arbres, quand le dégel arrive, tout est lessivé. J'espère trouver des indices sous le corps, dit-il en repoussant sa casquette. Les tueurs commettent souvent l'erreur de laisser des pièces à conviction sous leur victime. Nous pourrions trouver quelque chose d'utile.

— Combien de temps faudra-t-il pour enlever le squelette ?

— Pas longtemps ; ce n'est qu'un corps, pas un chantier de fouilles archéologiques. D'après ce qu'a dit Jenna, il est intact. Il n'a pas été inhumé, donc ce sera plus facile. Je suis content que vous ayez pris des photos avant d'entrer dans cette zone, ajouta Wolfe en désignant les sacs. Photographiez-les sous tous les angles. Je suis curieux de voir ce qui a poussé sur eux et autour d'eux ; ça me donnera une idée plus précise du temps qu'ils ont passé ici. J'espère tirer quelque chose du téléphone ; une date et une heure seraient bien utiles, mais apparemment, ce fichu truc ressemble à un téléphone prépayé.

— Prépayé ? répéta Kane en se grattant la joue. Qui emporterait un téléphone prépayé pour une randonnée comme celle-ci ?

Il sortit son portable et prit les photographies demandées, immortalisant chacun des objets tirés des sacs à dos.

Wolfe s'était penché pour les insérer dans des sachets pour pièces à conviction.

— De la nourriture, des barres vitaminées, de l'eau. Ils s'éloignaient du campement, dit-il en se redressant et en tendant les sacs à Kane. Nous savons qu'ils ne sont pas de la région, donc pourquoi sont-ils venus ici ? Je suis sûr qu'un véhicule abandonné sur la route aurait alerté les rangers. Ils auraient fouillé les lieux et rédigé un rapport. Vous les appellerez pour leur poser la question. La voiture pourrait être à la fourrière.

Kane secoua la tête.

— Non, la fourrière est vide, autant que je sache.

— Vous avez cherché des clés ?

— Non. J'ai préféré ne toucher à rien. J'ai trouvé les portefeuilles dans les sacs à dos, ce qui m'a semblé étrange. Le mien, je le garde dans ma poche arrière, bien en sécurité. La femme peut-être, mais je ne vois pas pourquoi ils avaient tous les deux mis leurs papiers dans les sacs. À moins qu'ils aient prévu d'aller nager quelque part, mais il n'y a aucun lac à proximité, de ce côté-ci de la montagne.

Wolfe tourna ses regards vers l'endroit d'où ils étaient venus.

— Les Canavar ont découvert le crâne dans les buissons, à l'écart du chemin principal. La dépouille de l'homme est sur un sentier ou à côté ?

Kane pointa dans la direction du squelette.

— Sur un ancien sentier. À gauche de notre point de départ. J'ai trouvé ce chemin sur un vieux plan, où il figurait comme voie auxiliaire ou piste pour animaux longeant la base de la montagne. Il y a un plateau à escalader s'ils voulaient admirer la vue, mais ce n'est pas tout près.

— Pourquoi un jeune couple risquerait-il de se perdre là-haut ou d'être dévoré par les bêtes ?

Wolfe se baissa pour recueillir des échantillons de sol et de végétation.

La même inquiétude avait traversé l'esprit de Kane lorsqu'il avait proposé à Jenna une randonnée du même genre. Il haussa les épaules.

— J'imagine qu'ils avaient besoin de fuir la civilisation, d'être rien qu'à deux. Je sais comment survivre ici, et pour moi ce ne serait pas un problème. Je viendrais avec un téléphone satellite, je déposerais des tas de provisions le long du chemin, et puis je m'arrangerais pour contacter quelqu'un au moins une fois par jour. Cet homme avait peut-être suivi le même type de formation que moi, dit-il en recevant de Wolfe un autre sac pour pièces à conviction.

— Ou bien c'était un imbécile, à en juger par ce qu'il avait emporté. OK, montrez-moi le corps, ajouta-t-il en hissant sur ses épaules un énorme sac à dos. On récupérera Webber en route, j'aurai besoin de son aide.

— Comment ça se passe, avec lui ?

Wolfe renifla et fixa sur Kane un regard pensif.

— C'est un jeune homme très bien, qui en veut, qui bosse, mais il a des vues sur Emily, répondit-il avec une expression qui devint proche de la colère. Je sais qu'elle partira bientôt pour l'université de Great Falls, et je ne pourrai pas l'empêcher d'aller la voir. Je veux qu'elle obtienne son diplôme et qu'elle travaille avec moi avant d'avoir une famille sur les bras.

Kane s'arrêta, bouche bée.

— Waouh, il est beaucoup trop vieux pour elle. Ça m'inquiète, et pourtant je ne suis pas son père.

Wolfe émit un petit rire étranglé.

— Oui, et c'est une jeune femme têtue, comme vous le savez. Elle tient ça de moi, je le crains.

Kane se redressa, puis sourit.

— Si j'étais vous, je ne lui dirais rien... Elle a votre côté obstiné. Je dirais plutôt à Webber que vous n'êtes pas très content pour le moment, à cause de l'âge qu'a votre fille. Donnez-lui une raison de faire machine arrière, en lui demandant peut-être d'attendre qu'elle ait fini ses études. Ça prendra des années. Comme il a envie de travailler avec vous, je pense qu'il obéira. Avec un peu de chance, Emily rencontrera à la fac quelqu'un de plus proche d'elle en âge.

— L'espoir fait vivre.

Dans la clairière, Webber détachait du cheval de bât les kits de prélèvement pour scène de crime. Kane s'approcha de lui.

— Vous êtes prévoyant, c'est bien.

— Le temps est notre ennemi ; enlever la dépouille et la ramener sur la route avant la nuit sera difficile. J'ai entendu des coups de feu, au loin. À quelle distance sommes-nous de la zone de chasse la plus proche ?

Avant de répondre à Wolfe, Kane rangea les sachets pour pièces à conviction dans l'une des sacoches du cheval.

— Deux ou trois kilomètres, je pense. Le son porte, à cette hauteur, et il est répercuté par la montagne. Nous sommes hors d'atteinte de la plupart des fusils.

— Le squelette est loin d'ici ? Webber, prenez ce que vous pourrez, nous nous chargeons du reste.

Kane ramassa quelques sacs.

— Par ici, dit-il en s'enfonçant dans les buissons. Viens, Duke, reste avec nous.

Le chien émit un jappement en guise de réponse et suivit son maître, se soulageant sur les arbustes en chemin. Alors qu'ils s'approchaient du cadavre, Kane détecta dans l'air une odeur rance qu'il n'avait pas remarquée auparavant. Il ralentit et scruta les lieux mais ne vit rien bouger dans les ombres pommelées.

— C'est moi ou la température vient de baisser ? demanda Webber qui traînait le matériel derrière eux.

Kane se retourna vers lui et sourit. Il se rappelait avoir ressenti la même terreur en pénétrant sur une scène de crime, terreur qu'il avait bien des fois surmontée. Webber s'y habituerait.

— C'est vous. Sans doute la peur de voir un homme retenu à un arbre par une flèche.

— Restez concentré sur ce que nous pouvons faire désormais pour l'aider, dit Wolfe avec sa froideur ordinaire. Nous sommes son seul espoir de revanche contre le salaud qui l'a abattu. Quand nous aurons établi l'identité de cet homme, il ne sera plus « la victime » ou « la dépouille ». N'oubliez pas que quelqu'un l'a tué, et que ce que nous allons faire maintenant permettra de déterminer *comment*, *quand* et, j'espère, *pourquoi*.

— Bien sûr, répondit Webber qui ne semblait guère convaincu. Vous pensez qu'il nous observe, comme un revenant ?

Kane lui donna une tape dans le dos.

— Si c'est le cas, il nous livrera peut-être quelques indices. Il y a un chemin entre ces arbres ; le corps est à environ trois mètres d'ici.

— OK, le mieux serait de déposer le matériel une fois sur le chemin, d'enfiler nos combinaisons, puis d'avancer avec un seul kit pour le moment. Regardez alentour s'il y a des choses qui pourraient nous être utiles.

Ils arrivèrent sur le sentier et marchèrent lentement en file indienne, à la recherche du moindre indice. Lorsqu'ils atteignirent la dépouille, Kane entendit Webber inspirer bruyamment. En se retournant, il découvrit son visage gris cendre.

— Nous pensons qu'il s'agit de Dawson Sanders, 24 ans.

— Ce n'est pas une flèche, signala Webber en s'approchant. C'est un carreau d'arbalète, en carbone avec insert en cuivre. Ça coûte cher, et un carreau de cette taille-là pourrait abattre un ours. C'est intéressant, il y a une encoche lumineuse. Alors pourquoi l'avoir laissé là ?

— Oui, je pense qu'il nous faudrait des explications supplémentaires, Webber.

— Les carreaux en carbone avec insert en cuivre, ou ceux qui mélangent carbone et aluminium, sont très coûteux ; les encoches lumineuses permettent de les récupérer plus facilement. L'encoche, c'est la partie orange, au bout, qui brille normalement, donc celle-ci est plantée là depuis un certain temps. La plupart des chasseurs les récupèrent. Ça paraît bizarre de l'abandonner après un crime. Il doit y avoir des empreintes dessus.

Kane soutint son regard.

— C'est une information essentielle. J'ignorais que vous étiez expert en arbalètes.

— Ah, c'est mon arme de choix pour la chasse, répondit Webber. Silencieuse mais mortelle.

— Hélas, nous aurons beaucoup de chance si nous trouvons encore des empreintes dessus, après environ une année écoulée.

Wolfe soupira, puis sortit une caméra de son sac et la tendit à Kane.

— Filmez tout, le chemin, la zone autour du corps, et le corps lui-même. Vous, dit-il à Webber, prenez des photos, et rappelez-vous qu'on n'a jamais trop d'images d'une scène de crime. Si vous commencez tous les deux par M. Sanders, j'examinerai sa dépouille ensuite.

Familier de cette caméra, Kane zooma sur le corps sous tous les angles, avant de remonter lentement le chemin, puis de revenir. Lorsqu'il eut rejoint Wolfe, son ami s'agenouilla, souleva le T-shirt en lambeaux et observa le squelette. Il tenait fermement l'appareil photo.

— Intéressant, dit Wolfe en se penchant plus près. Les dégâts subis par la colonne dorsale ne coïncident pas avec ceux des côtes. Je pense que le tueur lui a tiré dans le dos, et à en juger d'après l'angle d'entrée de la balle, la victime était alors debout. Les entailles sur les côtes semblent indiquer que les tirs ont pénétré par le bas de la colonne dorsale, à un angle d'environ vingt degrés, pour ressortir juste en dessous de la clavicule, du côté gauche. Il ne reste aucune balle dans la cavité corporelle, donc nous avons affaire à trois blessures traversantes.

Le légiste se retourna vers le chemin.

— Il n'y a pas assez de dégâts pour que le tueur ait voulu l'abattre du premier coup. Mais à quelle distance devait-il se trouver pour mettre trois balles dans une victime qui marchait sur ce sentier ?

Contemplant le terrain, Kane tenta de reconstituer mentalement le meurtre. Le tireur avait besoin d'une ligne de mire dégagée entre les arbres. Atteindre une cible mouvante en pleine forêt exigeait un certain savoir-faire. Comme la végétation changeait avec les saisons, il serait pratiquement impossible d'évaluer correctement la position du tueur sans lunette laser.

— Tout dépend de l'arme. Avec l'angle que vous avez mentionné et la taille approximative de la victime, il devait marcher vers le nord. Pour obtenir la trajectoire que vous décrivez, le tireur devait être en bas de la pente, ou plutôt à genoux ou couché. Beaucoup de chasseurs construisent des caches où ils s'installent. Si les blessures sont traversantes, les balles doivent être à proximité.

— Oui, et la taille de sa veste indique qu'il avait la poitrine large, donc les balles n'ont pas dû aller bien loin une fois sorties du corps, compléta Wolfe en plissant le front. Je vais fouiller le sol sous le corps, mais si ça avait été des balles à pointe creuse, elles lui auraient déchiré les côtes.

— Webber, fouillez les abords immédiats.

— Bien, monsieur.

Webber lui adressa un petit salut, rangea son téléphone portable et s'avança lentement sur le sentier.

Kane regarda à nouveau les lieux, sans trop savoir s'ils étaient bien placés.

— Le problème, c'est que nous partons du principe qu'il a été abattu ici. D'après ses blessures, aurait-il pu ramper jusqu'à l'arbre ?

— Ça m'étonnerait. Une des balles a pu lui transpercer le cœur, et les deux autres ses poumons. Je dirais qu'il est mort moins de vingt secondes après le troisième coup de feu.

— Donc il aurait été traîné ici depuis n'importe quel endroit du chemin ? demanda Kane en se frottant le menton. Nous allons élargir le périmètre, en cherchant des caches de chasse et des douilles de balle, sur au moins vingt mètres vers le sud, même si je doute qu'on retrouve quoi que ce soit après aussi longtemps. Nous aurions dû apporter un détecteur de métaux.

Wolfe secoua la tête.

— Il doit y avoir des centaines, peut-être des milliers de douilles dans la forêt. La chasse dure à peu près toute l'année. Pour le moment, vérifiez les alentours. Le temps presse et je dois rapporter la dépouille au labo. Continuez à filmer tout ce que je fais, dit-il en se relevant. Je veux des gros plans de la tête et du cou. Je vais détacher la tête ; si le carreau d'arbalète mesure une cinquantaine de centimètres, il ne doit pas être planté très profond dans le tronc de l'arbre.

Alors que Kane zoomait, un vent froid lui frôla la joue. Ce que faisait Wolfe était assez macabre. Il s'obligea à se concentrer, mais son cerveau faisait défiler en boucle les cibles qu'il avait tuées pendant son service militaire, comme dans une de ces publicités télévisées qui le rendaient fou. Il se demanda combien de ses victimes avaient pourri seules dans un endroit désert, comme Dawson Sanders. *Au moins ceux que j'ai tués n'ont pas souffert.*

11

Il marchait sur le chemin, un sac de caméras de chasse sur l'épaule. Pour une bonne traque, il fallait soigner les préparatifs, et il était toujours fier de l'avance qu'il prenait sur le gibier. Il sourit, satisfait d'avoir trouvé l'endroit idéal.

Il consacra du temps à préparer le terrain en transportant quelques bûches ici et là pour barrer le passage et en déblayant l'ancienne piste afin d'encourager sa proie à s'enfuir dans la bonne direction. Il voulait que Bailey soit parfaitement visible grâce aux caméras infrarouges. Surtout, si un chasseur ou quiconque découvrait par hasard ces appareils, il ne leur accorderait aucune attention. Tant de gens s'en servaient, pour étudier la nature ou les déplacements des animaux.

Tout en chantonnant, il s'arrêta pour attacher une caméra à un arbre. Après l'avoir installée, il s'assura qu'elle fonctionnait. Grâce à son détecteur de mouvement, chaque caméra envoyait une image à son téléphone et il avait accès à une vidéo qu'il pouvait télécharger sur Internet comme il le souhaitait. Cette réception immédiate lui permettait de savoir exactement où trouver les femmes. Il adorait revisionner ces films ; la traque était différente à chaque fois, les prières et les supplications qu'elles lui adressaient juste avant qu'il ne les achève lui procuraient une montée d'adrénaline. Il avait stocké tant de bons moments sur des disques de sauvegarde qu'il pouvait à tout instant revivre ses mises à mort. C'était la deuxième phase des préparatifs ; ensuite, il construirait des caches en chemin pour dissimuler sa présence.

Il vérifia les images sur son portable pour être sûr que personne ne le reconnaîtrait sur les vidéos. Même à ce stade, il ne devait pas courir le risque d'être identifié. Revenu sur ses pas, il emprunta à nouveau le sentier, lentement, scrutant les endroits où il avait attaché les caméras de chasse. Satisfait de les avoir bien dissimulées, il ramassa son sac puis repartit vers son campement chercher de quoi construire les caches.

Il avait découvert la grotte des années auparavant, et elle lui avait rendu de grands services. Une formation rocheuse et une rangée d'arbres en masquaient l'entrée, mais il y avait évidemment ajouté une solide barrière et une clôture électrique portative pour dissuader les ours. Lorsqu'il pénétra dans la caverne, il fut gagné par une sensation de puissance euphorique. Il inhala, savourant l'odeur de renfermé, puis alluma la lanterne suspendue en hauteur.

— Presque fini. Vous aurez peut-être bientôt un nouvel ami pour vous tenir compagnie.

Il examina les squelettes enveloppés dans du plastique, assis contre la paroi de la grotte. Leur rendre visite l'excitait et il venait souvent revivre le moment où ils étaient devenus membres de sa famille. Il avait choisi chacun d'entre eux, mais toutes ses proies n'entraient pas dans sa collection. Ici, dans la caverne, son esprit était tout entier occupé par le souvenir clair d'avoir contemplé le mélange de surprise et de choc avec lequel ils étaient morts. Il absorbait ce frisson comme une drogue et son bonheur durait plusieurs semaines. Ces mises à mort étaient pour lui la preuve inestimable de son ingéniosité. Il les passa en revue et termina sa tournée d'inspection en se baissant pour remettre une touffe de cheveux à l'intérieur du plastique.

— C'est mieux comme ça.

Certains des squelettes se penchaient comme pour murmurer un secret à leur voisin. De grands yeux noirs et sans âme suivaient ses moindres mouvements, mais ils aimaient être ici. Tous sans exception lui sourirent en retour.

12

À chaque pas sur ce terrain sans pitié, Jenna sentait ses muscles endoloris. Elle avait cru qu'à force de pousser son corps lors des séances de gym matinale avec Kane, ses muscles auraient mieux accepté le parcours à cheval, mais ils comploтaient une vengeance et l'ascension de la montagne avait été sans pitié pour ses jambes raides. Et pour tout arranger, Kane ne manifestait presque aucun signe de fatigue, même s'il dissimulait souvent l'inconfort causé par les terribles maux de tête liés à la plaque qu'il avait dans la tête. En réalité, il ne se plaignait jamais. Elle avait avalé quelques cachets de paracétamol lors du déjeuner et elle continuerait vaille que vaille. Il était hors de question de montrer la moindre faiblesse devant ses adjoints. *Parfois, être shérif, c'est nul.*

— Je crois avoir trouvé quelque chose, dit Bradford en désignant un objet métallique parmi les feuilles mortes. Je vais prendre des photos.

Jenna se secoua mentalement, puis enfila une paire de gants qu'elle fit claquer pour bien y enfoncer ses doigts.

— Ça ressemble à une boucle de ceinture. Je vais regarder. Préparez un sac pour pièce à conviction.

Après avoir tiré un stylo de sa poche, elle se baissa pour dégager la boucle, puis s'immobilisa. L'objet brillait parmi les débris, mais ce n'était pas la ceinture en soi qui l'avait arrêtée. L'extrémité de la lanière de cuir disparaissait dans le sol, mais l'objet était serré autour de deux longs os. Elle avait vu assez de squelettes pour reconnaître des avant-bras humains.

— Restez en arrière.

Elle se leva, fit signe à Bradford de reculer, puis déroula autour de l'arbre un ruban jaune pour délimiter une scène de crime.

— Ce sont des os humains ? demanda l'adjointe, blême.

— J'en suis presque certaine. À ce que je distingue, ces ossements appartiennent à la femme dont les Canavar ont découvert le crâne. Wolfe le confirmera, mais je pense que nous avons deux corps en tout. L'homme attaché à l'arbre et la dépouille partielle d'une femme, éparpillée dans cette partie de la forêt. Kane, dit Jenna en ouvrant le micro de ses écouteurs, j'ai trouvé d'autres restes. Je sécurise la zone.

— *Bien reçu*, répondit la voix de Kane.

Jenna surmonta la répugnance que lui inspirait sa découverte.

— Ça ressemble à deux avant-bras serrés par une ceinture en cuir. Ils sont petits, donc ils pourraient appartenir à la femme dont Wolfe et Blackhawk ont trouvé des fragments. Je n'ai soulevé que quelques feuilles, précisa-t-elle avec un soupir. J'ignore ce qu'il y a d'autre là-dessous, mais c'est près d'un arbre. Il l'avait peut-être attachée là. Demandez à Wolfe ce qu'il veut que je fasse.

Il s'écoula un siècle avant que Kane la rappelle, et la voix qu'elle entendit alors fut celle du légiste.

— *D'après les indices recueillis et jusqu'à preuve du contraire, je suppose que nous avons la dépouille de Dawson Sanders et de Paige Allen. Bien sûr, cela reste entre nous tant que je n'aurai pas vérifié leur identité grâce à leur dossier dentaire et à leur ADN. J'ai mis en sac le corps de Sanders. J'ai prélevé des échantillons de sol, donc j'ai terminé ici. Dès que nous aurons rangé tout ça sur le cheval, je viendrai vous rejoindre.*

— Bien reçu. J'envoie les coordonnées à Kane.

Jenna contacta Rowley et Blackhawk, qui arrivèrent quelques minutes plus tard. Elle s'aperçut qu'Atohi avait entraîné Rowley loin du chemin qu'elle avait pris. Lorsqu'ils furent à ses côtés, Blackhawk inspecta les ossements. Elle s'approcha de lui.

— Vous avez remarqué quelque chose ?

— Pas encore, mais ces ossements ont été apportés jusqu'ici. Vous voyez ces marques sur l'os et sur la ceinture en cuir ? Ce sont les dents d'un animal qui a dû les déposer là pour nourrir ses petits. Regardez, il y a des marques de différentes tailles.

— Oui, maintenant que vous le dites, je m'en rends compte.

Jenna fit un effort pour chasser de son esprit l'image de la pauvre femme fournissant son dîner à un animal.

— J'attends Wolfe. Puisque nous avons l'emplacement du crâne, et maintenant ces os, allez-vous pouvoir reconstituer sa fuite ?

— Non, mais nous pourrons suivre la trace de l'animal. Si le tueur avait attaché les mains de la femme, il était sans doute plus facile de la traîner le long d'un chemin qu'à travers la forêt.

Sans un mot de plus, Blackhawk lui tourna le dos et partit entre les arbres.

— Vous voulez que je l'accompagne, madame ?

Les yeux noirs de Rowley restèrent fixés quelques secondes sur les ossements avant de remonter vers le visage du shérif.

— Oui, restez avec lui et prévenez-moi si vous trouvez quelque chose.

Jenna prit son GPS et envoya les coordonnées à Kane. Elle désigna à Bradford un arbre effondré.

— Autant nous asseoir et nous reposer jusqu'à ce qu'ils arrivent.

Jenna ôta son sac à dos et en sortit une bouteille d'eau. Elle retira sa casquette et secoua ses cheveux, heureuse de sentir la brise. Le temps, bien qu'ensoleillé, devenait plus froid de jour en jour, mais les randonneurs continuaient à venir de partout parcourir la forêt. Elle avait noté que Bradford marchait sans peine sur le sol accidenté et semblait disposer d'une énergie inépuisable. La nouvelle recrue s'était bien intégrée ; elle était attentive et, à ce que lui avait dit Rowley, elle se révélait très douée pour les arts martiaux.

— C'est difficile, les homicides. Ça va, vous le supportez bien ?

— Je n'ai aucun problème, madame, répondit Bradford en enlevant sa casquette qu'elle posa à côté d'elle, sur le tronc abattu. Et Rowley est un collègue très agréable. Je m'entends bien avec lui. Pour tout ce qui est combat à mains nues, je me débrouille, mais au stand de tir, je ne serai jamais aussi forte que l'adjoint Kane.

Jenna dissimula un sourire.

— Peu de gens peuvent l'égaler, je crois.

— Je lui ai demandé conseil et il m'a beaucoup aidée, mais il a dit que je devais apprendre à démonter un Glock et à le remonter les yeux fermés.

Bradford la regarda d'un air qui signifiait « C'était une blague ? », puis haussa les épaules.

— Il dit que je dois pouvoir faire ça avec n'importe quelle arme.

Jenna prit une gorgée d'eau.

— C'est une question d'entraînement. Démonter un revolver les yeux fermés, je peux le faire, et je suppose que Rowley et Webber en sont également capables. Connaître son arme est très important. Je suis contente que Kane vous ait emmenée au stand de tir. Il m'avait signalé qu'il voulait suivre vos progrès. Ne soyez pas étonnée s'il vous invite à la gym. Webber s'exerce en ville et Kane passe le voir de temps à autre pour lui montrer comment s'améliorer. J'imagine qu'il compte sur Rowley pour savoir où vous en êtes.

— Je n'ai jamais rencontré un adjoint comme lui, on croirait plutôt un instructeur militaire, plaisanta Bradford.

— Qui ressemble à un instructeur militaire ? Moi ?

La voix de Kane surgit derrière elle.

— Oui, vous, répondit Jenna en le dévisageant. Putain, Kane, vous êtes obligé de nous tomber dessus sans prévenir ? On est sur une scène de crime, au cas où ça vous aurait échappé.

Elle accueillit le retour de Duke en tapotant la tête du chien et entreprit de retirer les bardanes accrochées à son pelage. Kane leur adressa à toutes deux un sourire éclatant.

— Je ne voulais pas vous effrayer, madame. Si j'avais eu cette intention, j'aurais crié : « Bou ! » Enfin, Paula, moi, un instructeur militaire ? Je ne suis tout de même pas si méchant ?

— Non, pas à ce point-là.

Les joues de Bradford rosirent.

— Je suis simplement un perfectionniste et je veux être sûr que vous êtes capable de manipuler tous les types d'armes.

Kane laissa tomber son sac à dos et émit un long soupir, après quoi son attention se fixa sur Jenna.

— Wolfe et Webber sont juste derrière moi, madame.

Il plongea la main dans son sac pour en extraire sa gourde. Jenna rangea sa bouteille d'eau et se leva.

— Oui, je les vois. Allez les aider avec leur matériel, ordonna-t-elle à Bradford. Comment ça s'est passé ? demanda-t-elle à Kane.

— Nous avons emballé la dépouille et filmé assez d'images pour réaliser un long-métrage. Webber a trouvé une douille non identifiée. Wolfe pourra nous en dire plus quand il aura rapporté les victimes au labo.

13

Après avoir écouté le rapport rapide de Wolfe sur le corps de Dawson Sanders, Jenna le conduisit jusqu'aux os qu'elle avait découverts et attendit ses commentaires avec intérêt.

— Je ne trouve rien d'autre à proximité ; vous pensez que ces os étaient enterrés ?

— Ils ont dû être apportés et consommés ici par des animaux.

D'un geste délicat, Wolfe déplaça les ossements et les mit dans un sac. Il rassembla des échantillons de sol, puis se tourna vers le shérif.

— Dawson Sanders portait une ceinture, donc il faut supposer que celle-ci appartenait à Paige ou au tueur. Ce pourrait être un indice crucial. Si ces os sont ceux de Paige Allen, nous savons que le tueur lui a attaché les bras dans le dos avant sa mort. Il n'y a pas d'autre raison, et si le crâne est le sien, son assassin lui a infligé une violente agression avant de la tuer.

Jenna remit sa casquette et contempla les minces os blancs.

— Blackhawk pense que ces marques ont été laissées par un animal. Il fouille avec Rowley, en direction de l'endroit où le crâne a été découvert.

— Il sera difficile de trouver le squelette complet de Paige Allen ; les animaux peuvent l'avoir dispersé.

Wolfe confia à Webber un sac à étiqueter.

— Hélas, les chiens détecteurs de cadavre ne serviront à rien, car ils se guident à l'odeur de la chair en putréfaction.

L'écouteur de Jenna crépita et la voix de Rowley lui parvint.

— *Nous avons trouvé d'autres os. Ils paraissent petits. Je pense que c'est le reste du corps de Paige Allen.*

Il indiqua la position exacte et Jenna répondit.

— Bien reçu, on arrive.

Elle contempla le tas de matériel et la mine épuisée de ses adjoints. La journée avait été longue. Elle se tourna vers Wolfe.

— Partez avec Kane et Webber vers l'endroit en question. Nous vous suivrons avec le reste de l'équipement.

— Bien, madame.

— Il faut que je me glisse derrière un buisson avant de repartir.

Bradford agita distraitement la main en direction du sous-bois.

— Allez-y, acquiesça Jenna, surprise de voir Kane revenir vers elle, l'air interrogateur. Un problème ?

— Pas vraiment. Vous avez l'air crevée, et moi je meurs de faim. J'ai deux énormes steaks dans mon frigo. Vous me feriez la cuisine, ce soir ?

Jenna lâcha un soupir réjoui.

— Ce serait merveilleux. En route, j'achèterai des gâteaux chez Tante Betty. Je sens que je pourrais dévorer.

— Ça roule.

Kane ramassa un des sacs, siffla son chien et s'en alla en hâte rejoindre Wolfe.

Jenna remit son sac à dos et prit une partie de l'équipement.

— Ça va, Bradford ?

L'adjointe sortit des broussailles, redressa ses habits puis se baissa pour ramasser l'autre sac.

— Oui, madame. Les meurtres, on finit par s'y habituer ?

Jenna secoua la tête.

— Pas vraiment.

— J'espérais que vous alliez dire oui.

Bradford soupira. Voyant Kane au loin, Jenna pressa le pas, car elle avait hâte d'en savoir plus sur ce qu'avaient subi Paige Allen et Dawson Sanders. Deux jeunes randonneurs. Elle inventa plusieurs scénarios. Le tueur ne se rangeait pas dans la même catégorie que certains de ceux auxquels elle avait eu affaire depuis son arrivée à Black Rock Falls, et personne n'était porté disparu dans les comtés voisins.

Le dernier tueur sur lequel ils avaient enquêté visait les adolescentes, pas les jeunes couples. Le *modus operandi* à l'œuvre ici était différent de celui du criminel de l'été dernier, et elle se demanda s'il pouvait s'agir d'un amant jaloux. Ou bien était-ce un meurtre opportuniste ? Il serait intéressant d'apprendre ce que la dépouille révélerait à Jill Bates, l'anthropologue légiste d'Helena.

En attendant, elle pourrait discuter de tout ça avec Kane pendant leur dîner, même s'il préférait éviter de parler boutique quand ils se voyaient en dehors du travail. Cette affaire était tellement mystérieuse qu'elle était impatiente de confronter ses idées aux siennes. Cela l'aiderait à décider quelle orientation donner à l'enquête.

— Où voulez-vous que je pose les sacs, madame ? demanda Bradford.

Tirée de sa réflexion, Jenna lui sourit.

— Là-bas, avec le reste du matériel.

Elle la suivit, déposa ce qu'elle portait, puis retira son sac à dos.

Le vent avait forci, et elle leva les yeux vers le ciel. Ils n'avaient vraiment pas besoin de pluie, mais seuls quelques nuages blancs occultaient le soleil. Après avoir poursuivi sa route à travers les arbustes et évité un buisson de sumac vénéneux, elle déboucha dans une clairière où se tenait Rowley, le front plissé.

— Qu'est-ce que nous avons là ?

— La majorité des os de Paige Allen, à part les mains. Wolfe pense qu'elle n'a pas été assassinée ici. En fouillant les alentours, nous avons découvert des vêtements à une dizaine de mètres d'ici. J'ai demandé l'autorisation de Wolfe avant de les rassembler, et il était d'accord.

— OK.

Captivée, Jenna consacra son attention aux ossements éparpillés à terre, qui surgissaient du sol comme des champignons. Quand Blackhawk s'avança, le front soucieux, l'air chagriné, elle s'aperçut qu'il tenait un jean.

— Qu'est-ce que c'est ? Qu'avez-vous trouvé ?

Blackhawk fourra le jean dans un sac pour pièce à conviction et le lui tendit.

— Ces vêtements sont presque intacts. Ils n'ont pas été déchirés. La petite culotte est à l'intérieur, comme si on la lui avait enlevée d'abord. Un animal l'aurait mise en morceaux pour atteindre la chair. Nous avons aussi trouvé ses chaussures, les lacets n'ont pas été défaits. C'est Rowley qui les a.

L'adjoint montra à Jenna un sac contenant une paire de chaussures de marche.

— Nous avons pris soin de ne pas déranger les lieux, mais elles avaient été jetées sous un buisson, dit-il en désignant le bois. Je pense que Wolfe devrait inspecter la zone. Un des troncs a quelques trous sur le côté, trop nombreux pour être de simples balles perdues.

La brise s'était changée en vent hurlant, le froid s'insinuait sous ses habits, glaçant sa peau moite.

— OK, merci. Laissez ça à Bradford, et allez prévenir notre légiste.

Elle alla tirer sa veste de son sac à dos. Le soleil cessait de chauffer vers 14 heures, et à cette période de l'année, à pareille altitude, la température pouvait chuter en dessous de zéro.

Bradford contemplait les vêtements dans les sacs pour pièces à conviction.

— Vous pensez qu'il l'a violée ? Vu ce qu'il lui a fait au visage, ça doit être un sacré fils de pute.

Jenna remonta le zip de sa veste et se tourna vers l'adjointe.

— Nous ne le saurons jamais, sauf s'il a laissé son ADN sur ce jean. Malheureusement, les ossements ne nous apprendront pas grand-chose. On peut juste espérer que le tueur aura commis une erreur et laissé des indices. Si c'est le cas, Wolfe les trouvera, et Kane doit déjà avoir établi le profil du meurtrier. Cette affaire est différente de toutes celles que j'ai connues jusqu'ici, soupira-t-elle.

— L'adjoint Kane m'a suggéré de me documenter sur quelques affaires antérieures, mais aucun des criminels ne tuait pour le plaisir.

Bradford se rogna les ongles comme si le sujet la perturbait.

— Les impacts de balle et la flèche dans le crâne, ça donne l'impression qu'il a pris son pied, le tueur.

— Oui, vous avez raison, approuva Kane en les rejoignant, l'expression impénétrable. Ce criminel-ci tue pour le plaisir. Dans tous les autres homicides sur lesquels nous avons enquêté, il s'est avéré que le meurtrier avait subi autrefois un trauma qui déclenchait son comportement. Celui-ci est dangereux parce que nous n'avons pas encore pu déterminer ses motivations. Les tueurs imprévisibles sont les plus difficiles à capturer. Je vais devoir chercher des crimes similaires et voir si notre meurtrier a déjà frappé, avant de pouvoir le profiler. Nous avons ici une probable scène de crime. Wolfe continue à recueillir des éléments.

Jenna acquiesça.

— Vous me montrerez ça.

— Bien sûr.

Il dirigea son regard vers Bradford, le visage immuable.

— Restez ici avec les pièces à conviction. Je vous envoie Rowley et Wolfe, et vous pourrez tout rapporter jusqu'aux chevaux.

Jenna le suivit dans les buissons et lui toucha le bras pour obtenir son attention.

— Il se fait tard, j'ai froid. Je ne peux pas croire que vous ayez envie de venir randonner ici un week-end... On se gèlera.

— Mais non, répliqua-t-il avec un grand sourire. Dans la journée, nous nous promènerons sur les sentiers, et nous passerons la nuit dans une cabane. Dans ce coin-ci, il y a au moins six plateaux que je prévois de visiter, avec des points de vue qu'on ne peut atteindre qu'à pied. Ou bien on peut tricher un peu et y aller à cheval.

Il retint les buissons pour qu'elle puisse passer.

— Je vous promets que vous serez bien au chaud. Cependant, il faudra faire ça bientôt, avant l'hiver. Pas question de venir ici quand il neigera, cabane ou pas.

— OK, on en parlera pendant le dîner.

Jenna observa la scène et se tourna vers Wolfe.

— Ces os sont là depuis combien de temps, selon vous ?

— Environ un an.

Wolfe recueillit méticuleusement des échantillons de sol après avoir ramassé les ossements épars au pied de l'arbre. Il se mit à quatre pattes et examina la terre, après quoi il prit une brosse dans son sac pour épousseter le sol.

— Eh bien, ça alors ! Une bague de fiançailles en diamant, avec une inscription à l'intérieur.

— Quel est le message gravé ?

Jenna s'avança et regarda par-dessus son épaule.

— Paige et Dawson pour l'éternité.

Wolfe laissa tomber l'anneau dans un petit sac en plastique qu'il scella.

— Ce sont les noms que nous avons vus sur les permis de

conduire trouvés dans les sacs à dos. Si cette bague n'est pas en toc, elle a dû coûter une fortune.

— Donc on peut exclure le vol comme mobile, dit Jenna avec un long soupir. Ça nous donne au moins un début de piste. Avec l'identité des victimes, nous pourrons localiser leur famille et savoir quand elles ont disparu.

Wolfe chassa les feuilles de son pantalon et leva un œil froid vers le shérif et son adjoint.

— Une minute. Pour le moment, nous supposons que les dépouilles sont celles d'Allen et de Sanders, et c'est sans doute le cas. Tout ce que nous avons, ce sont des os, et je ne me prononcerai pas sur l'identité de l'un ou de l'autre tant que je n'aurai pas de preuve incontestable. C'est-à-dire leur dossier dentaire ou un test ADN. Les os de la victime féminine ont été dispersés sur une certaine distance. En fait, nous supposons seulement qu'il s'agit de Paige Allen ; les conclusions hâtives sont faciles.

Jenna hocha la tête, puis s'adressa à Kane.

— Je suis bien d'accord. S'il s'agit bien de Paige Allen, comment pensez-vous que le crime s'est déroulé ?

— De manière brutale.

Jenna s'écarta pour le regarder reconstituer le meurtre. Kane plissa le front.

— D'après les déductions de Wolfe, la femme a vraisemblablement reçu une balle dans le dos, comme l'autre victime. Vu la distance entre les deux scènes de crime, on imagine qu'elle fuyait son assassin. Elle tombe, le tueur lui attache les mains avec sa ceinture, et il la plaque contre un arbre, dit-il en s'avançant vers un tronc où un impact de balle était bien visible. Impossible de savoir ce qu'elle a subi avant qu'il la tue.

— Non, pas sans le corps, renchérit Wolfe. Nous n'avons rien qui permette de parler de viol, mais je crois que le criminel l'a déshabillée, et tout indique qu'il a tiré sur ses vêtements. Il faut que j'examine de plus près les marques de dents sur les os, mais je pense qu'il y a des traces d'animal et de couteau.

Le légiste se rapprocha de l'arbre, désigna l'impact de balle et dirigea vers Jenna sa mine inquiète.

— À en juger d'après un examen préliminaire, elle a subi un trauma brutal, peut-être infligé par la crosse d'un pistolet, puis il lui a tiré dessus à bout portant, entre les deux yeux. Les dégâts infligés au crâne sont importants. La balle a traversé le crâne et s'est fichée dans le tronc.

Jenna visualisa les atroces dernières minutes de la pauvre femme et grinça des dents. Seule et impuissante, elle avait probablement assisté au meurtre de son fiancé, puis s'était enfuie. Le shérif inspira profondément. La mort était de retour à Black Rock Falls. Jenna haussa le menton pour regarder Kane.

— Je suppose que nous ne connaîtrons pas avant longtemps l'heure approximative du décès, mais que pouvez-vous me dire sur ce tueur ?

Kane s'adossa nonchalamment à un grand pin.

— Tout dépend du nombre de victimes. S'il se limite à deux, compte tenu de la scène de crime, en comparant avec la mort de l'autre victime, il pourrait s'agir d'un crime passionnel unique.

Jenna acquiesça.

— Oui, j'ai enquêté sur plusieurs crimes conjugaux, et l'homme attaque toujours le visage de la femme.

Kane frotta les poils de sa barbe qui avaient repoussé depuis son rasage matinal.

— C'est également courant dans les homicides. Comme ce crime-ci est particulièrement violent, nous devons chercher un amant jaloux, un ex-petit ami. Si nous découvrons d'autres victimes, ce sera une autre histoire.

Jenna avala la boule qu'elle avait dans la gorge.

— OK, quel est le pire scénario ? Je le sens très mal, ce meurtre.

Un nerf tressaillit dans la joue de Kane.

— Un amateur de sensations fortes qui déteste les femmes, ou un certain type de femmes. Un homme imprévisible, qui attend son heure jusqu'à ce qu'il rencontre la victime idéale, du genre de Ted Bundy. Il aimait les étudiantes : longs cheveux bruns, toutes la même silhouette. Ce type de psychopathe est un individu charmant, mais il est intelligent, rusé, sournois, insaisissable. Je dirais blanc, la trentaine ou peut-être plus âgé s'il fait ça depuis quelque temps.

Ses lèvres s'étirèrent en une ligne mince.

— Si c'est le profil de notre tueur, les victimes masculines sont un dommage collatéral, et aucune femme qui ressemble à notre victime féminine n'est à l'abri à Black Rock Falls.

Son attention se tourna vers le shérif.

— Au moment où nous parlons, un mètre quatre-vingts, cheveux noirs aux épaules, âgée de 20 à 35 ans... Vous êtes en plein dedans, Jenna.

14

En fin d'après-midi, il se rendit au magasin d'articles de pêche et de chasse. Du trottoir d'en face, il regarda y entrer un couple qui marchait main dans la main, et il eut un reniflement de mépris. Penser qu'un homme pouvait se lier volontairement à une vipère comme elle. La façon dont elle agitait ses cheveux et battait des cils devant tous les hommes qu'ils croisaient était aussi pénible que si elle avait fait crisser ses longs ongles rouges sur un tableau noir. Pourquoi les hommes s'engageaient-ils à des années de torture mentale, il était incapable de l'imaginer. Il devait admettre que cette femme était séduisante, mais la beauté n'a qu'un temps, et elle serait sans doute dans le lit d'un autre homme avant que l'année soit terminée.

Avec un sourire, il leva son fusil et visa le couple à travers la vitrine, comme pour faire un carton. Aucun sport sur terre ne valait le plaisir qu'il prenait à chasser des humains, et ce plaisir durait parce qu'il avait tout loisir de revisionner les vidéos chaque fois qu'il en avait envie. Oh oui, il se servait des caméras infrarouges pour immortaliser chacun de ces instants délicieux.

La voix du vendeur parlant à un autre client le ramena à la réalité et il baissa son arme. Il n'avait rien prévu d'acheter. Il n'avait jamais été stupide, et se procurer un fusil en ville pour tuer quelqu'un aurait été d'une bêtise excessive.

Il ne lui restait plus guère de préparatifs à accomplir. Ses fusils attendaient dans la grotte, chargés et prêts à l'emploi. Il avait installé les caméras de chasse, réparties sur une vaste zone, au cas où Bailey réussirait à s'enfuir. Il avait envisagé toutes les éventualités pour s'assurer une bonne chasse. Il avait fixé un lieu de rendez-vous avec son client, chacun ignorerait le nom de l'autre, et il n'y aurait aucune trace l'associant au meurtre.

Il s'approcha du comptoir, souriant au vendeur.

— Joli, très joli, mais il faut que je réfléchisse. Je ne prévois pas de chasser avant le printemps. Je suis trop occupé, en ce moment.

Il rendit le fusil puis sortit de la boutique. Il leva les yeux ; ce matin-là, on annonçait un ciel dégagé et un temps frais, avec risque de carnage. Un rire s'évada de sa gorge. Il sentait presque le sang dans l'air. *J'ai hâte.*

15

Après le dîner, Jenna se vautra sur le canapé de Kane en se frottant les yeux. Elle était épuisée, et ce n'était rien de le dire. Elle avait mal aux os, d'être montée à cheval et d'avoir transporté le matériel d'une scène de crime à l'autre. Elle accepta la tasse de café que lui tendait Kane et sourit.

— Je n'en peux plus. J'ai cru que j'allais m'endormir debout sous la douche.

Il s'assit à côté d'elle et plaça ses deux grands pieds sur la table basse.

— Vous n'étiez pas obligée de m'aider à panser les chevaux. Même si cette assistance était bienvenue.

Jenna haussa les épaules et ce petit mouvement tira sur ses muscles endoloris.

— C'est ma jument et j'en suis responsable. Désormais, je vous aiderai aussi à nettoyer l'écurie le matin, déclara-t-elle en réprimant un bâillement. J'aime la brosser, c'est un morceau de vie normale dans un monde de dingues.

— Oui, j'éprouve la même chose. Je sais que vous vouliez discuter de l'affaire ce soir, mais je n'ai rien à ajouter à ce que j'ai dit sur la scène de crime. Je pense que nous sommes dans une période d'attente, coincés entre un crime passionnel qui remonte au moins à un an, et un tueur qui aime les sensations fortes et qui pourrait frapper à nouveau.

Jenna sirota son café.

— Wolfe pourra nous en apprendre davantage quand l'anthropologue légiste et lui examineront les dépouilles. J'imagine qu'il n'est maintenant plus question de prendre quelques jours de vacances ?

— Peut-être pas, répliqua Kane, dévoilant ses dents blanches. Les meurtres datent d'il y a un an minimum, et Wolfe a beaucoup à faire avant qu'on puisse lancer notre enquête. Il ne nous faut qu'un week-end et nous pourrions partir de ce côté de la montagne en suivant les chemins qui remontent vers les sommets. Oui, il pourrait faire froid, mais nous avons des sous-vêtements thermiques, et il y a des cheminées dans les cabanes. Vous avez connu bien pire pendant votre formation, j'en suis sûr.

Ah, le café de Kane était excellent. Elle en savourait le goût tout en dévisageant son adjoint par-dessus le bord de sa tasse.

— J'étais beaucoup plus jeune alors, mais à part l'épuisement causé par ce meurtre sinistre auquel nous avons eu affaire aujourd'hui, j'aime les montagnes. Elles ont une beauté tragique. En mon for intérieur, je sais ce qu'il s'y est passé, mais c'est un peu comme si le paysage essayait de compenser les erreurs humaines. C'est différent chaque fois que j'y vais : les arbres sont les mêmes, mais je suis ébahie par les couleurs, par la diversité de la faune et de la flore.

— Je me concentre sur le silence qui règne là-haut, dit-il en prenant sa tasse fumante. C'est comme ces plages où beaucoup d'hommes sont morts au combat. La mer a emporté le sang, il n'y a plus aucune trace de la tragédie. Ici, c'est pareil : la forêt repousse par-dessus les dégâts, comme si elle cachait le souvenir de ce qui s'est produit. La mer et les bois voient la mort chaque jour, les animaux et les poissons se mangent entre eux. Pour eux, c'est la survie, pour nous c'est le meurtre.

Jenna finit son café et se leva.

— Quel poète ! Merci pour le dîner, mais il est temps que je rentre. Je mets ma tasse dans le lave-vaisselle et on se voit demain. J'adorerais rester pour discuter toute la nuit, mais je n'ai pas vraiment envie de dormir encore une fois dans votre chambre d'amis.

— Laissez la tasse, je vous raccompagne chez vous. Duke a besoin de sortir avant que je me couche.

Kane siffla son chien, puis se dirigea vers la porte. Ils traversèrent la pelouse qui s'étendait devant chez elle et elle ouvrit la porte, désactiva l'alarme et se retourna vers Kane. Il avait l'habitude d'attendre qu'elle soit en sécurité dans sa maison.

— Merci de m'avoir raccompagnée.

— Je vous en prie.

Ses lèvres se retroussèrent en un sourire hésitant et il fit demi-tour.

— On se voit à 5 heures si vous avez toujours envie de nettoyer l'écurie avec moi. Ça ne sera pas long et ce sera un bon échauffement avant la gym.

Jenna ne put s'empêcher de manifester sa joie. Elle avait déjà vu la gentillesse de Dave Kane percer à travers sa carapace, et elle fut ravie d'être à nouveau témoin de ce phénomène.

— Bien sûr, je serai là pour vous aider, et demain, c'est mon tour de préparer le petit déjeuner.

— Je suis impatient de déguster ça.

Elle le regarda regagner lentement son pavillon, Duke sur ses talons. *L'homme de glace est peut-être en train de fondre.*

16

MERCREDI

Le lendemain matin, en entrant dans la morgue avec Kane, Jenna découvrit une blonde d'une trentaine d'années, en blouse blanche, penchée au-dessus du squelette qu'ils avaient récupéré la veille. La femme leva les yeux et sourit alors que la porte se refermait derrière eux avec un appel d'air.

— Ah, vous devez être le shérif Alton et l'adjoint Kane. Shane m'a tellement parlé de vous, j'ai l'impression de déjà vous connaître. Jill Bates, se présenta-t-elle en ôtant son gant chirurgical pour leur tendre sa main.

J'espère qu'il ne vous a pas tout dit sur nous. Souriante, Jenna lui serra la main.

— Vous devez être l'anthropologue légiste que Wolfe a mentionnée. Appelez-moi Jenna, je vous en prie.

Kane tendit la main à son tour.

— Ravi de vous rencontrer. Où est Wolfe, d'ailleurs ?

— Il est allé porter quelques échantillons au labo. Nous n'avons ici que le matériel de base pour une autopsie. De l'autre côté du couloir, il a tout ce dont nous avons besoin pour que je puisse intervenir, et bien sûr, pour les tests ADN.

Stupéfaite, Jenna resta bouche bée.

— Il peut faire des tests ADN ici, maintenant ?

Jill afficha un sourire exquis, et finit par rire franchement.

— Mais oui, son équipement est impressionnant. Je pense qu'il a une bonne fée : chaque fois qu'il demande un financement, il l'obtient en un temps record. Quelqu'un au gouvernement doit veiller sur sa destinée.

Oui, le président des États-Unis peut se montrer généreux. Jenna entendit la porte s'ouvrir et Wolfe apparut, tenant un iPad. Elle se tourna vers lui.

— Ah, très bien. Vous avez quelque chose pour moi ?

Wolfe étrécit ses yeux gris.

— Euh... oui et non. Je vois que vous avez fait connaissance avec Jill. Elle est inestimable, et elle passera ici quelques jours pour m'aider.

Jenna hocha la tête.

— Aucun problème, mais j'espère qu'elle est descendue au Cattleman's Hotel ? Je ne logerais pas un chien au motel de Black Rock Falls.

— Ne vous inquiétez pas, Jenna. Shane m'a accueillie chez lui. Je m'incruste dans sa chambre d'amis.

La mine sévère de Wolfe devint presque allègre.

— Vous n'imaginez pas à quel point Emily adore bavarder avec Jill. J'étais comme elle à son âge, j'avais soif d'apprendre.

Kane se frotta le menton.

— Comment se passent ses études ? Elle ne prévoit pas de créer une ferme des corps dans votre jardin ?

Jill éclata de rire.

— Oh mon Dieu ! De toute évidence, vous la connaissez mieux que vous ne pensez ; en ce moment, elle dévore les manuels de dissection. J'étais pareille quand j'étais gamine, je jouais avec des bestioles mortes, des os et des fossiles.

Jenna s'éclaircit la gorge.

— Moi non plus, les poupées ne m'ont jamais attirée. J'avais une passion pour les armes.

Les trois autres se décrochèrent la mâchoire en même temps et elle réprima l'hilarité qui montait en elle. Elle avait un crime à résoudre.

— On peut passer aux choses sérieuses ? Avez-vous découvert quoi que ce soit qui permette d'identifier catégoriquement les deux victimes ?

— Oui, avec l'aide de Jill et grâce à ses contacts, nous avons obtenu leur dossier dentaire et avons comparé avec les crânes dont nous disposons. Ils avaient la même assurance santé que Jill, nous sommes partis de là pour les retrouver.

— J'ai eu accès à la base de données grâce à mon mot de passe et nous avons une concordance. Les deux victimes avaient récemment passé une radio, c'est une aubaine. Voici Dawson Sanders et sa fiancée Paige Allen, dit Jill en désignant les dépouilles à sa gauche.

— Ensuite, j'ai fait une recherche et j'ai découvert un article de journal les concernant, expliqua Wolfe en haussant un sourcil. Il possède une série d'hôtels, et elle, c'est une riche héritière. Leurs fiançailles occupaient deux pages dans le canard local.

Jenna se tapota la lèvre inférieure.

— Il était bien jeune pour être propriétaire de plusieurs hôtels. Et puis, pourquoi venir à Black Rock Falls ? On aurait pu penser qu'ils prendraient leurs vacances dans un endroit plus luxueux.

Kane s'approcha des vestiges pathétiques de Paige Allen.

— Je crois que nous le saurons bientôt. Le squelette paraît presque complet. Qu'est-il arrivé à leurs mains ?

Wolfe tourna son attention vers son iPad.

— Nous pensons qu'elles ont été emportées par des animaux. Nous n'en sommes qu'au début de notre examen, mais d'après les dégâts visibles sur le corps de Sanders, il semble qu'il était déjà mort quand le carreau d'arbalète a été tiré à travers sa tête.

Jill contourna les dépouilles et pointa son doigt ganté.

— Oui, l'absence de dispersion des os et de marques de dents indique que, pour une raison ou une autre, les animaux ne se sont pas attaqués au corps de Sanders. La décomposition laisse des traces sur les vêtements, et les siens semblent intacts, ce qui laisse imaginer qu'il a été arrosé d'essence ou de pétrole.

Kane adressa à Jenna un regard incrédule avant de revenir vers Wolfe.

— Oui, vous l'avez déjà mentionné, mais qui emporterait un jerrycan d'essence dans la montagne ? Avez-vous déjà analysé les vêtements ?

— Pas encore.

Jenna surprit l'agacement de Wolfe. Kane voulait des réponses hier, et ce que les légistes avaient accompli en si peu de temps était incroyable. Elle tapota Kane sur le bras.

— J'ai demandé l'identité des victimes et ils l'ont confirmée en un temps record. Vous savez combien de temps il faut pour tous ces tests.

Wolfe la regarda avec gratitude et haussa les épaules.

— Nous travaillons avec presque rien ici. Rassembler les ossements a pris des heures et nous n'avons pas eu le loisir de déterminer la cause de la mort de Paige Allen. Je vous suggère de retrouver leur campement, dit-il à Kane ; il doit être à distance raisonnable de l'endroit où nous avons trouvé les corps. Et cherchez donc un jerrycan d'essence dans la zone. D'après le contenu de leur sac à dos, ils n'ont pas pu marcher plus d'une heure.

Jenna secoua la tête.

— C'est un périmètre énorme, et les ours ont dû faire disparaître ce campement. Nous avons fouillé les abords immédiats dans toutes les directions, en vain, donc je ne gaspillerai pas nos ressources pour y retourner. Je suis obligée de déployer mes troupes autrement, soupira-t-elle. J'ai reçu toute une série de plaintes locales que Walters a dû mettre en attente pendant que nous arpentions la montagne, et j'ai besoin de faire vérifier les déplacements de ce couple. Pourquoi personne n'a signalé leur disparition ?

Wolfe s'appuya à la paillasse d'un air désinvolte.

— C'est d'autant plus bizarre qu'ils avaient une certaine notoriété dans leur ville. Et puis il y a le téléphone. Je m'y attaquerai dès que possible. Je serais curieux de savoir qui ils ont appelé dans les heures ayant précédé leur mort. Allen devait l'avoir sur elle quand elle a été tuée, et il y a du réseau, là-haut. Pourquoi n'a-t-elle pas composé le 911 ?

Jenna fronça les sourcils.

— Si elle l'a fait, nous en aurons la trace. Le crime a été commis sous mon mandat. Jamais un appel sur le 911 ne nous aurait échappé.

Kane plissa le front en observant la dépouille de la femme.

— Je vérifierai les archives quand nous serons rentrés au bureau. Les dégâts subis par la colonne vertébrale sont typiques d'un tir incapacitant, utilisé pour maintenir la personne immobile en vue d'un interrogatoire. Le tueur la voulait vivante, c'est ça ?

— Comme je l'ai dit, répondit Wolfe, j'ai besoin de temps pour établir un rapport complet sur nos conclusions, mais oui, cette blessure suffirait à paralyser quelqu'un. Et il y a la ceinture retrouvée serrée autour de ses bras. Elle n'appartient ni à elle ni à son fiancé, ils avaient tous les deux gardé la leur. Elle devait appartenir au tueur, et je devance votre question : il n'y a pas de marques distinctives dessus.

Wolfe croisa les bras devant son ample poitrine et soupira.

— À ce que nous pouvons voir, elle a souffert et a été livrée en pâture aux bêtes sauvages. La victime masculine a été préservée, pour une raison que nous ignorons.

— Ce qui signifie que la femme a été rejetée une fois passé le frisson du meurtre. Comportement typique d'un psychopathe.

Kane glissa une main dans ses cheveux noirs et prit une mine sombre.

— Mais ce tueur est encore plus pervers. Je pense qu'il aime rendre visite à ses victimes, pour une raison ou pour une autre, et qu'il utilise l'essence pour empêcher les animaux de déranger les cadavres. Les voir se décomposer, ça ajoute à sa jouissance.

17

La matinée était devenue une de ces journées où Jenna commençait à se croire à la tête de l'équipe de flics ridicules qu'on voyait autrefois dans les films muets. En fait, si Rowley était apparu en noir et blanc et jouant de la matraque, elle n'aurait pas été étonnée.

En son absence, le bureau du shérif avait basculé dans la pagaille totale. Des bagarres avaient éclaté dans toute la ville, avec une nouvelle rixe au Triple Z, et les gens appelaient constamment pour porter plainte. La saison de la chasse, qui battait son plein, éveillait parmi la population locale et chez quelques touristes un esprit de compétition alimenté par la testostérone.

En temps normal, les rangers surveillaient les chasseurs. Ils faisaient respecter la loi en imposant le contrôle des permis et des autorisations à l'entrée et à la sortie des zones de chasse, mais une partie de l'excitation s'était répandue en ville, maintenant que la saison des élans et des dindons était terminée.

Après avoir réparti les différentes plaintes entre ses adjoints, Jenna avait emporté dans son bureau une tasse de café bien méritée et avait fermé sa porte. Elle devait prendre connaissance de toutes les informations recueillies grâce aux examens réalisés par Wolfe sur les dépouilles de Paige et Dawson. Les deux victimes figuraient parmi les personnes portées disparues en Californie. Elle nota le numéro à contacter et le nom du policier en charge du dossier, puis prit son téléphone. Au bout de quelques sonneries, un homme décrocha.

— *Allô.*

— Inspecteur Stokes ? demanda Jenna en consultant l'écran de son ordinateur. Je suis le shérif Alton, de Black Rock Falls, dans le Montana. J'ai du nouveau concernant deux de vos disparus : Paige Allen et Dawson Sanders.

— *Une minute, j'ouvre leur dossier.*

Stokes tapa sur son clavier, puis soupira.

— *OK, je vous écoute.*

Jenna s'éclaircit la gorge.

— Nous avons trouvé leur dépouille sur un sentier dans le bois de Stanton, en haut de la Black Rock Mountain. Mon médecin légiste pense qu'ils sont là depuis environ un an.

— *Nous avons tenté de les retrouver dans le Colorado. Apparemment, après leur fête de fiançailles, ils sont partis en vacances-mystère que Sanders avait organisées là-bas. Leur famille nous a dit qu'ils avaient tenu à y aller sans leur portable, en emportant un appareil prépayé pour appeler en cas d'urgence. Comme nous n'avons pas pu retrouver leur téléphone, nous n'avions aucune idée d'où ils étaient. Qu'est-ce qui leur est arrivé ?*

Les orbites aveugles des deux crânes traversèrent l'esprit de Jenna, et un frisson parcourut son dos.

— Je pense qu'il s'agit d'un homicide. Tous deux ont été victimes de brutalités considérables. Je ne peux pas encore vous fournir un rapport détaillé. Nous avons embauché une anthropologue légiste pour travailler avec notre spécialiste afin de déterminer la cause de la mort.

— *Avez-vous identifié les victimes avec certitude ?*

— Oui, nous avons leur permis de conduire et leur dossier dentaire. Malheureusement, il n'y a aucun doute, dit Jenna en se mordillant la lèvre. Les victimes sont bien Dawson Sanders et Paige Allen.

Stokes inspira profondément.

— *Je vois. Des suspects ? Des crimes semblables dans la région ? Attendez, Black Rock Falls, oui, j'ai entendu parler de cette ville. Vous avez capturé le Tueur de Riverside, n'est-ce pas ?*

Jenna tambourina sur la table.

— Exact, il est en prison à perpétuité, mais c'était un irresponsable. Le meurtrier de ce couple a un *modus operandi* différent, et comme le crime a eu lieu il y a un an, nous n'avons aucune preuve indiquant qu'il ait commis d'autres crimes à Black Rock Falls par la suite. Comme il a défiguré Allen, nous envisageons un crime passionnel. Que pouvez-vous me dire sur le couple ? Y a-t-il un amant jaloux dans l'histoire ?

— *Pas que je sache. Laissez-moi quelques instants pour lire le dossier. Ça fait plus d'un an.*

Jenna sirota son café et attendit.

— *Bien. La première personne à nous avoir contactés est Bruce Styles. C'est le colocataire de Sanders. Au bout de six semaines, il était temps de payer le loyer et Styles n'avait pas de nouvelles, ce qui était inhabituel. Bien sûr, nous n'avons rien trouvé. C'était comme s'il s'était évanoui dans les airs. Quand les parents de Sanders sont revenus d'un voyage à l'étranger, une semaine plus tard, ils ont contacté les parents de Paige Allen et ont signalé ensemble leur disparition.*

Jenna écouta avec intérêt. Une fille disparaît pendant des semaines sans que les parents ne fassent rien ?

— Et les parents de la fille, quelle était leur version ?

— *Les Allen pensaient que Paige serait partie un mois. Ils ont expliqué que le couple avait renoncé au téléphone et voulait qu'on les laisse seuls. Les parents ont d'abord pensé qu'ils prolongeaient leur séjour. Je ne sais pas trop comment ils ont échoué à Black Rock Falls. Sanders leur avait dit qu'ils partaient pour le Colorado.*

— Ont-ils contacté des amis, des membres de leur famille ?

— *Nous avons parlé aux collègues de travail de Sanders. Même chose pour Paige. Comme je disais, ils se sont volatilisés. Nous les avons inscrits sur la base de données des disparus. J'ai diffusé un avis de recherche concernant leur véhicule, mais sans résultat, là non plus. Je vous donnerai les détails.*

— Merci d'avance.

Jenna prit note de la marque de la voiture et du numéro d'immatriculation, puis se renfonça dans sa chaise ; Stokes semblait avoir mené une enquête approfondie.

— L'un des deux avait-il un casier judiciaire ?

Stokes s'éclaircit la gorge.

— *Non, blancs comme neige, tous les deux, et ils n'avaient pas non plus de soucis d'argent. Maintenant que c'est une enquête pour meurtre, je vais creuser davantage l'arrière-plan de Paige et interroger ses anciens petits amis, à tout hasard. Je crois que nous allons devoir travailler ensemble sur cette affaire.*

— C'était l'idée générale. Je vous enverrai par courrier électronique ce que nous avons pour le moment, et le rapport d'autopsie complet quand je l'aurai reçu. Ah, une dernière chose ! Connaissez-vous des crimes similaires dans votre région ? Mon adjoint est un excellent profileur, et il pense que le tueur n'agissait pas pour la première fois.

— *Si nous savions dans quel État chercher, ça aiderait, mais je vais mettre mon équipe sur le coup et voir ce que ça donne. Je vous suggère d'en faire autant. Nous sommes le poste de police d'Hollywood. Je manque de temps et de ressources ; notre charge de travail est déjà assez lourde comme ça. Le problème avec ces affaires non résolues, c'est qu'on a tendance à les oublier, mais je ferai de mon mieux.*

Consternée, Jenna aurait voulu se frapper la tête sur la

table. Bon Dieu, ce type bâillait presque en lui parlant, alors qu'elle avait deux de ses administrés dans sa morgue.

— Pouvez-vous au moins prévenir leurs proches ?

— *Oui, ça, je peux m'en occuper. Je leur transmettrai vos coordonnées et ils pourront prendre les mesures qui s'imposent dès que le légiste aura terminé avec les corps.*

La ligne fut coupée. Jenna contempla le combiné, incrédule.

— Bravo la coopération.

Elle réunit les dossiers qu'elle avait jusqu'ici et les lui fit parvenir. Le téléphone sonna : c'était Wolfe.

— Vous avez des choses pour moi ?

— *C'est à propos du portable retrouvé sur la scène de crime. J'ai réussi à télécharger le contenu de la carte SIM de Paige Allen. Le dernier numéro composé est le 911, en octobre dernier. L'appel a duré une seconde, donc si quelqu'un a répondu, il n'a pas dû beaucoup s'inquiéter, d'autant que les appels sur le 911 sont renvoyés vers nos téléphones personnels, en dehors des heures de bureau.*

Jenna soupira.

— C'est terrible de savoir que l'un des deux a tenté d'appeler au secours. Autre chose ?

— *À part l'appel sur le 911, il y a des images sur la carte SIM, mais la plupart sont endommagées. Des vues de la région, du restaurant du Cattleman's Hotel, et des paysages de montagne.*

Le shérif ressentit comme une vague de soulagement. Elle avait enfin une piste.

— Donc, ils pourraient avoir séjourné au Cattleman's Hotel ?

— *Ça vaudrait la peine de vérifier.*

Jenna prit quelques notes.

— Quand aurez-vous terminé ?

— *J'aurai un rapport complet à vous envoyer en fin de journée, mais il y a un détail intéressant. En termes de profane, les entailles sur les os de Paige Allen pourraient venir d'un couteau de chasse et d'une machette.*

Il laissa s'écouler quelques instants.

— Je n'exclus pas qu'il ait pu y avoir deux tueurs. Le carreau d'arbalète retrouvé dans le crâne de Dawson Sanders est inhabituel et incongru. Pourquoi le tueur ne l'a-t-il utilisé qu'une fois ? Ça mériterait une enquête plus approfondie.

Wolfe inspira profondément.

— Si c'est tout, madame, je vais m'atteler à mon rapport.

— Oui, merci. Et remerciez aussi Jill pour moi.

— Très bien. Bonne journée, madame.

— Au revoir.

Jenna raccrocha, puis chercha le Cattleman's Hotel parmi ses contacts. Elle était sur le point d'appeler quand on frappa à sa porte.

— Oui, entrez.

Rowley glissa une tête, l'air troublé. Il arborait un large cerne rouge sous un œil, et sa casquette était de travers.

— La bagarre au Triple Z ? Ce sont les deux mêmes gugusses que la dernière fois. On les boucle dans les cellules ?

Elle le congédia.

— Oui, inscrivez-les dans le registre, je vais aller les voir.

Pourquoi ai-je choisi ce métier ?

18

Kane finit son déjeuner chez Tante Betty, emporta un bagel au fromage et un café pour Jenna, puis se dirigea vers le bureau. Sa matinée avait été un échec total. Il n'avait pas protesté quand Jenna avait tenu à l'associer à Bradford, et bien qu'il ait dû dans sa vie se colleter à quantité de problèmes ridicules, il se sentait à bout de patience.

Il avait passé quelques heures à rédiger des procès-verbaux pour stationnement illégal et à régler des querelles de voisinage. À présent, il aurait sacrifié un mois de salaire pour être en train de jouer des poings dans la rixe du Triple Z avec Rowley et Webber.

Il adorait profiler et attraper des tueurs avec Jenna et l'équipe, mais il regrettait la variété d'action de sa vie passée. La plaque fixée dans sa tête, à cause d'un attentat à la bombe, du temps où il était agent du gouvernement, lui causait des migraines mais ne l'avait pas ralenti. Les seules poussées d'adrénaline ressenties dernièrement lui venaient des séances de gym avec Jenna chaque matin, ou des moments où il chevauchait au grand galop. Aussi, après tant d'années de service actif, la vie à

Black Rock Falls lui paraissait singulièrement dépourvue d'excitation.

Il entra dans le bureau de Jenna et déposa le bagel et le café sur la table. Toutes les fenêtres étaient ouvertes, et les odeurs de la pinède s'y mêlaient au parfum du shampooing du shérif.

— J'ai déjeuné, quoi d'autre au programme ?

— Une seconde.

Jenna tapota sur le clavier, puis lui consacra son attention. Elle entrouvrit le sac de victuailles, en huma le fumet, puis sourit.

— Ah, merci, vraiment. Des bagels au fromage... Vous lisez dans les esprits, je le savais. Vous êtes la seule personne qui m'ait jamais apporté de quoi manger quand je suis affamée.

Kane sourit.

— C'est peut-être simplement parce que je tiens à votre estime.

— Continuez comme ça et j'aurai toujours beaucoup d'estime pour vous.

Jenna émit un gémissement de plaisir et mordit dans le bagel.

— Trop facile.

Kane gloussa. Il ne fallait pas être un génie pour savoir qu'elle n'avait rien mangé depuis le petit déjeuner. Quand Jenna était sur une affaire, elle oubliait quel jour on était, et ne prenait même plus le temps de se nourrir.

— Rowley et Webber ont résolu le problème au Triple Z ?

— Oui, c'était plutôt un différend entre Leroy et Abel Finch. Vous vous chargez des interrogatoires ? Rowley devrait avoir rédigé son rapport.

Jenna but une gorgée de café et soupira.

— Demandez à Bradford de rédiger les rapports de votre patrouille. Il s'est passé des choses intéressantes ?

Kane s'étira. Il aurait voulu qu'il soit déjà l'heure de rentrer chez lui.

— Non, rien, et elle est déjà au travail. Donc les emmerdeurs du Triple Z sont dans les cellules ?

— Oui, je voulais les interroger mais je croule sous les appels et les rapports d'autopsie, répondit Jenna en se carrant sur sa chaise. J'ai parlé à l'inspecteur de la police d'Hollywood au sujet de l'affaire classée de Sanders et Allen. Je crains qu'il n'ait pas grand-chose à offrir pour notre enquête sur le meurtre, mais nous devons échanger nos dossiers. Il a au moins rencontré la famille et les amis à l'époque où ils ont disparu.

Kane se frictionna la nuque.

— N'espérez pas trop d'aide. Le dossier doit être tout en bas de sa pile.

— C'est pour ça que je bosse dessus. Je dois suivre toutes les pistes avant qu'elles ne disparaissent. Le couple a séjourné en ville quelques jours avant de mourir, et qu'est devenue leur voiture ? Elle ne figure pas sur la liste des véhicules trouvés ou abandonnés.

— Elle pourrait avoir été revendue à un garage. Ils ne posent pas trop de questions sur les propriétaires.

Il posa sa paume sur la poignée de son revolver.

— Vous voulez que les deux idiots du Triple Z soient inculpés ou relâchés avec un avertissement ?

Jenna, qui grignotait son déjeuner, soupira.

— Tout dépend des dégâts subis par le bar, et si le tenancier tient à engager des poursuites. Les frères Finch n'ont pas un sou. Cette fois ils se battaient entre eux, et tout le monde s'est joint à la mêlée. À vous de décider. Moi, je vais au Cattleman's Hotel avec Rowley, pour voir si quelqu'un se rappelle avoir vu Sanders et Allen. J'espère qu'ils nous laisseront consulter leurs archives quand je leur dirai que le couple a été victime d'un homicide.

— Ils voudront peut-être éviter une ordonnance du tribunal, mais ils préféreront sans doute vous fournir des précisions sur le couple plutôt que d'ouvrir leurs registres. S'ils ont conservé des vidéos, ça nous sera utile, mais ils ont dû les effacer depuis longtemps, sinon il faudra une ordonnance du tribunal pour obtenir une copie, vu les lois sur la protection de la vie privée. Quand j'aurai fini les interrogatoires, vous voulez que je fasse la tournée des décharges, au cas où quelqu'un aurait envie de récupérer la voiture d'Allen ?

Jenna engloutit le dernier morceau de bagel et lécha une lichette de fromage restée sur ses lèvres.

— Vous feriez ça ? Appelez-moi, si vous découvrez des choses passionnantes.

— Compris.

Après avoir contacté le tenancier du Triple Z et avoir appris qu'il n'avait pas l'intention d'engager des poursuites, Kane interrogea Leroy et Abel Finch. Les frères s'étaient disputés à cause de leur ardoise au bar, et quand ils eurent accepté de partager la note, il les libéra en leur signalant que la prochaine fois qu'ils causeraient des ennuis, ils auraient droit à un procès.

Alors qu'il les raccompagnait jusqu'à la porte, il aperçut Jenna montant dans sa voiture, avec Rowley sur le siège passager. Le soleil de l'après-midi brillait sur ses cheveux, et lorsqu'elle se tourna vers lui, il lui fit signe. Il se coiffa de son chapeau et monta dans son véhicule. D'ordinaire, ils travaillaient ensemble, et il était surpris qu'elle ait tenu à l'envoyer en patrouille avec Bradford. Il s'était peut-être montré trop attentionné la veille au soir, et elle cherchait à l'éloigner. Une fois engagé dans la circulation, il grimaça. Il avait failli l'embrasser pour lui souhaiter bonne nuit. Si c'est ainsi qu'elle réagissait, il ferait mieux de garder ses distances. Dommage, c'était seulement la deuxième fois de sa vie qu'il aimait une femme.

Le premier chantier de recyclage ne put rien lui apprendre, mais en arrivant au deuxième, il entendit le cri de la tôle qui se froisse alors que la broyeuse transformait les voitures en cubes parfaits. Une autre machine soulevait ensuite les cubes et les déposait dans un camion garé à l'entrée, qui ployait sous le poids. Franchissant l'immense portail, Kane se gara devant un bureau minable et regarda autour de lui. Des rangées de véhicules de toutes sortes se déployaient sur au moins deux hectares ; certains étaient presque neufs, d'autres étaient des reliques rouillées remontant aux années 1950.

Dans le bureau, l'atmosphère était chargée d'une odeur d'huile et de cigarettes. Des pièces détachées s'entassaient sur des étagères en bois sales, chacune munie d'une étiquette attachée par une ficelle. Dans un coin, un moteur semblait tout à fait déplacé, avec ses tuyaux de chrome qui luisaient dans la pénombre. Quand Kane s'avança, il sentit crisser sous ses chaussures les copeaux de métal et les fragments de verre. À l'accueil était assis un homme d'une cinquantaine d'années, aux cheveux poivre et sel plaqués en arrière.

— Que puis-je faire pour vous, monsieur l'adjoint ?

L'homme se leva, puis essuya ses mains sur sa salopette crasseuse.

Kane se rapprocha.

— Bonjour, je suis l'adjoint Kane. Je recherche une Ford Sedan, modèle récent, qui a disparu il y a environ un an. Vous auriez quelque chose de ce genre ?

L'homme se rassit devant son ordinateur.

— Peut-être bien que oui, peut-être bien que non. Je gère cette boîte dans les règles. Si on a reçu votre bagnole, ça doit être noté.

— Tant mieux.

Un long moment s'écoula avant que l'homme imprime une liste qu'il remit à Kane.

— Nous avons eu deux Ford de modèle récent. L'une était une épave brûlée, apportée de Blackwater, l'autre appartenait à un habitant de la ville qui était mort. Je vous ai mis tous les détails.

Kane inclina son chapeau.

— Merci pour votre aide.

Il repartit vers sa voiture. Une fois assis, il compara le numéro de série de l'épave brûlée avec celui du véhicule d'Allen. Les numéros coïncidaient. Il appela Jenna.

— J'ai trouvé la voiture d'Allen. On lui avait retiré ses plaques avant d'y mettre le feu à Blackwater et de l'apporter ici pour qu'elle soit compactée.

— *Donc ils étaient deux : l'un qui conduisait, l'autre qui suivait.*

Kane contempla la rangée de véhicules rouillés.

— C'est possible, mais pas forcément. Par exemple, le tueur possède peut-être une dépanneuse. Il conduit la voiture dans un endroit désert et il la brûle. Une fois cramée, elle devient invisible, il y en a à la pelle ici.

Jenna poussa un long soupir.

— *D'accord, mais Wolfe se demande encore s'il n'y a pas plusieurs tueurs dans le coup. Peu de chasseurs sont munis d'un fusil et d'une arbalète. Bien sûr, on ne peut pas exclure l'éventualité que quelqu'un d'autre soit tombé sur la dépouille et ait décidé de lui envoyer un carreau d'arbalète dans la tête. D'après Webber, ces flèches coûtent cher et sont rarement abandonnées. Je vais l'envoyer chercher où elle a pu être achetée, parmi les fournisseurs locaux.*

Kane se gratta le crâne.

— Vous savez combien il y a de revendeurs en ligne ? Ça revient à chercher une aiguille dans une botte de foin.

Jenna s'éclaircit la gorge.

— *J'arriverai peut-être à mettre la main sur cette aiguille. Le Cattleman's Hotel a confirmé que les victimes y avaient séjourné, avec les dates. Le plus curieux, c'est qu'Allen et Sanders avaient rendu la clé de leur chambre. J'aurais cru* qu'après quelques jours dans les bois, ils auraient envie d'une douche chaude et d'une bonne nuit de sommeil avant de rentrer chez eux. Beaucoup de randonneurs font ça.

— Ils étaient peut-être à court d'argent.

— *Peu probable, mais vous avez raison. Je vais passer les jours qui viennent à fouiller dans le passé du couple. L'inspecteur à qui j'ai parlé m'a envoyé ses dossiers. Je contacterai leurs amis. Si c'est un crime passionnel, les meilleurs amis de Paige sauront avec qui elle est sortie. Il y a toujours des rumeurs qui circulent. Je ne peux pas lâcher, Kane ; je veux rattraper le dingue qui a assassiné Paige Allen et Dawson Sanders.*

Kane soupira, puis regarda par la vitre, vers les sommets, au loin.

— On le retrouvera. Il y a une chose dont je suis sûr. Avec la réputation que notre ville a acquise ces dernières années, il faudrait être fou pour partir randonner sans arme dans ces montagnes.

19

Une brise fraîche soulevait les cheveux de Bailey Canavar, et elle se retourna pour mieux l'accueillir.

— Oh, Jim, c'est formidable, ici ; je sens le vent froid qui me tonifie la peau.

Elle pouffa et dansa devant lui sur le sentier, comme une petite fille lors de sa première sortie. Les paysages spectaculaires la fascinaient. Jim avait choisi l'endroit idéal pour leur balade.

— Cette partie de la forêt est belle, je suis si heureuse que tu m'aies convaincue de t'accompagner. Je commençais à m'ennuyer un peu à l'hôtel. Qui t'a parlé de cet endroit ?

Un large sourire fendit le visage bronzé de Jim.

— Après avoir découvert le crâne, j'ai pensé que tu préférerais être loin des éventuelles sépultures anciennes. Je te promets que ça n'arrivera plus jamais. J'avais pris les plans à la réception et je cherchais un coin isolé. Il y a des tonnes de vieux chemins que les gens n'utilisent plus beaucoup, surtout parce qu'ils sont trop éloignés de la route, mais ils sont parfaits pour se couper du monde un moment.

Il la prit dans ses bras et la fit tournoyer.

— Merci de ne pas avoir emporté ton portable. Je ne veux

pas qu'on nous dérange. J'ai aussi laissé le mien à l'hôtel. Pas question que je décroche si on m'appelle du bureau pendant ma lune de miel. En cas d'urgence, on pourra toujours utiliser le téléphone jetable que j'ai acheté.

Elle lui adressa son sourire le plus sexy, celui qui le mettait dans tous ses états, et lui passa une main dans ses cheveux roux.

— Pendant quelques jours, mon téléphone ne va pas me manquer. Je crois que je vais être occupée.

Un coup de feu éclata et Bailey sentit brièvement une douleur effleurer son côté.

— Aïe ! J'ai été touchée par un truc. Qu'est-ce qui s'est passé ?

Elle promena ses doigts sur sa poitrine et s'aperçut que son T-shirt était déchiré. Jim l'obligea à s'agenouiller derrière un arbre.

— Baisse-toi. Ça va ?

Elle avait du sang sur les doigts, s'affaissa entre ses bras puis s'effondra jusqu'à terre, le contemplant bouche bée.

— Qu'est-ce qui se passe ?

— Je ne sais pas. Je n'ai pas entendu de détonation, dit Jim en regardant nerveusement autour de lui.

Le jean de Bailey était moucheté par le sang qui suintait par un petit accroc sous ses côtes.

— C'est juste une déchirure. Tout va bien. Respire à fond.

Comme d'habitude, Jim tentait de la calmer, mais la panique lui comprimait la poitrine et elle semblait terrorisée, à la perspective qu'une autre balle l'atteigne.

— Qui aurait l'idée de nous tirer dessus ?

— Ne sois pas bête. Si quelqu'un nous tirait dessus, il ne renoncerait pas aussi facilement. Regarde-moi, Bailey. Il faut te calmer, ordonna Jim en lui serrant le bras. Tout ira bien. Tu n'as qu'une égratignure. Sans doute une balle perdue, quelque chose de ce genre. Certains fusils de chasse ont une portée de cinq cents mètres.

— OK. J'ai des pansements dans la trousse de secours, répondit-elle après avoir pris quelques respirations profondes. Mais comment c'est possible ? Je pensais que les chasseurs étaient à des kilomètres.

— Ils devraient. Je te laisse faire, il faut que je signale l'accident et que j'appelle à l'aide, déclara-t-il en prenant son téléphone. Ça ne capte pas. Je vais remonter un peu le chemin. Ce gros rocher doit bloquer le signal.

Épouvantée à la perspective qu'il la laisse seule, elle jeta autour d'elle des coups d'œil inquiet.

— OK, mais dépêche-toi. Je ne me sens pas bien ici.

— Reste au milieu des arbres. Je serai à moins de dix mètres.

Bailey le regarda s'éloigner puis consacra quelques secondes à vérifier sa blessure. Elle ôta son sac à dos pour en sortir la trousse de premiers secours, lorsqu'elle entendit quelque chose de gros qui se déplaçait dans le sous-bois. Paniquée, croyant qu'un ours avait flairé le sang et fonçait vers elle, elle chercha le répulsif dans son sac, puis se pétrifia lorsqu'un homme en treillis surgit du bois.

Il avait le visage couvert de maquillage camouflage, un bandana masquait sa bouche, il portait des lunettes de soleil et un bonnet de laine rabattu sur ses oreilles. Elle tenta de s'enfuir mais il la rattrapa en quelques secondes et la plaqua au sol. Bailey tenta de le gifler.

— Lâchez-moi !

D'un revers de la main, Camouflage l'envoya rouler à terre et elle tomba sur le dos, la tête tournoyant. Elle avait un goût de sang dans la bouche. Confuse, elle se mit à quatre pattes pour partir. Son mari n'était qu'à quelques mètres, il l'entendrait crier.

— Jim, à l'aide.

Sans bruit, Camouflage la souleva comme une plume, l'obligea à s'agenouiller, puis tira ses bras en arrière avec une telle force qu'elle poussa un hurlement. La douleur lui transperça les épaules quand les tendons se déchirèrent. Elle sanglota alors qu'il lui attachait un collier de serrage autour des poignets, si fort qu'elle en eut la chair brûlée. Elle émit un cri prolongé.

— Arrêtez, vous me faites mal ! Jim, au secours !

Personne ne vint et Bailey émit un sanglot de peur.

— Pourquoi faites-vous ça ?

Le soulagement l'envahit lorsqu'elle entendit des pas s'avancer sur le sentier.

— C'est mon mari, et les rangers vont bientôt arriver.

— Mets-toi là. Je ne voudrais pas que tu manques le meilleur moment.

Camouflage avait une voix étrange. Il la dévisageait.

— Fais ce qu'on te dit, et tout se passera bien.

Tremblant de tous ses muscles, Bailey le regarda, terrorisée. Que se passait-il donc ? Des larmes piquèrent sa lèvre fendue et elle tenta de s'éloigner en rampant, mais la bottine de Camouflage lui barrait le chemin. Son esprit désorienté essayait de comprendre ce qu'elle voyait. *Comment Jim connaît-il ce dingue ?* Elle leva les yeux en pleurant.

— *S'il vous plaît*, laissez-moi m'en aller. Je vous donnerai de l'argent. Je vous donnerai *tout* ce que vous voudrez.

Camouflage lui sourit.

— Salut, Bailey. Une seconde, que je réfléchisse. Ce que je veux ? Dis-moi, tu sais courir vite ?

20
JEUDI

Le lendemain matin, Kane esquiva un coup de pied à la tête, tordit les hanches et fit perdre l'équilibre à Jenna. Il se mit sur le côté et visa à son tour la tête du shérif. Quand le pied de Jenna effleura sa cuisse, manquant son entrejambe d'un cheveu, il lui saisit la cheville et la renversa sur le tapis. Il avait encaissé quelques coups directs ce matin-là, mais il refusait qu'elle lui inflige des dégâts durables et la plaqua donc au sol. Elle frétillait sous lui comme une forcenée.

— Eh, Jenna, on se calme. Qu'est-ce qui vous prend, aujourd'hui ?

Elle se détendit et lui sourit.

— J'aime mieux ça. Je ne veux pas que vous me laissiez gagner. J'ai pensé que si je vous frappais pour de bon deux ou trois fois, vous deviendriez moins gentil.

Il consacra son attention à une goutte de sueur qui ruisselait sur sa joue, puis haussa les épaules.

— Je ne suis jamais trop gentil avec vous. Vous avez oublié votre formation ? L'important, c'est de maîtriser les gestes et de rester en forme. Si vous voulez frapper quelque chose, attaquez-vous au punching-ball.

Jenna roula sur le dos, lui adressa un long regard attentif, puis souffla pour écarter les cheveux de son visage.

— Oh, je le frappe plus souvent que vous ne pensez. Vous semblez distrait, ces temps-ci.

Il se renversa sur le dos et passa une main dans ses cheveux mouillés.

— Vous trouvez ?

— Oui. Ce matin, vous n'avez pas desserré les dents.

Elle se redressa sur un coude et plissa les yeux dans sa direction.

— En fait, vous avez davantage parlé aux chevaux qu'à moi. Ça ne vous ressemble pas, Dave. Nous bavardons toujours quand nous avons du temps libre. Vous avez mal au crâne ?

Il adopta la même position qu'elle et secoua la tête.

— Mon crâne va bien. Simplement, j'ai quelques sujets de préoccupation.

— Vous voudriez qu'on en discute ?

Elle le regarda avec intérêt.

Oh oui, il aurait voulu en discuter, mais cela aurait pu compromettre leur relation professionnelle.

— Non, ce n'est pas le moment.

Il se mit debout et lui tendit la main.

— Je pense que si, Dave.

Elle lui prit la main, et lorsqu'il l'aida à se relever, elle fixa ses yeux bleus sur les siens.

Il fut pris de vertige. Comment aborder la tension survenue entre eux l'autre soir ? Pour l'amour du ciel, il aurait aisément pu l'embrasser. Elle était sa chef et il vivait dans un pavillon lui appartenant. Merde, il aimait encore sa défunte épouse, et il avait maintenant l'impression de lui être infidèle en imaginant une chose pareille. *Ça ne risque pas d'arriver.* Il secoua la tête.

— Je voulais simplement vous dire à quel point j'apprécie votre amitié, et j'espère ne pas tout gâcher si nous faisons cette excursion ensemble. Je suis encore très amoureux de ma femme et je ne suis pas encore prêt à passer à autre chose.

Elle lui sourit.

— Oh, je le sais, Dave. Vous êtes le meilleur ami que j'aie, et vous n'essaierez jamais de faire fuir mes fiancés... même si je ne prévois pas non plus d'avoir quelqu'un dans ma vie pour le moment.

Kane lui adressa un regard interrogateur.

— OK. Donc on est bons ?

— Bien sûr, répondit-elle en s'éloignant de lui, souriante. Maintenant, nous pourrions peut-être revenir à la normale.

Elle se dirigea vers la porte sans un regard en arrière.

Il n'avait pas fallu longtemps à Kane pour comprendre que la saison de la chasse durait à peu près toute l'année dans le Montana, mais la fin de l'automne attirait à Black Rock Falls des visiteurs de tout l'État pour chasser l'élan et le cerf. Ils s'entassaient dans le motel jusqu'à la limite de la capacité d'accueil et beaucoup de gens hébergeaient des membres de leur famille. La plupart du temps, le bureau du shérif gérait les troubles mineurs et ne se souciait pas de la réglementation de la chasse, puisque les gardes forestiers s'y employaient avec diligence.

Les querelles locales semblaient occuper ses journées entières alors qu'il aurait voulu travailler sur ce crime avec Jenna. Dans ces moments-là, il aspirait à mener une véritable enquête. Avec un peu de chance, Wolfe leur fournirait de nouveaux indices qui lui donneraient du grain à moudre. Il entra dans le bureau de Jenna, qui lui ordonna de repartir à nouveau. Il resta stupéfait.

— Vous voulez que je fasse *quoi* ?

— Emmenez Bradford pour examiner une plainte portant sur des chiots. Voici les détails.

Elle lui remit une feuille de papier, qu'il étudia d'un air

incrédule. Ce n'était pas le genre de Jenna, de lui confier tout le boulot fastidieux.

— Kane, Webber est un expert en arbalète et je l'ai envoyé dans tous les magasins de la ville qui vendent le carreau utilisé contre Dawson Sanders.

Elle se renversa dans sa chaise et haussa un sourcil noir.

— Cette affaire exige un négociateur et Bradford a besoin d'expérience. Vous voir en action sera un exercice très formateur pour elle.

Putain, toute la semaine je me suis occupé de sa formation.

— OK, mais...

Elle haussa le menton, sa bouche formant une ligne opiniâtre.

— Il n'y a pas de mais, Kane. Je suis sous l'eau, et comme Wolfe est pris à la morgue, vous êtes le seul adjoint disponible. Je n'ai pas le choix.

Il poussa un long soupir.

— Compris.

21

Il rassembla en un seul film les images enregistrées par toutes les caméras infrarouges et par sa caméra mobile, et savoura la mort exquise de Bailey. Ce souvenir si vif faisait battre son cœur, comme s'il avait encore à la main le couteau sanglant. Le parfum de la jeune femme persistait sur le T-shirt qu'il tenait contre son nez. En voyant ses yeux bleus paniqués, en écoutant ses suppliques mourantes, il en réclamait davantage ; il ne pouvait plus attendre. *La neige sera bientôt là. Il faut que j'agisse maintenant.*

Après avoir tapé son nom d'utilisateur, il téléchargea une courte vidéo sur son site du *dark web* et attendit de trouver un nouveau client. Ils n'étaient jamais longs à mordre à l'hameçon. Sur ce site crypté, le message était diffusé à travers le monde entier et il était impossible de remonter jusqu'à lui. Loin des yeux indiscrets, les gens mettaient en avant leurs goûts et leurs désirs hors du commun. Un acheteur pouvait obtenir n'importe quoi, de la drogue jusqu'à des humains. Il se renfonça dans son fauteuil et bâilla.

Comme prévu, il reçut un signal sur Messenger. Il lut la

proposition et retomba sur son siège, secouant la tête, étonné. Quelqu'un avait suggéré une idée dangereuse mais excitante, à laquelle il n'avait jamais songé. Il examina les détails et sourit.

— Pour celle-ci, il me faudra un couple très spécial.

22

VENDREDI

Quand retentit la sonnerie des appels sur le 911, Jenna sortit de sa douche en courant. Elle consulta l'affichage numérique sur son réveil et s'empara de son téléphone.

— Shérif Alton, j'écoute ?

— *On croit avoir trouvé un corps près de Bear Peak. Il ne fait pas encore vraiment jour, mais on est à peu près sûr que c'est un cadavre.*

Jenna se saisit d'un stylo et d'un bloc-notes.

— OK, je peux avoir vos nom et adresse ?

— *Je m'appelle Luke Evans, et je suis avec Jack Turner.*

Evans expliqua où ils habitaient dans Black Rock Falls.

— Où êtes-vous en ce moment ? Vous avez un GPS ?

— *Bien sûr,* répondit l'homme en fournissant ses coordonnées. *On a aperçu un cerf dix-cors qui avançait vers une zone de chasse, et on l'a suivi sur un vieux sentier. Ça sentait le mort et, comme on pensait que c'était du braconnage, on s'est approchés.*

L'homme prit une longue respiration vacillante.

— *J'ai appelé le ranger au poste de contrôle, il nous a dit de ne pas bouger, de ne rien toucher, et de vous contacter. Il ne peut pas venir mais il appelle des renforts.*

— Vous avez bien fait. Vous êtes accessible en voiture ?

— *Bien sûr, prenez la route qui longe les cascades par l'arrière. Quand vous verrez le panneau du poste de contrôle, tournez à gauche vers la forêt, vous aboutirez à un parking. Le ranger vous indiquera la bonne direction. Après, vous pouvez prendre le chemin. Il doit y en avoir pour une demi-heure de marche.*

— OK, on y va. Restez où vous êtes, je vous téléphonerai quand nous serons sur le parking. Nous arriverons à cheval.

Jenna raccrocha et appela Kane.

— On a un corps près de Bear Peak. Prenons les chevaux ; je vous laisse les préparer pendant que je préviens Wolfe et Rowley. Les autres garderont la boutique en notre absence.

— *Bien reçu, je serai prêt dans dix minutes.*

Un vent froid malmenait les pins, bousculant Jenna et relevant les côtés de sa veste ouverte lorsqu'elle sortit du SUV de Kane. Elle regarda autour d'elle, remarquant le nombre de véhicules garés et toute la diversité des hommes et des femmes qui attendaient le droit de se diriger vers les zones de chasse leur ayant été attribuées. Les conversations enthousiastes masquaient les grincements et gémissements étranges, habituels dans les profondeurs obscures de la forêt. Le shérif s'avança jusqu'à l'avant de la queue et patienta, le temps que le ranger ait fini de parler à un chasseur.

— Bonjour, je suis venue avec une équipe afin d'enquêter sur la plainte reçue ce matin.

Elle observa les visages soucieux de se remettre en route, prenant soin de ne pas divulguer le fait qu'un cadavre avait été découvert.

— Nous pouvons nous débrouiller tout seuls, et vu le nombre de gens qui attendent, je suppose que vous avez besoin de tous vos hommes ici.

— Ce serait bien aimable à vous, madame, répondit le ranger en souriant. Il y a foule, et nous ne sommes déjà pas assez pour tous les postes de contrôle.

— Je vous tiendrai au courant.

Elle repartit saluer Wolfe qui venait d'arriver avec Rowley, puis monta dans le van aider Kane à faire sortir les chevaux.

Duke aboyait et tournait en rond avec une exubérance qu'elle ne lui avait jamais connue.

— Vous lui avez donné du café, à ce chien ?

Elle prit la bride de sa jument et suivit le cheval de Kane vers l'extérieur du véhicule.

— Non, il est comme ça aussi quand je rentre à la maison. Il danse pour montrer qu'il est content. Il doit croire qu'on s'en va chasser, à voir tout ce monde.

Kane étrécit les yeux et pointa le menton vers l'autre bout du parking.

— Blackhawk est là, apparemment. Vous l'avez appelé ?

— Non. Wolfe m'a dit qu'il prévoyait d'avoir recours à lui si nécessaire, au cas où on trouverait quelque chose près de la réserve.

Elle se retourna et son attention fut aussitôt attirée par le superbe Appaloosa de Blackhawk. La robe du cheval tacheté luisait comme de la soie sur son corps musclé et tonique.

— Waouh, ça c'est un beau cheval. Il doit passer des heures à le brosser pour qu'il soit aussi brillant.

Les lèvres de son adjoint se retroussèrent alors qu'il venait l'aider à monter sur la jument.

— Oui, je suppose. La nourriture compte aussi beaucoup. Je m'assure que Warrior et Lady aient tous les compléments alimentaires dont ils ont besoin.

Jenna posa un pied sur les mains jointes de Kane et se mit en selle. Voyant le soleil faire miroiter la robe noire de Warrior, elle sourit.

— Vous l'entretenez mieux que votre voiture, c'est dire !

— Bonjour, les salua Blackhawk en touchant sa casquette. Shane m'a téléphoné : vous aviez besoin d'un pisteur, donc je suis là. Je connais le sentier.

— Formidable ! Vous allez pouvoir nous indiquer le chemin.

Wolfe s'approcha d'elle, accompagné de Rowley.

— Webber est en route. Il vient avec un cheval de bât et le reste de mon matériel. Il ne devrait plus tarder. Avez-vous des détails sur ce nouveau corps ? demanda-t-il, sourcils froncés.

— Non, soupira Jenna, les deux hommes n'ont pas voulu aller trop près. Ils nous attendent sur place.

Un camion et sa remorque soulevèrent un nuage de poussière puis se garèrent à côté de la voiture noire de Kane. Avant que le shérif ait pu prononcer un mot, Kane lui confia les rênes de Warrior et alla aider Webber à décharger les chevaux. Quelques instants après, tous se dirigèrent vers la forêt, Blackhawk en tête.

Ils cheminaient depuis environ une demi-heure quand Duke poussa un hurlement, comme s'il était pourchassé par le diable. Le cheval de Kane rua et la jument fit un écart, refusant d'avancer. Jenna l'apaisa, mais elle eut un mauvais pressentiment. Une rafale de vent s'insinua entre les troncs et une odeur de chair en décomposition la frappa au visage. Elle eut un haut-le-cœur et se tourna vers Kane.

— On ne doit plus être très loin.

— Tenez, mettez ça.

Il lui tendit un masque chirurgical, puis fixa le sien.

Lorsque Blackhawk prit un virage en épingle à cheveux, elle entendit des voix et pressa sa monture. Deux hommes d'une vingtaine d'années coururent à sa rencontre ; tous deux étaient munis de fusils et semblaient perturbés.

Jenna leva une main pour les calmer.

— Respirez d'abord, et ensuite montrez-nous ce que vous avez trouvé.

L'un des deux chasseurs s'essuya la bouche avec le revers de la main.

— On n'y retourne pas, hors de question. C'est par là, sur la gauche, dans les buissons.

Jenna pivota sur sa selle pour s'adresser à Rowley.

— Nous partons jeter un œil. Raccompagnez ces messieurs au poste de contrôle et prenez leur déposition. Vous mènerez votre interrogatoire dans la cabane des rangers.

— Bien, madame, dit Rowley en baissant sa casquette.

Toute l'équipe mit pied à terre et, guidés par Blackhawk et Wolfe, ils empruntèrent un sentier droit qui plongeait dans la pénombre du bois épais. La puanteur augmentait à chaque pas, et tout à coup, une nuée de corbeaux s'envola comme des chauves-souris, pour se percher dans les arbres. Jenna déglutit. C'était un processus naturel. Les animaux s'activaient pour maintenir la forêt propre, mais elle avait la terrible impression que ce qu'elle allait voir lui soulèverait l'estomac.

23

Un bourdonnement s'ajouta aux bruits de la forêt. Kane chassa les mouches et observa la cinquantaine de corbeaux installés sur les branches environnantes. Quelque chose les avait dérangés, à en juger d'après la manière dont ils avaient pris un envol massif vers les cimes. Sur ses talons, Duke gémit, puis aboya un avertissement.

— Soyez vigilants. Duke sent quelque chose qui n'est pas simplement de la chair morte.

Kane scruta les alentours, cherchant la silhouette d'un ours. L'odeur aurait pu en attirer un, et un aigle n'aurait guère aimé devoir partager ce repas. Devant eux, Blackhawk s'arrêta, puis leva la main pour alerter l'équipe.

— Un lynx.

L'Indien brandit son fusil et visa un des arbres. Quand l'écho de la détonation s'atténua, il fut remplacé par le bruit d'un animal bondissant à travers le sous-bois. Blackhawk tira un autre coup, et il se retourna, la mine sombre.

— Il ne reviendra pas de sitôt. Les félins sont trop rusés pour risquer une balle deux fois dans la même journée. Ceux-là, c'est une autre histoire, déclara-t-il en désignant les corbeaux. Ils n'ont pas peur de nous, pas quand ils veulent se remplir la panse.

— Vous avez trouvé quelque chose ?

Jenna lui lança un regard inquiet et fit quelques pas hésitants.

— Oui, répondit Wolfe en lâchant sa sacoche qui tomba bruyamment à terre. Un carnage.

Kane rejoignit Jenna et contempla lentement le spectacle. « Carnage » était un euphémisme. Le sang ruisselait des buissons, éclaboussait les troncs, et l'endroit était jonché de membres recouverts d'une bonne dose de mouches et de fourmis. Comme s'il avait été le théâtre d'une violente bataille.

— Il y a là davantage qu'un seul corps, non ?

— Deux au moins, ou ce qu'il en reste, et ils sont là depuis plusieurs jours.

Wolfe avait revêtu sa combinaison et il s'avançait vers le crépuscule qui régnait dans cette forêt dense, suivi de près par Webber.

Kane se dégagea de son sac à dos et en sortit son matériel ; à côté de lui, Jenna en fit autant.

— Ça pourrait être une attaque par des animaux.

— Ou l'œuvre d'un dingue muni d'une machette, ou les deux. Ça ressemble à la façon dont les ours étripent les humains ; les félins préfèrent traîner leur butin en haut des arbres.

Elle tourna son visage blême vers lui.

— J'aimerais mieux une attaque menée par des animaux, mais après avoir vu ce qui est arrivé à l'autre couple, nous pourrions bien avoir un nouveau fou furieux à Black Rock Falls.

Kane enfila ses gants et l'attendit.

— On croirait vraiment qu'on les attire. Ça doit être la taille de la forêt. Il y a tellement d'endroits où se cacher pour attaquer les gens. C'est le paradis des tueurs.

— Ces derniers temps, on le dirait bien. Je commence à

croire que vous êtes un aimant à dingues. Avant votre venue, nous étions une petite ville tranquille.

Il renifla.

— Faites-moi confiance, le mal rôdait ici bien avant que j'apparaisse.

Quand Wolfe s'avança vers eux, le visage impassible, Kane sentit se hérisser les poils de sa nuque. Ça devait vraiment être affreux, et il remarqua que Jenna arborait elle aussi son visage professionnel. Il se redressa pour écouter le rapport préliminaire.

— De quoi s'agit-il ? le questionna Jenna. D'une attaque par des bêtes ?

Wolfe chassa les mouches qui se posaient sur ses joues.

— Les animaux ont joué un rôle, mais non, c'est un homicide. Je pense qu'il y a une victime masculine et une féminine. Si vous restez derrière moi sur le sentier, vous ne dérangerez pas la scène de crime.

— Vous pensez que c'est le même tueur qu'il y a un an ?

Jenna fit signe à Kane de passer devant, et il remarqua son frisson de répugnance.

— Je n'en suis pas sûr. Ce meurtre est différent.

La voix de Wolfe fut emportée par le vent froid qui sifflait entre les arbres. Kane leva son visage, dans l'espoir que cette brise dissiperait la puanteur, mais l'odeur pénétrait à travers son masque, lui retournant l'estomac. Il marchait sur les talons de Wolfe.

— Différent dans quel sens ?

— Vous comprendrez quand vous verrez les corps.

Lorsque Wolfe ralentit, Kane discerna le visage grisâtre de Webber dans l'ombre. Au cœur de la forêt, les grands pins bloquaient presque toute la lumière. Il avala la boule qu'il avait dans la gorge. C'étaient toujours les yeux des morts qu'il se rappelait. Certains se voilaient, d'autres semblaient le dévisager, implorer son aide comme s'ils étaient encore en vie. Le cerveau humain avait parfois la cruauté de vous remémorer des épisodes douloureux ou de susciter des cauchemars si frappants qu'ils étaient difficiles à oublier, mais lui, c'est le souvenir des yeux de sa femme qui le torturait. Il avait beau essayer, il ne pouvait chasser de sa mémoire le regard d'Annie morte.

Une jeune femme était assise contre un arbre. Le tueur lui avait attaché les mains au-dessus de la tête, maintenues par un collier de serrage par-dessus un carreau d'arbalète. Nue et éviscérée, la moitié inférieure de son corps ayant disparu, elle ressemblait à peine à un humain. Un frisson involontaire de dégoût le parcourut et il lutta contre une envie de vomir.

Face à un meurtre atroce, on ne s'endurcissait jamais. Dans les séries télévisées, des flics aguerris se comportaient avec une désinvolture insensible, comme si rien ne leur soulevait les entrailles, puis ils discutaient à côté des cadavres comme si ce n'était que des mannequins de vitrine. *Pour moi, ce sont toujours des personnes.* Kane redirigea son attention vers Wolfe.

— Ce crime est différent des autres meurtres sur un point. Le visage de la femme n'a pas été touché.

Quand Jenna lui serra le bras d'une main tremblante, il la regarda.

— Comment vous sentez-vous ?

— Ça va.

Jenna regarda le corps, puis se rapprocha de son adjoint.

— Oh non. Je suis sûre que je la connais. Ce ne serait pas la femme qui a trouvé le crâne ? Bailey Canavar ?

L'image de cette jeune femme dynamique lui traversa l'esprit.

— Oui, c'est elle, confirma Kane. Mais lui, là-bas, je ne suis pas sûr que ce soit son mari ; il était roux.

Il désignait un homme étendu sur le dos, à quelques mètres de là. Un trou béant remplaçait son visage.

— Il a peut-être du sang sur les cheveux.

Jenna contourna des flaques de sang coagulé pour aller se placer à côté de Wolfe.

— J'ai identifié la femme, annonça-t-elle.

Wolfe lui adressa un regard patient, puis enfonça un repère dans le sol à côté d'un membre, s'approcha de la victime masculine et releva la tête.

— Non, cet homme a les cheveux noirs, dit-il, les mains sur les hanches. Au moins trois personnes ont dû être impliquées, parce que s'il l'a ligotée, elle n'a pas pu l'assassiner.

— Nous vous laissons examiner la scène et observer les environs, suggéra Jenna avant de se tourner vers Blackhawk. Vous connaissez d'autres pistes qui partent d'ici ?

— Oui, mais regardez dans les arbres : c'est ici que les corbeaux patientent, pas ailleurs. S'il y avait un autre cadavre, ils n'attendraient pas ici notre départ. On peut quand même faire le tour de cette zone, conclut Blackhawk en haussant les épaules.

Kane pivota à 180 degrés. Il avait remarqué quelque chose de familier sur un arbre et il observa ceux qui bordaient le chemin. Il s'enfonça dans le sous-bois et revint ensuite vers Jenna. Il y avait quelque chose d'anormal.

— Une minute.

Il sortit son portable et consulta le site de l'office des forêts pour rechercher les lieux de chasse dans le voisinage immédiat. Il se tourna vers Blackhawk.

— Vous savez si cet endroit a été une zone de chasse, à une époque ?

— Pas à ma connaissance.

Kane alla frotter l'écorce rugueuse de l'un des troncs.

— Vous voyez cette marque ? Elle ressemble énormément à la trace que laisse une caméra de chasse. J'en ai remarqué une autre plus loin, et des branches ont été coupées récemment. Là-bas, ça pourrait être une cache de chasseur, dit-il en indiquant la partie du bois qu'il avait fouillée.

— Ou bien l'abri d'un amoureux de la nature, ajouta Black-hawk dont les yeux noirs se posèrent sur Jenna. Certains passent des mois dans la forêt et utilisent des caméras d'observation. Il y a une grande biodiversité, ici.

— Oui, c'est possible, mais je pense que le meurtrier les a attirés ici, d'une manière ou d'une autre. Vous avez déjà entendu parler d'un tueur qui espionnait ses victimes avec des caméras de chasse ? demanda Jenna à son adjoint. Comment pourrait-il savoir qu'elles sont là ? Ce chemin est rarement utilisé. Si je voulais tuer quelqu'un, c'est le dernier endroit où j'installerais une caméra.

Elle se retourna et suivit Blackhawk dans la forêt. Kane resta sur place et se servit de sa lampe torche pour vérifier les arbres du sentier. Il aperçut d'autres traces récentes en haut des troncs. Les marques ressemblaient à celles de la sangle d'une caméra d'observation, fixée dans les branches pour ne pas être vue par des humains. Cela évoquait pour lui un dispositif militaire. Ces caméras étaient silencieuses pour ne pas alarmer les animaux. En général, elles étaient placées plus bas, et à découvert. Elles stockaient les images sur un disque dur, ou les diffusaient en direct sur un smartphone. Il pivota pour envisager la scène sous tous les angles. Son idée n'était pas absurde, mais Jenna avait raison : comment le tueur aurait-il pu deviner que des gens se promèneraient ici, comment aurait-il pu installer des caméras avant leur arrivée ? Contrarié, il se frotta la tempe, puis décida d'en parler plus tard avec l'équipe.

Duke se frottait à sa jambe, et il caressa la tête du chien.

— Cherche.

Quand Duke repartit en direction de la scène de crime, Kane contempla Jenna pendant quelques instants, puis s'empressa de rattraper son lévrier. Si sa théorie était juste et qu'ils ne retrouvaient pas le corps de Jim, ce serait le principal suspect. Jim aurait pu attirer sa femme et peut-être son amant pour les massacrer dans la forêt. À en juger d'après les dégâts infligés au visage de l'homme, celui qui l'avait tué avait donné libre cours à une colère prodigieuse.

24

Jenna était impressionnée par l'aisance avec laquelle Blackhawk se déplaçait dans la forêt. Il se baissait, se faufilait, profitait de sa haute taille pour dénicher des recoins dissimulés. Il regardait souvent en arrière pour s'assurer qu'elle suivait ; elle n'avait pas besoin d'être dorlotée, mais elle devait admettre que les gémissements des arbres et le silence inhabituel de ce bois sombre et humide la mettaient sur les nerfs. D'autant plus que Kane était parti dans une autre direction, sans un mot, mais elle ne s'en faisait pas pour lui. Elle avait du respect pour les compétences de pisteur de Blackhawk, mais Kane veillait toujours sur elle. Elle restait à l'affût, tournant son attention dans tous les sens. Entre les arbres, les ombres noires pouvaient cacher un tueur guettant ses prochaines victimes. Elle maintenait une main sur la crosse de son arme. Si quelqu'un s'approchait, elle serait prête.

Une chose était claire : à mesure qu'ils s'éloignaient de la puanteur, l'éventualité de découvrir un autre corps diminuait à chaque pas. Au bout d'une vingtaine de minutes, l'horrible senteur de mort revint et Jenna se remplit la bouche de pastilles de menthe, qui empêcheraient au moins l'affreuse odeur d'imprégner sa bouche. Ils étaient revenus à leur point de départ et Blackhawk se pencha pour examiner le sentier animalier qui partait de la scène de crime. Elle le rejoignit.

— Vous avez trouvé quelque chose ?

— Peut-être.

L'Indien sortit des fanions de son sac à dos et délimita une petite zone de feuilles.

— Ce pourrait être une empreinte partielle. Je demanderai à Shane d'y jeter un coup d'œil.

Il entra dans les buissons et contempla un arbre.

— Il est arrivé par là. Il y a des traces de sang sur ce pin, ainsi qu'une marque.

Il planta un autre fanion dans les broussailles.

— Vous voyez comment les branches sont cassées ? Il devait être pressé.

Examinant les feuilles et le tronc, Jenna hocha la tête.

— Oui, Kane a vu quelque chose de similaire sur le chemin. Il pense que les marques ont été laissées par des caméras d'observation. Je me demande si le tueur les a installées avant que ses victimes n'arrivent. Montrez donc à Wolfe ce que vous avez découvert. Merci, votre aide est la bienvenue.

Elle avait le vertige lorsqu'ils contournèrent la scène de crime. Elle se dirigea droit vers Kane et attendit avec impatience qu'il étiquette les sacs pour pièces à conviction.

— Nous n'avons pas trouvé d'autre cadavre. Il serait logique que si ces gens sont venus ici ensemble ou se sont rencontrés sur la piste, nous retrouvions leurs corps ensemble, ou dans le périmètre que nous avons fouillé.

— Oui, ça signifie que nous devons retrouver Jim Canavar. Il sera difficile de déterminer qui est la victime masculine. Le criminel s'est donné beaucoup de mal pour déguiser son identité. Les dents ont disparu, ainsi que les deux mains. Le tueur ne voulait pas que nous découvrions le nom de cet homme. Il y a une chose, malgré tout : les vêtements que nous avons trouvés portaient des étiquettes étrangères, peut-être chinoises.

Voyant Kane froncer les sourcils, Jenna acquiesça.

— Blackhawk a trouvé une empreinte et de possibles traces de caméras de chasse. Je suis convaincue que Canavar avait tendu un guet-apens.

L'adjoint haussa le menton et détourna son attention.

— Oui, cela ressemble de plus en plus à une embuscade. Je vais aller photographier cette empreinte.

Il partit vers l'endroit où Blackhawk était en grande conversation avec Wolfe. Elle sortit son téléphone et appela le Cattleman's Hotel.

— Puis-je parler à Jim Canavar ? Je suis le shérif Alton.

— *Les Canavar ont procédé à leur* check-out *mercredi juste après le petit déjeuner.*

Jenna soupira.

— OK, y avait-il quelqu'un avec eux ?

— *Non, mais le groom les a aidés à porter leurs bagages. Il est avec moi.*

Une autre voix masculine se fit entendre. Jenna se présenta à nouveau et expliqua qui elle cherchait.

— Vous vous souvenez de leur véhicule ?

— *Oui, c'était une voiture de location. Un SUV blanc. Je lui ai posé la question, il m'a dit qu'il avait hâte de le rendre à l'aéroport pour louer autre chose. Il m'a donné vingt dollars de pourboire.*

Jenna plissa le front.

— De quelle humeur était-il ? Avez-vous vu quelqu'un d'autre avec eux ?

— *Sa femme et lui avaient l'air heureux, ils sont partis seuls.*

— OK, merci.

Jenna raccrocha, puis contacta Bradford au bureau.

— Nous avons découvert le corps de Bailey Canavar et celui d'un inconnu. Je veux que vous contactiez l'aéroport le plus proche pour obtenir toutes les informations sur la voiture qu'a louée Jim Canavar. Après, vous lancerez sur Internet un avis de recherche pour ce véhicule. Ensuite, vous alerterez la presse. Je veux que les gens les cherchent, lui et sa voiture de location. Nous avons toutes ses coordonnées dans le dossier concernant l'affaire non résolue, et le service d'immatriculation du Kansas vous procurera sa photo. Attention, il faut bien conseiller au public de ne pas l'approcher, car il est considéré comme dangereux, mais d'appeler le 911, OK ?

— *Oui, madame. Je n'ai jamais lancé d'avis de recherche sur Internet*, dit Bradford en inspirant profondément, *mais un communiqué de presse, je sais faire.*

— Demandez à Walters de vous montrer, répondit Jenna en se mordillant la lèvre. Ah, et puis ne mentionnez pas l'homicide dans le communiqué de presse. Les proches de la victime n'ont pas encore été informés.

— *Bien, madame.*

Jenna devrait contacter la police du lieu de résidence des Canavar et leur signaler le meurtre de Bailey.

— Vous pourriez me donner le numéro du quartier général de la police du Kansas ? Je reste au bout du fil.

Elle prit son bloc-notes et griffonna le numéro, puis raccrocha. Après avoir pris des nouvelles de la scène de crime, elle fit venir Webber, qui avait les traits tirés.

— Où en est l'enquête du légiste ?

— Nous avons filmé les lieux et mis en sac les victimes. Je pense que Wolfe veut reconstituer les meurtres avec Kane, après quoi nous pourrons ramasser nos affaires et nous en aller.

Jenna approuva.

— Bon travail. Vous avez toujours envie de collaborer avec Wolfe, après ça ?

— Oui, madame.

Webber parut tout ragaillardi. Elle aperçut Wolfe et Kane qui revenaient de la scène de crime.

— Je crois que Wolfe vous cherche.

— Oui, madame.

Webber partit en direction du légiste. Jenna s'installa de son mieux sur un rocher, Duke étendu à ses pieds, et appela la police du Kansas. Au bout de quelques instants, le temps qu'on lui passe le service homicides de la bonne division, une voix de femme se fit entendre.

— *Inspecteur Brennan.*

Jenna se présenta, informa son interlocutrice de la mort de Bailey Canavar et des soupçons qui portaient sur son mari.

— J'ai besoin de mettre la presse sur le coup et de faire savoir qu'une menace existe dans la région ; pourrez-vous contacter les proches aujourd'hui ?

— *Oui, tout de suite. Je crois me rappeler une affaire concernant un nommé Jim Canavar. Je me demande si c'est la même personne. Attendez une minute.*

Dans la petite clairière, Kane et Wolfe avaient une conversation animée tout autour de la scène de crime. À en juger d'après les mots qu'elle distinguait et le pointeur laser que Kane utilisait, ils avaient établi la trajectoire des balles. Une évidence lui sauta aux yeux : vu les dégâts subis par les victimes, le sol aurait dû être jonché de douilles, mais ils n'en avaient trouvé aucune. Le dingue qui avait commis ce crime abominable avait nettoyé les lieux, puis retiré les caméras d'observation. Jenna se sentit glacée d'horreur. Le tueur était sûr de lui, arrogant. Il avait non seulement effacé toute trace de sa présence, mais il avait attiré le couple dans une zone fréquentée par les lynx et les ours. Il comptait sur les animaux pour faire le ménage.

Elle sursauta quand on lui parla à nouveau au téléphone.

— Oui, je suis toujours là.

— *Eh bien, c'est intéressant. J'ai vérifié avec le service d'immatriculation et il s'agit bien du même homme. L'ex-fiancée de Canavar a disparu et on l'a convoqué pour l'interroger. Bailey lui a fourni un alibi. Selon sa déposition, Canavar séjournait alors à Blackwater. Elle l'appelait tous les soirs au moment où son ex a disparu. Il avait rompu avec sa fiancée quelques mois auparavant. Nous avons vérifié les données téléphoniques. Il était bien là où il le prétendait, l'hôtel de Blackwater a confirmé. Et il est déjà allé à Black Rock Falls avant.*

— Ah bon ? Donc il connaît le coin. Je ne croyais pas qu'il était déjà venu. L'ex-fiancée a été retrouvée ?

— *Non, elle est encore sur la liste des portés disparus. Son nouveau copain a disparu aussi.*

Jenna avait le vertige à la pensée des conséquences possibles.

— C'est curieux. Ça remonte à quand ?

— *Un peu plus d'un an.*

— Que pouvez-vous me dire d'autre sur Jim Canavar ?

— *Il est dans l'immobilier. Les journaux ont largement couvert son mariage avec Bailey dans leurs pages « People ». Son beau-père possède quantité d'entreprises dans la région et des résidences un peu partout dans le monde. En épousant Bailey, il a touché le gros lot : elle est pleine aux as, elle a hérité des millions de sa grand-mère, et ils n'ont pas signé de contrat de mariage. Je me rappelle que ça a fait couler beaucoup d'encre, à l'époque. Bailey en parlait à qui voulait l'entendre.*

Jenna frémit alors que l'image du corps tronçonné de Bailey lui revenait sans cesse à l'esprit.

— Ce serait un mobile suffisant pour la tuer et l'abandonner dans une forêt pour que les animaux la dévorent.

— *Certainement. Je vais creuser un peu, pour voir si je trouve d'autres informations utiles, et je reviendrai vers vous.*

Jenna écarta les mouches de son visage.

— Merci. Et transmettez mon contact à ses proches.

— *Ça marche.*

La communication fut coupée.

En remettant son téléphone dans sa poche, elle entendit quelque chose bouger dans la forêt, et elle eut la chair de poule.

Elle se leva, dégaina son arme et scruta la forêt. Près d'elle, Duke émit un bref aboiement et se jeta en avant, remuant la queue.

— Montrez-vous, je suis le shérif Alton et je suis armée.

Cet ordre sonore fit accourir ses adjoints, revolver au poing, et un instant après, Rowley apparut au tournant du chemin.

— C'est moi, madame, dit-il. Putain, ça schlingue, ici.

Soulagée, Jenna rangea son arme et s'adressa à son équipe.

— Maintenant que vous m'écoutez, j'ai été en communication avec le service homicides de la ville des Canavar.

Elle leur transmit tout ce qu'elle avait appris sur Jim Canavar, guettant leur réaction. Kane décrocha son chapeau d'une branche et le vissa sur son crâne.

— Ça lui donne un mobile, mais ça n'explique pas l'inconnu découvert ce matin. Nous ne savons pas combien de personnes sont impliquées. Pour moi, c'est plutôt l'œuvre d'un amateur de sensations fortes. Jim aurait pu étrangler Bailey et l'abandonner aux animaux. Ce serait un meurtre bien conçu, qui lui laisse la possibilité de se pointer quelques jours après en disant qu'ils s'étaient perdus dans les bois. Le tueur devait être couvert de sang. C'est encore un cas d'acharnement.

— Pourtant, je n'arrive pas à l'associer catégoriquement à l'affaire classée, car il y a trop de détails irréguliers, dit Wolfe en ôtant ses gants qu'il roula en boule. Je suis convaincu qu'au moins trois personnes sont impliquées et que l'une d'elles s'en est sortie vivante. Il y a beaucoup d'éclaboussures de sang. Si le tueur avait été blessé, il aurait pu laisser des traces. Je vais procéder à une analyse du sang et des tissus. Avec un peu de chance, il y aura plusieurs groupes sanguins représentés, et je ferai un test ADN complet sur chacun.

Jenna soupira et regarda Kane.

— Vous avez une idée du déroulement approximatif ?

— C'est difficile, mais supposons que Jim ne soit pas coupable. Si ce meurtre suit le modèle de l'affaire classée, le tueur a pu désarmer Jim avant de tuer Bailey. Nous avons trouvé son téléphone prépayé ; il a été écrasé et la carte SIM en a été retirée. Il est possible que Jim soit arrivé, ait pris part au combat, puis se soit échappé. Il n'avait aucun moyen d'appeler à l'aide, il pourrait encore être quelque part, blessé ou inconscient.

— Alors qui a fait disparaître les indices et retiré les caméras ? demanda Webber en se frottant le menton. Il faut bien que ce soit le tueur.

— Ou l'un des tueurs, rectifia Jenna, rassise sur son rocher, les genoux relevés. Si la victime est l'un des tueurs, quelqu'un d'autre était là pour faire le ménage.

— Ou bien l'inconnu avait été embauché pour tuer Bailey, proposa Kane en croisant les bras devant sa poitrine. Je pense que nous avons tout interprété de travers : l'inconnu a préparé la zone avec les caméras de chasse, parce que Jim voulait regarder Bailey mourir, après quoi il a tué le témoin.

Jenna frissonna.

— Son ex-fiancée n'a jamais été retrouvée. Combien de fois a-t-il déjà fait ça, et où est-il à présent ?

25

C'était comme si la grotte l'appelait, mais avec les meurtres récents dans la forêt, il n'osait pas trop s'approcher de sa cachette. Peu importe, sa caméra infrarouge pouvait filmer la nuit, et même si visionner sur son téléphone des images tournées en lumière étrange ne remplaçait pas l'observation directe, il pouvait au moins veiller à ce que ses captifs échappent aux prédateurs. La clôture électrifiée portative qui masquait l'entrée dissuadait les ours et les lynx, mais des rats s'introduisaient souvent.

Ses doigts le démangeaient de prendre son téléphone pour examiner les hommes assis contre la paroi de sa caverne. Il adorait la façon dont le plastique se collait à leur visage, et jour après jour leur chair fondait comme la cire d'une bougie. Après avoir passé les premières heures de la matinée à chasser avec un groupe d'hommes rencontrés au Cattleman's Hotel et à se comporter comme s'il faisait partie de la bande, il aspirait à un peu de temps seul. Leurs voix le hélaient à présent, et il les salua d'un geste.

— On se voit tout à l'heure au Cattleman's pour un verre.

Il fit la queue au poste de contrôle pour dire aux rangers

qu'il n'avait rien à déclarer, puis se dirigea vers le véhicule que son dernier client lui avait si généreusement offert. Suivre la loi à la lettre était important, et il avait toujours sur lui son permis de chasse soigneusement tenu à jour. Il avait apprécié ce moment dans la forêt, mais tuer des animaux ne l'intéressait plus et il n'avait abattu aucune proie. Il avait d'autres choses à l'esprit. Parmi les pins, avec l'odeur âcre de la poudre et de la mort, il avait revécu la traque de la veille. L'adrénaline circulait dans ses veines et le besoin de tuer l'envahit à nouveau. Une chance que ses amis n'aient pas pu voir les images qui défilaient dans sa tête. Pour eux, il était un gars normal, comme les autres.

Un bruit de freins à air comprimé signala l'arrivée du bus local amenant des randonneurs et des touristes. Black Rock Falls avait un service de transport entre la ville et le premier poste de contrôle des rangers, avec un bus toutes les trois heures en saison. Il démonta son fusil, le rangea dans son étui, puis referma l'arrière de son pick-up. Il nota les visages enthousiastes des gens qui sortaient du bus, prêts pour l'aventure, et réprima un sourire. S'ils s'aventuraient sur son terrain de chasse, ils n'étaient pas près d'oublier leur visite à Black Rock Falls. Les yeux écarquillés de Bailey morte lui revinrent en tête, avec une bouffée d'excitation. Il espérait revivre bientôt chaque seconde.

Le bus démarra dans un nuage de poussière pour redescendre la route de la montagne. Quelques instants après, un jeune couple surgit du bois, bras dessus bras dessous. Ils coururent après le bus qui disparaissait à un virage. Il les contempla. La femme était exactement son type, petite avec des cheveux brun foncé, plus longs qu'il ne le préférait d'ordinaire, mais il en sentait presque les mèches soyeuses glisser entre ses doigts. Robuste et musclé, son compagnon constituerait pour lui un défi, néanmoins le risque valait la peine d'être couru. Il se remit au volant et quitta le parking.

Alors qu'il tournait dans la descente, il faillit écraser le couple, qui faisait de l'auto-stop. Il ne put croire sa chance. Sur le chemin du retour, il pourrait se lier avec eux, peut-être découvrir leurs projets. Il s'arrêta près d'eux.

— Vous rentrez en ville ?

Le jeune homme, d'une vingtaine d'années, sourit.

— Oui. On s'est fait emmener jusqu'ici. On voulait trouver les meilleurs sentiers et partir dimanche matin de bonne heure, mais on a raté ce foutu bus.

Il ouvrit la portière côté passager.

— Montez. Je vais en ville.

— Super. Moi c'est Colter, et ma copine s'appelle Lilly.

Ils s'assirent tous deux à l'avant.

Il ne se présenta pas et ravala un grognement quand la chaleur de la cuisse de Lilly pénétra dans son jean.

— Où logez-vous ?

— Au motel de Black Rock Falls, répondit Colter en souriant. On n'imaginait pas qu'il y aurait autant de monde ici. Mon idée d'une randonnée idyllique dans les bois a fondu comme neige au soleil.

Il reprit la route en direction de la ville.

— Il y a beaucoup de vieux sentiers à explorer ; la forêt est infinie. Il suffit de savoir où les trouver. Je peux vous indiquer une piste ancienne, loin des zones de chasse, et j'ai quelques vieux plans dans la boîte à gants. Je vous en donnerai un. Je vous garantis que vous ne serez pas embêtés par les touristes.

— Oui, mais on est dépendants des bus ou de la gentillesse des automobilistes, soupira Colter. On ne peut pas venir à pied depuis la ville, on y passerait la journée. On n'a plus que dimanche ; on a d'autres trucs prévus demain, et on doit être à Blackwater lundi pour reprendre le boulot.

S'il pouvait les persuader d'explorer un endroit isolé, de son choix, il aurait tout le samedi pour installer ses caméras. L'excitation jaillit en lui et il s'obligea à garder une voix calme et détachée.

— Si j'ai bonne mémoire, le dimanche, le bus s'arrête vers

8 heures à l'entrée d'un sentier menant à la cascade. Si vous descendez là, vous pouvez vous promener à flanc de montagne. Vous rejoignez un chemin isolé qui longe la réserve. Ça vaut la peine, rien que pour voir le lac. On met une heure, à peu près, pour y arriver, mais vous pourrez revenir en auto-stop, à temps pour le bus de l'après-midi qui vous ramène en ville.

— Oui, et ensuite on part seulement dans la soirée. On aura le temps de dîner avant de rentrer. Merci !

— Ça paraît idéal, ajouta Lilly.

Elle le regarda, baissant ses longs cils noirs pour couvrir ses yeux couleur bleuet. Il lui sourit, imaginant ces yeux pleins de terreur lorsqu'elle s'enfuirait devant lui. *Oui, vous êtes idéale, j'ai hâte.*

La semaine avait été épuisante, mais les affaires de meurtre avaient la priorité sur de menus détails comme manger et dormir. Kane s'affala dans le fauteuil de la cuisine de Jenna, heureux de pouvoir savourer un petit déjeuner chaud. Depuis le début de l'enquête sur le meurtre de Bailey Canavar et du mystérieux inconnu, le shérif faisait trimer son équipe non-stop. Il prit la tasse de café chaud que Jenna avait posée devant lui et sourit.

— Merci.

Elle se retourna devant la gazinière.

— Du jambon et des œufs, ça vous va ? Oh, et du pain grillé, aussi ? Je n'ai pas le temps de préparer des pancakes ce matin.

— J'adore les toasts, répliqua-t-il en la regardant par-dessus le bord de sa tasse. Vous allez travailler aujourd'hui, alors que c'est votre jour de congé ?

— Bien sûr que oui. Vous croyez que j'ai des loisirs en pleine enquête sur un meurtre ?

Elle chargea deux assiettes et les plaça sur la table. Kane haussa les épaules et contempla sa portion pendant quelques secondes, puis leva le menton et regarda les cernes foncés qu'elle avait sous les yeux.

— Je voudrais pouvoir vous convaincre de vous accorder quelques heures, puisqu'on est un peu dans un creux. Tant que nous n'avons pas plus d'informations, nous n'avons aucune piste à exploiter.

Il enfourna des œufs dans sa bouche et mastiqua.

— Ce répit pourrait prendre fin d'une seconde à l'autre.

Le front de Jenna fut creusé par un pli profond. Il mangea lentement, en observant les expressions changeantes du shérif, puis posa sa fourchette. Elle se souciait du bien-être de chacun, mais jamais du sien propre. Kane s'éclaircit la gorge.

— Quand nous aurons le rapport d'autopsie, ça nous donnera peut-être plus de précisions. Quelqu'un signalera la disparition de notre inconnu, et s'il n'est pas d'ici, nous pourrons chercher pourquoi il était à Black Rock Falls.

Il sirota son café, savourant le riche arôme qui se répandait sur sa langue.

— Personne n'a vu Jim Canavar, reprit-il, mais les chasseurs, les randonneurs et les rangers le cherchent, au cas où il serait quelque part blessé dans la forêt. Le problème, c'est que s'il porte une tenue camouflage, il est habillé comme les centaines d'autres hommes présents en ville pour la saison de la chasse.

— Blackhawk a aussi emmené quelques pisteurs avec lui, mais après avoir fouillé hier jusqu'à la tombée de la nuit, ils n'ont rien découvert. Où que soit Canavar, il n'est pas blessé, sinon Blackhawk aurait trouvé des traces de sang. Je pense qu'il s'est enfui, qu'il a de l'argent plein les poches et qu'il se terre quelque part. Juste avant que vous arriviez, poursuivit-elle en étouffant un bâillement, Blackhawk m'a appelée, pour dire qu'il élargirait les recherches ce matin, mais si Canavar a utilisé les chemins les plus fréquentés, le retrouver sera difficile.

Le portable de Kane vibra dans sa poche et il l'en sortit.

— Il vaut mieux que je réponde, c'est moi qui suis le contact pour le 911 ce week-end.

Il accepta l'appel et régla son téléphone en mode haut-parleur.

— Adjoint Kane, quelle est votre urgence ?

— *Ce n'est pas une urgence. Je suis Joe, de l'agence Avis de l'aéroport. Vous m'avez demandé de vous tenir informé quand M. Canavar nous rendrait son véhicule ?*

— Oui, quand est-il arrivé ?

— *Eh bien, c'est ça qui est bizarre. Nous avons trouvé sa voiture garée devant l'agence. Il a laissé les clés dedans. Il lui reste six jours de location déjà payés.*

Kane lança un regard vers Jenna.

— Ne touchez pas au véhicule, laissez-le, il peut avoir été utilisé pour un crime.

— *Ah, désolé, monsieur l'adjoint, je ne savais pas. J'ai fait laver l'extérieur et nettoyer l'intérieur à la vapeur. Elle vient de partir il y a une dizaine de minutes avec un autre client.*

— Y avait-il des effets personnels dedans ?

— *Non.*

— OK, merci de m'avoir appelé.

Il raccrocha et se tourna vers le shérif.

— Bon, je suppose qu'on peut se renseigner à l'aéroport pour savoir s'il a pris un vol.

— J'ai mis l'aéroport en alerte depuis que nous avons appris sa disparition, dit Jenna en levant sa tasse. La sécurité l'aurait arrêté s'il avait essayé de monter dans un avion. Il doit être dans les parages, ou bien il a un complice qui l'a emmené.

— Avec un avis diffusé auprès de toutes les polices et les médias du Montana qui publient sa photo dans leur bulletin d'actualités, quelqu'un va finir par le voir. J'espère, conclut Kane en terminant son café.

Jenna s'assit à table et remplit à nouveau les tasses.

— Pour le moment, Canavar est notre principal suspect,

mais après tout, il s'était peut-être disputé avec Bailey, qui a décampé avec notre inconnu. Nous n'avons aucune preuve sanguine, et même rien qui prouve que Jim Canavar ait été sur les lieux. Il a pu se faire emmener par n'importe quelle voiture qui quittait la région. Il y a constamment des allées et venues, et il pourrait être n'importe où entre le Kansas et ici. Et il y a une question de chronologie qui me tracasse. Une année s'est écoulée depuis l'affaire classée. Est-ce une coïncidence ou le même meurtrier ? Je pense que nous devons élargir nos recherches pour inclure d'autres suspects possibles.

Kane hocha la tête pendant que Jenna mélangeait du sucre dans sa tasse.

— Je suis d'accord.

— Vous avez le profil du tueur ? Si on considère que la même personne est responsable de l'affaire d'il y a un an et pour les deux victimes récentes ?

Kane prit un peu de lait dans son café.

— Oui, comme j'ai dit, je pense que les victimes masculines sont un dommage collatéral. Notre homme a tué Dawson sans le mutiler. Il l'a pour ainsi dire paralysé en l'attachant à un arbre. Il l'a peut-être obligé à le regarder mutiler Paige. Le tueur se focalise sur la femme. Il veut lui imposer le maximum de souffrance.

— Ce qu'il a fait subir à l'inconnu, je n'appellerais pas ça une mort douce.

Kane prit sa tasse et en but une gorgée.

— C'en était pourtant une, si tout ce qui lui a été infligé l'a été post mortem, pour masquer son identité. Le tueur n'a pas dû tirer beaucoup de plaisir de ce meurtre-là, déclara l'adjoint en reposant sa tasse sur la table. Ce qui l'excite, c'est la souffrance qu'il inflige à ses victimes féminines. Je pense que nous avons affaire à un homme âgé de 25 à 40 ans, qui a connu une série de relations instables avec les femmes. Étant donné les caméras infrarouges et les armes dont il se sert, je dirais qu'il est chasseur et qu'il possède tout un arsenal. D'après ce que j'ai vu des blessures, il tire chaque coup pour une raison précise, sans doute pas pour tuer mais pour mutiler. Cela suppose une certaine maîtrise, donc c'est peut-être un ancien militaire, ou quelque chose de ce genre.

— Une question continue à me préoccuper : Bailey Canavar et Paige Allen, la victime dans l'affaire classée, avaient un physique assez semblable. Même taille, même silhouette, cheveux noirs.

Jenna se pencha au-dessus de la table. Kane haussa les épaules.

— Oui, et des yeux bleus, aussi. Deux possibilités ; l'une s'articule autour du type de femmes qu'il tue. La violence du meurtre me fait penser qu'il se venge d'une femme qui l'a éconduit ou humilié d'une manière ou d'une autre. Quand il était jeune, l'une d'elles lui a peut-être dit qu'il était nul au lit, ou l'a mis dans l'embarras devant ses amis.

Il but un peu de café et soupira.

— La majorité des gens surmonteraient ça, mais c'est le type d'incident qui sert de déclencheur à un psychopathe. Je dirais que c'est un joueur, séduisant ou charismatique, et qu'il a l'habitude d'avoir les femmes à ses pieds.

— Comme Ted Bundy, vous voulez dire ?

Un frisson parcourut la colonne vertébrale de Kane. C'était bien le dernier psychopathe qu'il souhaitait voir en liberté dans Black Rock Falls.

— Oui, et si c'est le cas, on est dans un fameux pétrin. Ces gars-là arrivent à se faire passer pour des gens bien, certains sont mariés et pères de famille. Pour une raison qui m'échappe, ils ne tuent pas leurs amis, même lorsqu'ils correspondent au profil de la victime idéale. Ils sont imprévisibles parce qu'ils sont prêts à attendre une victime potentielle, mais ils passent à la vitesse supérieure dès que le type de victime qu'ils préfèrent existe en abondance. Rappelez-vous, Bundy faisait croire qu'il s'était blessé au bras pour persuader les femmes de l'aider à charger ses courses, et après il les enfermait dans sa voiture. Ensuite, il a pété un câble, il s'est introduit dans une université et il a tué des femmes au hasard.

Jenna se frictionna les tempes.

— OK, donc nous pouvons supposer que les victimes sont toutes semblables : même âge, mêmes cheveux, etc. Avons-nous une autre hypothèse ?

Kane allongea ses jambes et se renversa dans son fauteuil.

— Oui. Notre homme a peut-être des soucis financiers, c'est un Casanova qui a des liaisons féminines pour l'argent. Ça colle pour Jim et le meurtre de Bailey, mais pas pour Paige Allen et Dawson Sanders. Je mise plutôt sur le psychopathe.

— Ça pourrait être utile de remettre le nez dans nos affaires de violence contre des femmes. Au cas où on pourrait exhumer quelque chose.

Kane finit son café et se leva, ramassa les tasses et les porta jusqu'à l'évier.

— OK.

— Laissez tout, je les mettrai dans le lave-vaisselle tout à l'heure.

Le téléphone de Jenna émit une bruyante sonnerie métallique, et elle décrocha.

— Shérif Alton. Une seconde, inspecteur Brennan, l'adjoint Kane est avec moi, je vous mets en haut-parleur. C'est bon, allez-y.

— *Nous avons placé des agents à l'aéroport, aucun signe de Jim Canavar. Ses cartes de crédit n'ont pas été utilisées depuis qu'il est arrivé à Black Rock Falls, mais il avait retiré une grosse somme en liquide avant de partir. À notre connaissance, personne n'a eu de ses nouvelles.*

Les cils noirs de Jenna dissimulaient l'expression de ses yeux.

— Ici non plus, on ne l'a vu nulle part. Avez-vous interrogé certaines de ses fréquentations ?

— *Oui, je n'ai pu obtenir grand-chose de ses amis à lui, mais les copines de Bailey m'ont appris tout ce que je voulais savoir. De l'avis unanime, Jim était un cavaleur, il y avait d'autres femmes dans sa vie. Elles ont averti Bailey qu'il en voulait à son argent, mais elle a refusé de faire un contrat de mariage. Elle aussi est assurée, donc il devait toucher des millions lorsqu'elle mourrait.*

Brennan tapota son clavier.

— *J'ai creusé un peu plus et j'ai examiné ses finances. Il a reçu une énorme prime de l'entreprise de son beau-père le jour où il s'est marié, et j'ai déniché son plan cul actuel. Ça m'a plutôt étonnée. C'est l'une des trois femmes qu'il rencontre dans un club de bondage lors de séances de groupe. Apparemment, Bailey ignorait qu'il était fétichiste ; il prévoyait de lui soumettre l'idée après leur lune de miel.*

Kane s'éclaircit la gorge et regarda Jenna.

— Inspecteur Brennan, je suis l'adjoint Kane. Vous a-t-on précisé s'il était soumis ou dominant ?

— *C'est exactement la question que je leur ai posée. Il était dominant, on m'a parlé de fouets et de chaînes. C'est tout ce que j'ai pour l'instant. Je continue à creuser.*

— OK. Merci pour tout.

Jenna raccrocha, remit une mèche rebelle derrière une oreille et croisa le regard de Kane.

— Et maintenant ?

Kane se frotta le menton, réfléchissant à ce qu'il fallait déduire de ces informations. Ce nouvel élément ne coïncidait pas avec le profil qu'il venait de définir.

— Je me trompe peut-être, mais je pense que nous devrions le chercher plus près d'ici.

27

La fraîcheur matinale se heurtait à la plaque métallique fixée dans le crâne de Kane, les palpitations désormais familières prenant la forme d'un mal de tête imminent. Il avait espéré que cet hiver, il en aurait fini de la torture causée par le froid mordant, mais cette matinée prouvait le contraire. Après avoir troqué son chapeau de cow-boy contre le bonnet de laine à doublure épaisse, complété par son insigne du bureau du shérif, il partit travailler.

Le trajet en ville donnait l'impression de voyager à l'intérieur d'une carte postale. Le vaste paysage et les pinèdes qui grimpaient à l'infini dans les montagnes offraient toutes les couleurs d'une palette d'artiste. Il devait admettre que l'automne à Black Rock Falls était d'un pittoresque unique. Sa vie passée à Washington n'était plus qu'un souvenir, et il s'était bien intégré à la communauté de Black Rock Falls. Il éprouvait un solide sentiment d'appartenance.

L'habituel parfum de chèvrefeuille flottait dans l'air quand il entra. Il salua Maggie en longeant le comptoir de l'accueil, et se dirigea vers la pièce qui lui était dévolue. Il s'apprêtait à confier à Rowley la tâche de chercher des cas locaux de violence contre des femmes quand son téléphone vibra dans sa poche. Il le prit pour savoir d'où venait l'appel.

— Bonjour, Shane, quoi de neuf ?

Wolfe s'éclaircit la gorge.

— *J'ai appelé Jenna, mais elle est déjà occupée à autre chose. Vous pourriez venir me voir ce matin ? Nous avons terminé l'autopsie des victimes récentes. Je rédigerai mon rapport plus tard, mais il sera long, et ça irait plus vite que je vous montre ce que nous avons découvert.*

Kane contemplait l'écran de son ordinateur.

— Bien sûr, quand ?

— *Ah... dès que possible.*

— Je serai là dans cinq minutes.

Il raccrocha et se dirigea vers le bureau de Rowley. Son collègue faisait défiler la page Facebook de Bailey Canavar. Une chose était certaine : Rowley était capable de prendre des initiatives lors d'une enquête. Il était un atout pour l'équipe et il faisait preuve d'imagination.

— Vous trouvez des choses utiles ?

— Pas vraiment, la routine. Je me renseigne sur ses amis, de qui elle est devenue l'amie récemment, après je consulterai les affaires classées pour voir s'il y a un lien possible.

Rowley se renfonça sur sa chaise. Kane lui sourit, impressionné.

— Vous cherchez un harceleur ?

— Je n'ai pas d'autre idée. Nous n'avons reçu aucun appel sérieux concernant Jim Canavar, puisque sa description est celle de la plupart des hommes présents en ville à cette saison. C'est comme s'il s'était volatilisé.

Kane hocha la tête.

— Rien non plus de là où il habite, l'inspecteur qui est sur le coup nous a appelés ce matin. Je vais à la morgue pour les rapports préliminaires d'autopsie. Allez donc voir sur la base de données principale tous les cas de violence contre des femmes ces dernières années. Ça ne donnera pas forcément grand-chose, mais si ces gens se connaissaient entre eux, nous devons le savoir. Le shérif vérifie quelques pistes, mais elle sera bientôt là, promit-il en constatant qu'un silence inhabituel régnait dans les locaux.

— Bien, monsieur.

Il fut surpris de voir à la réception la fille adolescente de Wolfe, Emily, même s'il savait que ses études de médecine légale la menaient souvent à la morgue. Elle était assise à côté de Webber, et ils étaient tellement accaparés par ce qu'ils faisaient qu'ils ne l'entendirent pas entrer. Comme Wolfe avait déclaré ne pas vouloir qu'Emily s'amourache de Webber, il frappa sur le comptoir. Le bruit résonna comme un coup de fouet.

— Bonjour.

L'adjoint Webber se leva comme un boulet de canon.

— Monsieur ?

Emily lui adressa un sourire éclatant.

— Adjoint Kane ! Papa vous attend. J'expliquais à Cole le nouveau système de classement.

Kane foudroya Webber du regard, puis s'éclaircit la gorge :

— Je vois ça.

Emily se leva et le guida vers la morgue.

— Ah, le dernier homicide est extrêmement intéressant. Papa a cravaché pour finir à temps ; il m'a même autorisée à l'aider, avec Cole, bien sûr.

L'idée qu'elle juge les cadavres démembrés « extrêmement intéressants » l'amusait, malgré son côté macabre. Tout en ralentissant le pas pour marcher à son rythme dans le couloir, il ne put s'empêcher de plaisanter :

— C'était prévisible. Tu es vraiment la fille de ton père.

— Je suis étudiante en pathologie légale. J'aurais pu me

destiner au métier de médecin généraliste, mais soigner les gens n'est pas ce que j'ai en tête. Je veux découvrir ce qui les tue. Enfin, précisa-t-elle en soupirant, en matière de qualifications exigées, tout dépend de l'État que vous habitez ; le coroner est parfois docteur en médecine, mais certains sont simplement employés des pompes funèbres. J'étudie la pathologie légale parce que c'est la plus utile, selon moi, et le droit relatif aux homicides, naturellement. Vous me trouvez bizarre ?

Kane ravala un ricanement et secoua la tête.

— Pas du tout. Tu sais ce que tu veux, et c'est un avantage dans la vie. Ton père est un génie. Il est toujours en train de se documenter sur un sujet ou un autre, et tu seras comme lui.

— Hmm, c'est vrai qu'il a une intelligence supérieure. C'est sûrement pour ça qu'il a passé tant de temps à travailler pour...

Elle s'interrompit au milieu de sa phrase et leva les yeux vers Kane ; ses jours s'empourprèrent et elle toussa.

— ... Pour l'hôpital local.

Seigneur Dieu, Wolfe lui avait raconté qu'il avait travaillé pour le gouvernement, et elle avait failli le trahir devant Webber. Kane répondit par le premier mensonge qui lui vint à l'esprit, pour couvrir cette erreur de jugement.

— Oui, il m'en a parlé, comme programmeur informatique, je crois ?

— Exactement.

Emily lui lança un regard en biais, puis fixa ses yeux droit devant elle.

L'odeur de la morgue se renforçait à chaque pas dans ce couloir d'une blancheur aveuglante. Un cocktail unique de mort et de produits chimiques. La ventilation tournait à plein régime mais, quand Emily poussa la porte, la puanteur frappa Kane brutalement. Il faisait froid, très froid, comme si on pénétrait dans un réfrigérateur, et il devina que cette basse température servait à ralentir la décomposition des corps. Il tira de sa poche un masque chirurgical et le glissa sur son nez.

Jusque-là penché au-dessus d'un microscope, Wolfe releva sa tête blonde et se redressa.

— Ah, très bien. Il faut remettre notre inconnu sur la glace. L'odeur devient un peu trop pénible même pour moi.

L'estomac de Kane fit un triple salto arrière à la vue des deux civières couvertes d'un drap blanc, et le souvenir des membres épars de Bailey, à demi dévorés, surgit dans sa mémoire. Il repoussa ces images dans les recoins obscurs de son esprit pour consacrer toute son attention à Wolfe.

— Avez-vous pu déterminer la cause de la mort dans toute cette pagaille ?

Wolfe retira le drap qui dissimulait les membres réassemblés de la victime non identifiée.

— En fait, j'ai découvert un certain nombre d'éléments intéressants. Je vais vous expliquer tout ça, mais d'abord, j'ai trouvé trois échantillons de sang différents. C'est très inhabituel de trouver trois groupes sanguins différents sur cent personnes, et à plus forte raison sur trois personnes.

Intrigué par l'enthousiasme du légiste, Kane se frotta le menton.

— OK.

— La majorité des Américains sont O+. La victime masculine est B+, la femme est O+, mais il y avait aussi quelques gouttes d'A+, mais très peu. Sur les mains de Bailey Canavar.

Wolfe se dirigea vers un tas de vêtements ensanglantés.

— Ceux-ci portent des étiquettes de détaillants chinois ; si j'ajoute que la majorité des personnes d'ascendance asiatique sont du groupe B+, je dois supposer que notre inconnu est un visiteur venu de Chine.

Son regard pétillait au-dessus de son masque.

— Nous devons supposer que notre tueur a été blessé, et qu'il est A+. C'est aussi un groupe très courant dans la population caucasienne. À défaut d'un échantillon de sang de Jim Canavar, il me faudrait un prélèvement de l'ADN de sa mère pour comparer, et c'est en rapprochant les mitochondries qu'on obtient les résultats les plus sûrs.

Kane croisa les bras.

— Donc ça confirme qu'il y a bien eu trois personnes impliquées, mais pourquoi Bailey aurait-elle ce sang sur les mains, à moins d'avoir poignardé son agresseur ?

Il observa le corps ; les fragments mis bout à bout et la couture en Y sur la poitrine évoquaient pour lui le monstre de Frankenstein.

— Et on peut exclure l'hypothèse que l'inconnu ait tué Bailey ?

— Pas entièrement, répondit Wolfe en se rapprochant de la civière. Le meurtrier a étranglé l'inconnu. Les marques sur son cou sont clairement celles de pouces s'enfonçant dans la gorge, comme si le tueur l'avait soulevé par le cou. Dans la plupart des cas, ce genre de strangulation limite l'approvisionnement du cerveau en oxygène, et on devrait constater des hémorragies pétéchiales dans les yeux, mais à cause de l'ampleur des dégâts au visage, j'ai dû chercher ailleurs les preuves de la cause du décès.

Il désigna les marques sur la gorge de l'homme. Kane s'avança un peu plus.

— Oui, c'est assez visible, mais ça pourrait être l'effet d'une bagarre. Qu'est-ce qui montre qu'il a été étranglé ?

Wolfe se tourna vers une radio éclairée sur un écran.

— L'os hyoïde est fracturé. Vous voyez, là, et là ? Son larynx est écrasé, et une fracture du larynx limiterait assez l'apport d'air au cerveau pour entraîner l'asphyxie.

Les questions se bousculaient dans l'esprit de Kane et il tâcha d'y voir clair dans ses pensées, face à ce tas de membres qui avait été un homme.

— Pour que je m'y repère, je dois d'abord vous demander qui est mort en premier.

— L'heure du décès est la même. Je pense qu'ils sont morts

mercredi. Bailey a sans doute été la première, mais je ne peux me fier qu'aux éclaboussures. Le sang de Bailey était recouvert par celui de notre inconnu, dit Wolfe en lui montrant les photos sur son iPad. J'ai trouvé de son sang à elle sur un T-shirt jeté plus loin, et son sang à lui était sur le devant du vêtement, ainsi que sur un buisson voisin.

— Donc s'il a tué Bailey avant d'être attaqué et tué par Jim, pourquoi Jim l'aurait-il découpé en morceaux avant de s'enfuir dans la montagne ?

Kane contempla le cadavre, et le souvenir de crimes impliquant des gangs organisés lui revint.

— Vous avez trouvé ses mains ?

— Non, et nous n'avons pas non plus découvert d'empreintes digitales utilisables. J'espérais en trouver sur les vêtements, mais le ou les tueurs portaient des gants.

Wolfe leva le menton et étrécit les yeux.

— Les dents de l'inconnu manquent également. Elles auraient dû être sur les lieux, mais toute sa mâchoire inférieure a disparu.

Kane lui lança un regard.

— J'ai déjà rencontré cette technique pour rendre une victime impossible à identifier. Maintenant, avec l'ADN, ça ne marche plus, mais il faut quelqu'un de la même famille pour comparer. Je contacterai le FBI pour voir si on leur a signalé la disparition de touristes chinois. Ils doivent avoir un visa, et s'ils restent plus longtemps, ils sont dans l'illégalité.

Il se tourna vers l'autre civière recouverte d'un drap.

— Qu'avez-vous trouvé sur Bailey ?

— En termes profanes, elle est morte de la blessure causée par un coup de poignard dans le côté gauche de l'abdomen, qui a perforé l'aorte abdominale et causé une hémorragie.

Wolfe dévoila en partie le corps, avec le plus grand respect pour la victime.

Tâchant d'oublier la femme dynamique qu'il avait croisée, Kane examina le cadavre.

— Donc, quand le tueur a eu fini de s'amuser, il l'a tuée d'un seul geste, ce qui me fait penser qu'il a suivi une préparation militaire, ou reçu une formation à l'autodéfense. C'est presque comme s'il avait eu pitié d'elle.

Emily apparut non loin de lui et, de ses yeux bleu pâle, scruta son visage.

— Je ne crois pas. Celui qui a fait ça ignore le sens de ce mot. À mon avis, il s'est lassé d'elle ; elle a peut-être cessé de se défendre, ou elle a renoncé trop facilement. J'ai étudié le comportement des psychopathes. Je sais qu'une victime ne peut pas raisonner avec eux, et que si elle essaie, ça ne fait qu'intensifier la violence, en général. Le tueur ne prend du plaisir que si la victime souffre.

La vérité sort de la bouche des enfants.

— Bien sûr, c'est vrai, mais il existe toutes sortes de comportements divers, et certaines formes fusionnent les unes avec les autres. Ce n'est pas une science exacte. Nous avons peut-être deux tueurs distincts, ou quelqu'un qui n'a plus tué depuis un an. Cela en soi serait inhabituel, vu le niveau de violence de l'affaire classée. Compte tenu des dégâts infligés ici, il s'agit d'un tueur qui a déjà tué, et sans doute souvent.

— Exact, et c'est ici que se rejoignent les similitudes entre les cas.

Wolfe recouvrit Bailey et passa à l'autre civière, retirant le drap d'un simple mouvement du poignet, révélant le squelette de Paige Allen.

— J'ai constaté que Paige Allen et Dawson Sanders avaient été blessés par balle dans la colonne lombaire ; dans les deux cas, ces blessures causent une paralysie des extrémités inférieures. Même chose pour Bailey, qui aurait pu être blessée par la même personne que Paige, exactement. Mais ça ne marche pas pour Dawson. Comme vous le savez, il a reçu au moins trois balles dans le dos : l'une a tranché sa moelle épinière, les deux autres l'ont tué. Une chose me trouble, avoua Wolfe en haussant un sourcil. À mon avis, vu l'angle d'entrée, les deux femmes étaient en train de courir. Les munitions employées sont de petits calibres, pour mutiler plutôt que pour tuer.

Kane déglutit avec peine. Il avait plusieurs fois été confronté à des signes de torture prolongée, mais la réunion de ce meurtre et de la mutilation faciale subie par le crâne de Paige Allen ne correspondait pas à son profil du tueur.

— OK, donc il y a beaucoup de ressemblances, mais l'affaire classée a l'air d'un crime passionnel. Le tueur a détruit le visage de Paige, alors pourquoi changerait-il son *modus operandi* en ne touchant pas à celui de Bailey ? Je ne vois pas le lien.

La voix de Webber parut trop sonore dans la petite pièce.

— Moi, je le vois. D'après les marques sur les os des avant-bras, Paige a subi des lacérations profondes, cohérentes avec les blessures de défense. Elle était paralysée mais elle s'est débattue de toutes ses forces. Le tueur est devenu fou furieux. Il ne pouvait pas la contrôler, donc il l'a frappée, probablement avec son revolver.

— La mâchoire cassée indique un trauma contondant, acquiesça Wolfe. Je suis d'accord, la crosse d'un pistolet a pu être utilisée.

Kane reconstitua mentalement la scène.

— Ça expliquerait les divergences. Et puis nous avons Bailey, qui savait se servir de sa beauté pour parvenir à ses fins. Riche et belle, elle a pu tenter de parlementer avec le tueur, ou lui proposer de l'argent pour s'en sortir. Mais quand elle l'a laissé lui attacher les mains au-dessus de la tête, il était déjà trop tard.

28

Après la morgue, Kane apprécia de sortir au soleil. Il s'adossa à sa voiture pour respirer, remplaçant dans ses poumons la répugnante puanteur par la brise parfumée qui émanait de la forêt de pins. À sa surprise, Emily franchit le seuil et s'avança vers lui. Il lui sourit. Elle faisait honneur à Wolfe, comme ses deux sœurs tout aussi blondes, qui avaient toutes hérité du cerveau de leur père.

— Tu viens prendre un peu l'air ?

Emily leva le menton et lui adressa un regard direct et sérieux.

— Pas vraiment, non. Papa aurait préféré que je n'émette pas d'opinion pendant un débriefing sur une autopsie, donc je viens vous présenter des excuses.

Kane vit à sa mine qu'elle n'était pas d'accord.

— Ta remarque était judicieuse, mais il ne faut jamais atteindre une conclusion sans avoir envisagé toutes les éventualités.

— Je me suis servie de la liste de contrôle de la psychopathie établie par Hare, et partant de ce que nous savons...

Il baissa les yeux vers elle, si désireuse d'apprendre mais si jeune.

— Une minute ! Je vais te citer deux ou trois autres choses à prendre en compte avant de parvenir à une décision. Comme nous n'avons pas de suspect sur lequel procéder au test, il faut envisager d'autres points, par exemple, l'influence de la drogue. Certaines altèrent la chimie du cerveau. Elles rendent les gens violents. Vois les effets de la méthamphétamine, par exemple. Quand ses consommateurs ont un comportement violent, comment les classerais-tu avec précision ?

— Maintenant vous êtes en colère contre moi ?

Elle contemplait le sol. Kane éclata de rire.

— Je ne suis pas du tout en colère. J'admire ta ténacité.

— Papa dit que vous êtes le meilleur profileur qu'il connaisse. Je sais qu'il est génial dans sa partie, mais je veux voir la médecine légale sous tous les angles. Mieux connaître *les raisons* pour lesquelles les gens tuent, c'est important pour moi. Vous voudrez bien que je vous pose des questions, parfois ? Je ne vous embêterai pas trop, promis.

Le portable de Kane vibra dans sa poche.

— Tu peux m'en parler quand tu voudras, mais là je dois prendre cet appel.

Il la vit rentrer en hâte dans le bâtiment, sa queue-de-cheval blonde s'agitant, et il porta son téléphone à son oreille.

— J'écoute.

— *Rowley à l'appareil. Il y a une bagarre devant le magasin d'articles de chasse et de pêche. Le propriétaire nous a téléphoné. Il y a trois hommes dans le coup. J'ai besoin de renforts.*

Kane se glissa au volant de son véhicule.

— Où êtes-vous ?

— *Dans Main Street, je suis en train d'y aller.*

— Ça roule.

En arrivant, il reconnut le groupe d'hommes qu'entourait un attroupement : Leroy et Abel Finch, les frères qui habitaient dans les montagnes, près de Bear Peak, et l'homme avec lequel ils avaient déjà eu des soucis au Triple Z, Ethan Woods. Ce dernier était plus grand qu'eux, et il tenait bon face aux deux frères. Les Finch esquivaient ses coups et lui tournaient autour comme des mouches agaçantes.

Kane se fraya un passage, accompagné de Rowley.

— Arrêtez.

Il intercepta un coup lancé par un des frères, qu'il dévisagea.

— Je vous ai dit : Arrêtez.

Il le retourna et le menotta avant que l'autre ait le temps de comprendre, puis le palpa et tira de sa ceinture un couteau de chasse. Il se tourna vers les badauds.

— Circulez, il n'y a rien à voir. Ouste !

Rowley eut bientôt maîtrisé l'autre frère, et Kane put se concentrer sur Woods.

— Mettez-vous contre le mur, les mains en l'air.

— Pas question.

Woods essuya une traînée de sang au coin de sa bouche et le toisa d'un air provocant, les poings levés.

— Vous voulez vous battre avec moi, maintenant ?

Kane lui adressa un regard long et sévère. Woods ne pouvait pas être sérieux : un seul coup de poing de l'adjoint, et il passerait des semaines à soigner son nez cassé.

— Je vous le déconseille, monsieur Woods.

L'homme se jeta sur lui, jouant des poings, et Kane s'écarta. Face au vide, Woods perdit l'équilibre et tituba en avant. Kane le saisit par le col et le plaqua contre le mur de brique rouge. Il se tourna vers Rowley.

— Agression d'un adjoint du shérif et refus d'obtempérer lors de son arrestation pour trouble à l'ordre public.

Un homme aux cheveux blancs s'approcha.

— Je serai témoin au procès si nécessaire. Mon fils aussi, car nous avons tout filmé avec notre téléphone. Il vous dira tout ce que vous voulez savoir. Je ne veux pas de bagarre devant mon magasin, c'est mauvais pour le commerce.

Le propriétaire remonta lentement les marches du perron et rentra dans la boutique. Un homme s'avança à son tour.

— Je pourrai vous envoyer les images.

— Merci. Rowley va vous donner ma carte. Envoyez-moi ça avec vos coordonnées.

Kane menotta Woods, lui sépara les jambes d'un coup de pied et le fouilla sans ménagement.

— C'est votre fusil ? demanda-t-il en désignant la Winchester 70 Featherweight posée contre le mur.

— Oui, et je veux mon avocat. James Stone, au cas où vous l'auriez oublié.

Kane ne tint aucun compte de Woods malgré ses airs indignés, et se tourna vers Leroy Finch.

— Qu'est-ce qui s'est passé ?

— On l'a surpris à rôder autour de notre cabane. On a acheté une caméra à vision nocturne, parce qu'on pensait que c'était un ours qui faisait tout ce boucan, mais en fait c'était lui. Hier soir, il a dormi dans notre grange. Il a pas le droit de s'introduire dans notre propriété la nuit.

— Et vous, vous n'avez pas le droit de vous battre sur le trottoir. Vous auriez pu blesser un passant. Cette fois, je vous inculpe.

Kane leur récita leurs droits, puis poussa Woods vers le 4 x 4 de Rowley, non sans avoir ramassé son fusil.

— Tout le monde là-dedans. Je vous suis. Au moindre ennui, je vous fais marcher devant la voiture, compris ?

Il ferma la portière et s'adressa à Rowley.

— Comme si on n'en avait pas encore assez.

— Black Rock Falls, le paradis un jour, l'enfer le lendemain.

Rowley sourit, puis monta dans son 4 x 4.

L'enfer, c'est un euphémisme. Kane suivit les prisonniers et Rowley jusqu'à l'accueil, puis s'arrêta devant le comptoir en voyant le shérif sortir de son bureau.

— Vous avez débusqué des choses intéressantes ?

— Non, rien que des fausses pistes. Et vous ? demanda Jenna alors qu'on conduisait les trois hommes dans des cellules.

Kane appuya une épaule au chambranle de la porte.

— Pas grand-chose. J'ai une vidéo de Woods m'attaquant, donc on le tient. Apparemment, il rôdait autour de la cabane des frères Finch. Je ne sais pas trop qui a déclenché la bagarre, mais ce fusil appartient à Woods, donc il faut l'ajouter à la liste de ses biens.

— Je vais l'enfermer dans le placard à armes. Belle pièce, commenta Jenna en recevant le fusil des mains de Kane. Il paraît que leur tir est très précis.

— Pas mal pour un chasseur, mais pas ce que je voudrais dans mon arsenal. Après, je n'utilise pas mon M82 pour chasser les animaux.

Une délicieuse odeur de café chaud flottait dans le bureau. Kane jeta un coup d'œil vers la table, remarqua un sac de nourriture, et son estomac gargouilla. D'un sourire, il présenta ses excuses à Jenna, songeant aux cookies qu'il avait dans un tiroir et à la cafetière toujours pleine qui attendait dans la kitchenette.

— Je vais aller interroger les prisonniers, ou du moins les deux frères. Woods se cache derrière son avocat, j'ai déjà appelé Stone.

— Les Finch peuvent attendre dix minutes. Rowley n'en a sûrement pas encore fini avec eux. J'ai pensé que vous étiez occupé, donc je vous ai rapporté un repas. Asseyez-vous, et tout en mangeant, vous me résumerez le rapport d'autopsie. Wolfe ne m'a rien envoyé pour le moment, mais je suis sûre que je recevrai bientôt le rapport préliminaire.

Kane se laissa tomber sur une chaise et soupira.

— OK, et merci, je suis affamé. Je n'ai pas eu le temps de souffler, ce matin. Vous êtes un ange.

Lorsqu'il prit connaissance du contenu du sac, l'odeur du chili remplit ses narines. Pendant son repas, il esquissa les premières conclusions de Wolfe. Il sirota ensuite son café, attendant que Jenna digère toute l'information. Elle se leva pour s'approcher du tableau blanc.

— J'imagine que c'est le même tueur. Il habite sans doute hors de la ville, mais dans le Montana. Il faut chercher d'autres crimes similaires dans nos bases de données. S'il a déjà commis ce type de meurtre, il peut être actif à travers tout l'État. Des gens viennent chasser ici de tout le Montana, et ça vaut pour la plupart des zones de chasse de cet État. Il doit tenir ses permis à jour, et se rendre aux points de contrôle. C'est un membre de la société que personne ne remarque.

— Peu de tueurs en série choisissent la saison de la chasse : il y a trop de rangers et de chasseurs dans les parages. Je ne crois pas que ce soit le crime opportuniste d'un amateur de sensations fortes. Il semble qu'il utilise des caméras infrarouges pour traquer ses victimes, mais comment sait-il qu'elles seront à cet endroit-là ? Il faut bien qu'il sache d'avance où installer son matériel.

Jenna haussa les sourcils.

— Facile. Il en place partout sauf dans les coins les plus reculés. De nombreux couples préfèrent les chemins isolés, pour être seuls.

Elle haussa les épaules comme si le mystère était entièrement résolu, et regagna son siège.

— S'il peut accéder aux caméras grâce à son portable, il attend de voir une cible possible entrer dans sa zone, puis il se précipite pour la tuer.

Jenna leva un doigt pour devancer la réponse de Kane.

— Et puis, les gens n'ont pas l'habitude de voler les caméras infrarouges parce qu'ils savent que le propriétaire aurait une vidéo du vol. La saison de la chasse est idéale pour tuer des gens en forêt. Ici, la chasse dure presque toute l'année, et si un homme sort du bois éclaboussé de sang, personne ne s'en étonne. Les chasseurs découpent leurs proies sur place.

Kane s'inclina en arrière et allongea ses jambes.

— En effet. À mon avis, la seule solution pour que ça marche est qu'il habite dans les montagnes. Il voit un couple se diriger vers un de ses chemins, mais il faut encore qu'il arrive là-haut, à pied ou à cheval… *sauf* s'il choisit parmi les couples qui prévoient de camper la nuit. Les caméras enregistrent aussi le son, donc il peut écouter ce que ses victimes projettent de faire.

Jenna se mordilla les doigts puis contempla le tableau, le front plissé.

— Et s'il était tout près, il aurait le temps d'arriver et de tendre une embuscade. Leroy et Abel Finch habitent dans les montagnes, près de Bear Peak, et ils ont surpris Ethan Woods à rôder la nuit autour de leur cabane. Tous les trois ont le sang chaud. Y en a-t-il un qui corresponde à votre profil ?

Kane réfléchit à la question.

— Les frères sont l'inconnue dans cette équation. L'un des deux est un dominant, ce qui suffirait à les faire coïncider avec le profil de ceux qui tuent à deux. Ils vivent dans la forêt, ce qui fait également d'eux des suspects possibles. Ethan Woods est un visiteur régulier, qui a habité Black Rock Falls à une époque, donc il connaît la région. Il a les moyens de s'acheter le meilleur matériel, alors j'ai du mal à croire qu'il ait dormi dans la grange des Finch. Enfin, il fait aussi partie des possibilités, d'autant qu'il a mentionné son avocat à l'instant où je suis arrivé.

Jenna contourna son bureau pour revenir au tableau blanc.

— Hmm. J'ajoute leur nom à la liste des suspects.

Kane se frotta le menton.

— J'aimerais beaucoup jeter un œil à leurs téléphones et voir s'ils ont une appli caméra, avec des images récentes.

On frappa à la porte et le visage de Rowley apparut.

— M. Stone, l'avocat, est ici, et voici le rapport d'arrestation des frères Finch.

Il tendit à Jenna deux chemises cartonnées. Le dégoût que Stone inspirait au shérif était évident.

— J'arrive tout de suite. J'aurais mieux fait de rester chez moi.

29

La voix de Rowley surgit derrière Jenna.

— Madame, je voudrais vous dire un mot avant que vous parliez à M. Stone.

Le shérif fit signe à Kane de rejoindre l'avocat et se tourna vers Rowley.

— Bien sûr, qu'y a-t-il ?

Rowley se mit à murmurer.

— C'est à propos de son client, Ethan Woods. Si vous vous rappelez, on m'a demandé de chercher d'autres cas de crime violent, surtout visant des femmes ?

Elle le dévisagea, en regrettant de ne pas avoir de télécommande pour le faire accélérer.

— Oui, je me rappelle avoir demandé à Kane de lancer la recherche.

— Eh bien, Woods a été mêlé à plusieurs cas que j'ai examinés ce matin. Il n'avait jamais été inculpé, mais une ordonnance de protection a été délivrée pour son ex-femme, et lors de son divorce, il a été question de violences domestiques.

Jenna sentit se dresser les poils de sa nuque.

— Merci, c'est une information utile. Kane est au courant ?

— Non, il est parti à la morgue avant que j'aie eu le temps de lui signaler. Depuis, on n'a pas arrêté, madame.

— C'est ce que j'ai cru comprendre, dit-elle avec un soupir. Il nous faut les détails tout de suite. Vous pouvez imprimer le dossier et l'apporter en salle d'interrogatoire ?

— Oui, madame.

En se retournant, Jenna se trouva face à James Stone. Vêtu d'un costume italien en soie, il tranchait sur les cow-boys et les chasseurs de Black Rock Falls. Elle lui sourit, même s'il était la dernière personne qu'elle souhaitait voir ce jour-là. À voir sa mine hostile, il n'était plus l'homme qui l'avait harcelée pour sortir avec elle l'année précédente.

— Bonjour, monsieur Stone.

Il s'avança assez pour qu'elle sente son *after-shave*.

— Autrefois, vous m'appeliez James, et je pense que nous pourrions rester courtois l'un envers l'autre. Vous m'évitez soigneusement chaque fois que je viens ici, et vous m'avez à peine adressé deux mots depuis des semaines. Vous me détestez tant que ça ?

Mon Dieu, elle avait seulement dîné avec lui deux ou trois fois, et c'était il y a des lustres.

— Pas du tout. À l'époque, je n'étais pas en quête d'une rela-tion, et j'ai essayé de vous l'expliquer, mais vous avez refusé de m'écouter.

— Donc vous avez demandé à l'homme des cavernes d'in-tervenir.

Jenna s'obligea à garder le sourire, et à ne pas le laisser se transformer en grimace.

— Je n'ai pas eu à le solliciter. La mission de mon adjoint est me couvrir.

Elle changea de sujet, pour ne pas s'éloigner du domaine strictement professionnel.

— Votre client est dans la salle d'interrogatoire. Nous aime-rions discuter avec lui car il va être accusé d'avoir attaqué un agent des forces de l'ordre et d'avoir résisté à l'arrestation. L'adjoint Kane m'a indiqué qu'il pourrait aussi y avoir violation de propriété.

Stone la regarda avec agacement mais se rapprocha encore.

— Une amende de cinq cents dollars dans le pire des cas. Vous ne pourriez pas statuer sur ces infractions mineures, au lieu d'encombrer le tribunal avec de telles broutilles ?

— Attaquer un de mes adjoints n'est pas une broutille, et je suis là pour faire respecter la loi, monsieur Stone.

Jenna haussa le menton et le foudroya du regard, sans lâcher prise. S'il croyait pouvoir l'intimider, il se trompait lourdement.

— La dernière fois, j'ai relâché votre client avec un avertissement parce que le propriétaire du Triple Z avait accepté de ne pas engager des poursuites dès lors que M. Woods consentait à rembourser les dégâts, mais cette fois, je ne peux plus rien faire. Nous avons des témoins, il sera accusé.

— Vous voulez que j'accompagne M. Stone en salle d'interrogatoire, madame ?

Kane apparut derrière elle sans un bruit et prit un air impassible, baissant les yeux vers Stone.

Il est toujours là pour me couvrir. Jenna se redressa.

— Oui, et je parlerai au client de M. Stone après avoir interrogé les autres parties en présence.

Soulagée, elle put se soustraire au regard irrité de Stone pour aller chercher où étaient enfermés les frères Finch. Après avoir badgé, elle pénétra dans la salle. Comme d'habitude, Rowley avait pris la précaution d'attacher les menottes du prisonnier à un anneau fixé à la table. Elle posa le dossier d'arrestation sur la table et prit un siège. Une odeur de sueur rance rampa vers elle et elle se pencha en arrière pour gagner quelques centimètres d'air frais. L'homme assis devant elle avait une barbe hirsute et de longs cheveux d'un blond sale, ébouriffés. Les deux frères se ressemblaient et elle était incapable de les distinguer.

— Pouvez-vous m'indiquer votre identité, s'il vous plaît ?

— Leroy Finch, madame.

Surprise par sa politesse, elle ouvrit le dossier sur lequel figurait son nom et sortit son stylo.

— On vous a donné lecture de vos droits et vous n'avez pas voulu faire appel à un avocat. Vous savez que je prévois de vous accuser de trouble à l'ordre public ?

Leroy s'avachit sur sa chaise et se mit à se curer les ongles.

— Oui, mais c'est pas nous qui avons commencé. La bagarre, c'était de la légitime défense. J'ai vu Woods sortir du magasin. Il s'était introduit chez nous. Je sais qu'il a dormi dans notre grange, sûr et certain. J'ai voulu lui donner un avertissement. Je lui ai dit que la prochaine fois qu'il serait en infraction dans notre propriété, je lui tirerais dessus. Vous savez bien que je suis dans mon droit, lança-t-il d'un air hargneux. Ce type-là, il croit qu'on est idiot juste parce qu'on vit dans les montagnes.

Jenna comprit qu'il faisait référence à l'antique doctrine du château, et au droit de défendre sa maison ou sa propriété.

— Pourquoi avoir attendu jusqu'à maintenant pour exiger une explication ? Si vous aviez un problème, pourquoi ne pas nous en avoir informés ?

Il racla le sol avec sa chaise lorsqu'il voulut se rapprocher de la table.

— C'est écrit nulle part qu'il faut appeler la police quand on veut protéger sa propriété. De toute façon, vous auriez rien fait.

Jenna prit quelques notes, puis releva les yeux vers lui.

— Le problème, monsieur Finch, c'est que vous avez le droit de défendre votre propriété, mais la doctrine du château ne s'applique pas en dehors de votre propriété. Vous n'avez pas le droit d'agresser les gens dans la rue.

Il se pencha vers ses mains menottées et se frotta le nez, puis il sourit, dévoilant ses dents jaunes.

— Et voilà, c'est moi qu'on accuse ! J'ai voulu dire à Woods de plus remettre les pieds chez nous. Il m'a répondu d'aller me faire voir, et que j'avais aucune preuve. Quand j'ai dit que j'avais des caméras à vision nocturne, ça lui a coupé le sifflet. Il m'a proposé cinq mille dollars pour effacer les bandes. Je lui ai ri au nez, alors il est devenu dingue et il a essayé de me piquer mon téléphone. Quel crétin ! Je lui ai dit que j'avais fait des copies.

Jenna le voyait comploter quelque chose. Elle fixa sur lui un regard intense.

— J'espère que vous n'avez pas l'intention de le faire chanter ?

Les yeux noirs de Leroy scrutèrent son visage.

— Woods ? Non, et je voulais pas non plus de son fric. Son avocat aurait trouvé un moyen de nous mettre en prison à perpète. Non, je voulais juste le voir paniquer, le richard.

Il fallait qu'elle voie cette vidéo de Woods. La cabane des Finch n'était qu'à une demi-heure de marche de la scène de crime des Canavar.

— OK. Votre vidéo est datée ?

— Bien sûr.

— J'ai besoin de la voir, et je veux que vous mettiez noir sur blanc tout ce que vous m'avez raconté, pour signer votre déposition.

Elle poussa vers lui un papier et un stylo. Leroy sourit.

— C'est sur mon téléphone, vous pouvez faire une copie. Ça aussi, je l'écrirai.

Elle prit quelques notes supplémentaires et se leva. Si son histoire tenait le coup, elle renoncerait aux poursuites.

— Merci, ça plaidera en votre faveur. Vous devrez attendre que je parle aux autres parties. Vous voulez quelque chose à boire ?

— Oui, ça serait gentil, madame. Un café noir.

Elle sortit dans le couloir et alla informer Kane. Il était

adossé au mur, en attendant que Stone ait fini de discuter avec son client.

— J'ai la permission écrite d'accéder aux vidéos tournées par les caméras à vision nocturne des Finch. Si Woods était dans les parages au moment des meurtres, il passe en tête de notre liste de suspects. Il va falloir les convaincre de nous donner accès à leur grange aussi. Woods y a dormi une nuit.

Kane eut une moue dégoûtée.

— Si Woods est notre tueur, ce serait l'endroit idéal pour se laver et se changer, et peut-être faire disparaître ses vêtements tachés de sang. D'après la scène de crime, le tueur devait en être aspergé. L'ennui, c'est que les caméras à vision nocturne ne le montreront pas. Espérons qu'il a laissé des traces derrière lui.

Jenna se mordilla la lèvre et réfléchit un moment, emboîtant les pièces du puzzle.

— Il faut établir une chronologie. Je vais porter un café à Leroy Finch, et ensuite je parlerai à son frère. Je veux participer à l'interrogatoire de Woods, prévenez-moi quand Stone aura terminé. C'est vous qui poserez les questions, et on verra bien ce que vous arrivez à tirer de lui.

— Bien, madame, mais je ne veux pas de conflit d'intérêts parce qu'il m'a agressé. Il vaudrait peut-être mieux renoncer à cette accusation si vous voulez que je sois partie prenante. J'espère que Woods est notre homme. Ça me ferait plaisir de le coffrer.

Cette remarque fit pouffer Jenna.

— Ah, j'adore votre optimisme, mais n'oubliez pas que nous sommes à Black Rock Falls.

— Oui, le paradis un jour, l'enfer le lendemain.

— Là, vous parlez comme un natif du Montana.

L'entretien de Jenna avec Abel Finch lui fournit la copie conforme de l'exposé de son frère, et comme ils avaient été séparés depuis l'incident, elle devait maintenant entendre la version de Woods. Les vidéos sur le téléphone prouvaient sans l'ombre d'un doute que Woods s'était introduit dans la propriété des Finch mardi soir et mercredi soir. Elle pénétra dans la salle d'interrogatoire avec un certain malaise à la perspective d'avoir à nouveau affaire à James Stone. Elle vit que Kane avait offert une boisson aux deux hommes et qu'il lisait le dossier lorsqu'elle arriva. Après s'être assise à côté de son adjoint, elle se tourna vers l'avocat.

— Cet interrogatoire sera enregistré.

Elle prit la télécommande dans un tiroir et alluma la caméra. Quand tous les participants se furent présentés, elle se tourna vers Kane.

— Les questions seront posées par l'adjoint Kane.

— Il y a conflit d'intérêts, protesta aussitôt Stone. Il est l'agent que mon client est accusé d'avoir frappé.

Jenna se pencha en avant.

— Je suis parfaitement au courant des accusations, monsieur Stone. L'adjoint Kane a retiré sa plainte et va interroger votre client au sujet de sa violation d'une propriété privée.

— Monsieur Woods, pouvez-vous me dire pourquoi vous avez éprouvé le besoin d'aller dormir dans la grange des Finch les nuits de mardi et de mercredi ?

Kane affichait une grande lassitude et faisait rouler un stylo entre ses doigts. Woods haussa les épaules.

— J'étais dans la forêt, je cherchais une zone de chasse, quand je me suis perdu. Il faisait noir. J'ai vu la grange et je m'y suis abrité.

— Je vois, commenta Kane en prenant des notes. Et donc, vous étiez encore perdu vingt-quatre heures plus tard ?

Woods jeta un coup d'œil à Stone, qui foudroyait Kane du regard.

— Oui, j'ai décrit un cercle complet à pied et je me suis à nouveau retrouvé devant la grange. J'y ai dormi une fois de plus et je suis parti le lendemain matin. J'ai entendu des chasseurs qui discutaient et je les ai rejoints sur la route.

L'attention de Kane se fixa sur le visage de Woods.

— Alors vous n'avez pas de téléphone ? Si vous vous perdez, il y a des rangers un peu partout pour vous secourir, ou bien vous pouvez utiliser l'appli GPS.

— Ma batterie était à plat.

Kane leva les yeux et haussa un sourcil étonné.

— Pourquoi n'avez-vous pas demandé aux frères Finch de vous aider ou de vous orienter vers le chemin ? Après deux nuits à dormir à la dure, ça aurait été le plus raisonnable.

— Il y avait partout des panneaux « Défense d'entrer ». Vous, shérif, vous savez comment sont ces montagnards. Ils tirent d'abord et vous posent des questions ensuite.

— Donc vous reconnaissez être délibérément entré dans une propriété privée et avoir dormi dans leur grange ?

Les lèvres de Kane se retroussèrent en un demi-sourire. Woods renifla avec dédain.

— Qu'est-ce qu'ils vont me faire ? Un procès ? Ils n'ont même pas de quoi se payer un avocat.

Kane se pencha en avant. Les mains de Woods tremblaient légèrement.

— Jusqu'où avez-vous marché, mercredi, et dans quelle direction ? Vous rappelez-vous certains points de repère ?

— On m'a dit qu'il y a un vieux chemin qui descend de Bear Peak ; c'est un raccourci pour atteindre une des zones de chasse. J'ai pris le sentier qui était censé y conduire, mais il serpentait dans tous les sens, il se subdivisait tellement que je me suis égaré. On ne demande pas son chemin, quand on est un homme, et j'ai fini par le retrouver tout seul.

Stone eut un sourire de granit.

— Mon client est prêt à payer une somme aux Finch pour l'avoir hébergé. S'ils renoncent à l'accusation de violation de propriété privée.

— Nous leur en parlerons, répondit Kane sans cesser de contempler Woods d'un air menaçant. Depuis que vous êtes arrivé à Black Rock Falls, vous avez été impliqué dans deux bagarres, et je vois qu'il y a une ordonnance de protection contre vous. Vous êtes aussi connu pour votre violence envers les femmes. Vous admettez que vous vous trouviez non loin de Bear Peak mercredi, ce qui coïncide avec un double meurtre commis à cet endroit. Avez-vous tué ce couple ?

Il déploya sur la table les images terribles de Bailey Canavar et de l'inconnu.

— Vous n'avez pas à répondre à cette question, Ethan. Mon client n'a plus rien à ajouter, shérif.

Ravie de voir à quel point Kane avait perturbé Woods et Stone, Jenna haussa les épaules.

— Très bien, puisque nous avons la preuve vidéo de la violation de propriété, et comme votre client a admis s'être trouvé à proximité de deux meurtres abominables et qu'il a un passé violent, nous allons engager des poursuites et il restera ici en détention préventive.

Les yeux de Woods allaient et venaient entre l'avocat et les images du crime.

— James, sortez-moi de là. Je ne pourrirai pas dans leurs cellules infectes jusqu'à ce que je sois innocenté par un tribunal.

Jenna ramassa les photos et les remit dans le dossier.

— Aucun accord financier n'est envisageable, et nous nous opposerons à la libération sous caution.

Stone aboya de rire, se leva et tapota Woods sur l'épaule.

— Ils n'ont contre vous que des infractions mineures et des preuves circonstancielles. Ne vous en faites pas, nous allons jouer à leur petit jeu, mais je vous aurai tiré d'ici avant le dîner. Laissez-moi sortir, dit-il au shérif en reprenant sa sacoche. J'attendrai les documents dans votre bureau.

Ah oui, vraiment ? Jenna utilisa son badge pour déverrouiller la porte.

— Il y a des sièges à l'accueil. Mon bureau n'est pas une salle d'attente.

Dans le couloir, elle vit Rowley qui escortait les frères Finch.

— Emmenez Woods dans une cellule. Vous avez pris les dépositions des frères ?

— Oui, madame, et elles concordent.

Rowley entra dans la salle pour se charger de Woods. Jenna s'adossa à la porte et sourit à Kane.

— J'adore votre style. Vous pensez que c'est notre tueur ?

— D'après son langage corporel quand il a vu les photos, non, mais les tueurs sont très doués pour cacher leur vraie nature. La manière dont Stone a aussitôt suspendu l'interrogatoire à ce moment-là, sans se donner la peine d'en discuter avec son client, me fait penser qu'il le couvre.

Kane se frotta le menton avec un bruit de papier de verre.

— Je pense qu'on peut conclure un marché avec les frères Finch. S'ils nous autorisent à envoyer une équipe médico-légale dans leur grange, on peut les relâcher avec un avertissement. D'après ce que nous savons de Woods, son comportement m'a tout l'air d'une attaque que les Finch n'ont pas provoquée. C'est un type imprévisible, doublé d'un idiot qui se croit tout permis. Vous le savez aussi bien que moi, soupira-t-il, Stone a raison : nous n'avons que des preuves circonstancielles de la participation de Woods au crime. Il nous faut de vraies preuves.

Jenna s'accorda le temps de prendre cet argument en considération, puis acquiesça.

— OK, allez négocier un accord avec les Finch. Je suppose que Woods coche toutes les cases pour être notre criminel, et s'il s'en sort à cause d'un simple vice de forme, nous relâcherons dans la société un tueur possible.

Si le niveau de stress de Jenna avait augmenté, sa tête aurait explosé. Elle inspira profondément, ce qui ne fit rien pour calmer sa fureur, et elle contempla le document qu'elle avait entre les mains, le relisant pour la troisième fois. Moins d'une heure après qu'elle avait fourni à Stone l'acte d'accusation contre Woods, son client était libéré sous caution. Elle vit l'air satisfait de Woods lorsqu'il suivit son avocat hors du bâtiment, et après avoir écouté le récit fait par Rowley de la rencontre avec le juge, elle confia la paperasserie à Kane.

— Le juge a dit que nous ne pouvions pas garder Woods en détention pour de simples infractions, et que toutes les preuves dont nous disposons contre lui pourraient être présentées au tribunal lundi en huit. Stone s'est porté garant, en affirmant qu'il n'y avait aucun risque de fuite, et qu'il séjournerait au Cattleman's Hotel jusqu'à son audience.

Elle serra les dents et entra dans son bureau, pleine d'un immense désir de claquer la porte derrière elle, peut-être trois ou quatre fois. Wolfe la suivit et lui adressa un regard anxieux.

— Il y a un autre problème.

Jenna avait envie de s'arracher les cheveux et de pousser des cris de sorcière.

— Quoi encore ?

— Nous n'avons pas d'échantillon ADN de Woods pour procéder à une comparaison.

30

DIMANCHE

Les grands pins craquaient et la forêt prenait vie avec les premiers rayons de l'aube. La nature évoluait autour de lui, indifférente à sa présence dans la cache. À portée de sa main, un dindon sauvage vint gratter le sol et picorer ; entre les troncs rugueux, les bois d'un cerf huit-cors s'agitaient alors que l'animal paissait à moins de trois mètres. Il vérifia ses armes avec fierté ; chacune dégageait une odeur réconfortante d'huile. Son arsenal était impressionnant et il avait dissimulé des fusils et des munitions tout le long du chemin.

Il était arrivé tard le soir, avait passé quelques heures à somnoler, puis s'était réveillé dimanche matin aux premières heures. Les préparatifs étaient devenus un rituel. Il aiguisa les lames des couteaux jusqu'à ce qu'elles soient aussi tranchantes qu'un rasoir, puis nettoya et chargea ses armes à feu. Après avoir fourré des agrafes supplémentaires dans les poches de son pantalon camouflage, il enfila ses gants noirs. En chevreau tendre, ils moulaient ses mains et ne gênaient pas son doigt pour appuyer sur la détente. En guise de protection supplémentaire pour son anonymat, il y ajoutait une paire en latex au moment de la mise à mort. Il s'assit dans la cache et visionna les vidéos des caméras d'observation. De temps à autre, il consultait le compte à rebours.

Dans peu de temps, maintenant, sa proie arriverait. Son esprit était envahi par divers fantasmes. Comment allait-il tuer, cette fois ? Tant de possibilités, tant de frissons à savourer encore et encore grâce aux images de la caméra infrarouge. Il se demandait si d'autres appréciaient le même sport que lui. L'idée de partager ses vidéos l'enthousiasmait. Il vérifia l'heure à nouveau. Le grand jeu du chat et de la souris allait bientôt commencer.

Couvert de la tête aux pieds, pas un centimètre de sa peau n'était visible, mais pour inspirer à sa proie la terreur suprême, il décida de porter un masque de squelette. Comme d'habitude, son micro était équipé d'un modificateur de voix. Ceux qui regarderaient ses films ne le reconnaîtraient pas, mais plus tard, seul dans sa chambre, il pourrait revivre la mise à mort grâce à sa caméra mobile, il entendrait chaque prière, chaque appel à la pitié.

Il se demandait si la timide Lilly Coppersmith se changerait en chat sauvage, une fois menacée. Elle donnait l'impression d'être très introvertie, mais il avait un talent qui lui permettait de pousser les gens jusqu'à leurs limites. Tout cela faisait partie du jeu, et même une souris pouvait mordre quand on la menaçait. Oh oui, il ferait ressortir les instincts primaires de cette fille, il n'avait qu'à l'effrayer assez pour qu'elle se donne en spectacle. Il gloussa.

Ses cibles avaient campé dans une zone isolée, à moins de dix minutes de marche de sa position actuelle. Après une nuit d'amour passionnée, le couple avait sombré dans un sommeil profond et il s'était glissé dans leur campement. Ils n'avaient pas bougé lorsqu'il avait fouillé leurs sacs à dos et retiré la carte SIM de leurs téléphones. Il aurait pu les tuer pendant qu'ils dormaient, mais à quoi bon gâcher son plaisir ?

Au cœur de la partie la plus ancienne et la plus dense du

bois, le chemin qu'il avait choisi se tordait en tant de virages brusques que c'en était un dédale. Une fois menacé, le couple tournerait en rond. Quand son fiancé aurait été mutilé, Lilly traverserait une à une les différentes étapes de la panique, comme les autres, avant que son instinct de survie n'intervienne... et c'est alors que cela deviendrait amusant.

Ce qui le rendait fort, c'était l'incrédulité sur le visage des femmes lorsqu'elles comprenaient qu'il les pourchassait. Ce qui l'excitait, c'était la façon dont elles tentaient de raisonner avec lui, puis couraient en tous sens, éperdues, comme des lapins. Des images de ce qu'il prévoyait de faire à Lilly filtraient dans son esprit, accélérant son rythme cardiaque. Elle essaierait désespérément de s'échapper, mais elle serait à sa merci. Il l'attraperait sans peine. Il voulait sentir l'odeur de sa peur, voir l'écarlate de son sang chaud et palpitant.

Face à lui, une femme n'avait aucune chance. Il aspirait à contempler sa terreur, mais la soumission n'était pas une option ; il avait besoin qu'elle se débatte, qu'elle lui donne du mal pour la mise à mort. Elle pouvait hurler, mais au fond de la forêt, personne ne l'entendrait. Puis elle se rendrait compte qu'il l'avait conquise. Elle allait mourir très lentement. Certaines se battaient jusqu'au bout et faisaient des efforts, mais elles mouraient toutes en le regardant.

Quand le couple quitta son campement, partant sur le chemin avec un petit sac à dos, il consulta l'écran du compte à rebours. Ils arriveraient devant lui juste à temps. Il ajusta sa caméra mobile, avec des picotements d'excitation. *Que les jeux commencent.*

31

Comme si son cerveau tentait de faire obstacle à l'horreur qui se déroulait sous ses yeux, tous les petits détails s'insinuaient dans l'esprit de Colter Barry. Cette matinée avait été la plus belle de sa vie. Le soleil du petit matin brillait sur les gouttelettes de pluie, revêtant les buissons de diamants. Le parfum terreux de la forêt, entrelacé de pins et de fleurs sauvages, se combinait à l'odeur unique de Lilly, épicée et tellement familière. Alors qu'elle marchait à son côté, ses cheveux noirs voltigeaient au vent et venaient lui effleurer la joue comme une caresse. Ils avaient marché main dans la main, et il avait désigné les yeux bruns d'un daim magnifique quelques instants avant que l'animal ne s'enfuie, ses muscles puissants noués sous un pelage luisant.

Colter ravala un sanglot, trop épouvanté pour émettre un son. L'homme le trouverait bientôt. Il l'entendait jurer de sa voix de robot et parcourir méthodiquement chacun des sentiers partant de la piste principale. Tout à coup, il fut frappé par l'image de Lilly, les joues mouillées de larmes, ses yeux le suppliant de l'aider alors que le monstre la tuait, et il réprima un sanglot de chagrin. Il n'avait d'abord pas pu croire que c'était en train de se produire. L'homme avait surgi des broussailles et, d'une voix tout droit sortie de l'enfer, lui avait annoncé qu'il allait avoir le plaisir de regarder Lilly mourir.

Au premier coup de poing, la souffrance avait ébranlé son crâne, et il s'était battu comme un possédé pour protéger Lilly, mais il ne faisait pas le poids face à son bourreau. Ligoté à un arbre après un coup de couteau dans le dos, il avait protesté autant que le bâillon le lui permettait, mais plus il se plaignait, plus l'inconnu devenait cruel. Colter entendait encore sa voix surnaturelle. Le monstre décrivait chaque acte pervers comme s'il attendait la permission de continuer. C'était comme si les cris de Lilly l'incitaient à poursuivre, mais lorsqu'ils cessaient parce qu'elle avait perdu connaissance, il s'interrompait et la regardait.

— Reste éveillée, Lilly, je veux que tu ne manques rien, l'avait narguée la voix juste avant qu'il ne la gifle pour la ranimer. Ton petit ami m'agace, je vais le brûler vif. Ce serait drôle, non ?

Le monstre lui avait ri au nez, puis lui avait répandu sur la tête un jerrycan d'essence. À cause du combustible, il avait les yeux en feu, il était entouré de vapeur, mais le clic d'un briquet suivi de flammes ardentes n'était jamais venu. Certain qu'il ne pourrait s'échapper, le dingue était reparti vers Lilly, et bien après que la vie avait déserté ses yeux, le tueur avait continué à manier son couteau, accaparé par sa dissection sinistre, oubliant sa présence.

Bien que terrorisé, Colter s'était secoué, puis les sensations lui étaient revenues dans les jambes avec un spasme de douleur, et il avait remué les orteils. Désespéré de s'enfuir, il avait tiré sur la corde l'attachant à l'arbre et avait hoqueté de soulagement quand le nœud s'était défait.

Il ne pouvait désormais plus rien faire pour Lilly, et sa seule chance de survie était d'atteindre le poste d'accueil des chasseurs, à une heure de marche de sa position présente. Tremblant et pris de vertiges, il se mit à ramper dans les buissons malgré ses jambes engourdies, se faufilant entre les arbres et les touffes de sous-bois. Horrifié, il s'aperçut que du sang coulait de sa blessure dans le dos et laissait une trace derrière lui. La formation de base à la survie qu'un professeur lui avait inculquée de force dans un camp de vacances des années auparavant lui revint à l'esprit. *Mets-toi à l'abri, panse la plaie, et trouve de l'aide.* Cela serait inutile si le tueur le débusquait en l'espace de quelques minutes.

Fermant la mâchoire pour ne pas émettre de gémissements de souffrance, il promena une branche tombée sur les taches de sang, s'assurant que les aiguilles et les pommes de pin dissimuleraient ses traces. Il recula, traînant la branche derrière lui, et se dirigea vers l'ombre qu'offrait un énorme rocher entouré de broussailles. Il rampa sous une touffe de ronces qui en gardait l'entrée et roula sous le rocher, dérangeant un porc-épic. L'animal montra les dents, lui grimpa dessus, déchirant sa chair avec ses griffes pointues, puis sauta dans le sous-bois. *J'ai besoin d'aide.*

Colter tira le téléphone de sa poche arrière et contempla l'écran, incrédule. Il le retourna et obligea ses doigts tremblants à retirer le couvercle de la batterie, puis jura tout bas. Quelqu'un avait retiré la carte SIM. Aucun secours ne lui viendrait.

C'était comme s'il vivait un cauchemar ; il n'avait aucune chance face à un homme équipé pour tuer un ours et désireux de le brûler vif, mais il devait à Lilly de livrer son tueur à la justice. Il tendit l'oreille, scruta à travers les feuilles vert vif des ronces, mais il n'entendait que le bavardage des écureuils roux. Provisoirement en sécurité, il ne fit aucun bruit, retira son sac à dos, prit l'une des quatre bouteilles d'eau et s'arrosa les yeux. Il ôta sa veste et son T-shirt, et trouva la trousse médicale ; tâtonnant pour localiser la blessure de son dos, il réussit à poser un épais pansement par-dessus la plaie.

Sa longue veste imperméable avait protégé son pantalon de

l'essence, mais son T-shirt en était imbibé par-devant, et l'odeur guiderait le tueur jusqu'à lui. Il dénicha le sweat-shirt à capuche et les sous-vêtements thermiques que Lilly avait emportés pour lui et il les enfila. La vue de son corps maculé de sang et de ses yeux aveugles lui revint en mémoire et il se mit à claquer des dents. *Lilly. Oh mon Dieu, Lilly.*

L'odeur d'essence flottait autour de lui et, paniqué, il mit en boule les vêtements imprégnés, les jeta dans une crevasse profonde et recouvrit le tout de débris de la forêt. Épuisé et tremblant, il but le reste de l'eau, se coucha sur son sac à dos et écouta. Son cœur accéléra soudain lorsqu'il reconnut les bruits d'un homme s'avançant vers lui dans le bois. Pétrifié de peur, il se colla au rocher, rabattant son capuchon noir sur son visage, et il regarda les jeunes pousses s'agiter et les oiseaux s'envoler tandis que le tueur fonçait vers lui.

Colter tressaillit quand l'homme en treillis camouflage et au masque de squelette apparut à moins de dix mètres de sa cachette. Il avait ralenti pour humer l'air, remuant lentement la tête de gauche à droite, mais Colter était contre le vent, et l'odeur d'essence s'était depuis longtemps dissipée. Le tueur fit quelques pas dans sa direction. Il était maintenant si près que Colter sentait son odeur de sueur, voyait son fusil sur l'épaule et son couteau de chasse à la main. Quand le tueur se baissa et examina le sol de l'autre côté du buisson, le cœur de Colter battit si vite qu'il frappait contre ses côtes. Son haleine sifflait et il plaqua son poing contre sa bouche, tentant désespérément de maîtriser son souffle.

Le tueur fit craquer des brindilles sous ses chaussures de marche détrempées de sang. Malgré le motif camouflage, les éclaboussures écarlates restaient visibles sur ses jambes. La bile monta dans la gorge de Colter, lui remplissant la bouche alors qu'un fil écarlate coulait du couteau. *Le sang de Lilly.*

Les feuilles de ronces tremblèrent et il entendit la respiration sonore du tueur. Terrifié, Colter attendit que la tête de mort écarte le buisson et le trouve. Des larmes lui piquaient les yeux ; il avait été incapable de défendre la femme qu'il aimait, et il ne pourrait jamais la venger.

Quand les chaussures s'éloignèrent, sortant de son champ de vision, il inhala en frissonnant et tendit à nouveau l'oreille. Le seul bruit était le vent qui soufflait dans les arbres, aucun chant d'oiseau, rien d'autre. Il devait partir, mais peut-être le tueur le guettait-il quelque part. Hésitant, il resta un moment à observer la forêt. Quand les oiseaux regagnèrent les arbres, il rampa hors de sa cachette, à l'affût du moindre mouvement. Certain d'être seul, il s'appuya à un tronc et se releva lentement. Dans ses jambes, les picotements avaient succédé à l'engourdissement partiel. Il regarda autour de lui pour se repérer. En contrebas, au loin, il distinguait une clairière coupe-feu ménagée dans le bois. Il fit quelques pas mal assurés ; à part la douleur dans son dos, ses jambes fonctionnaient bien.

Les muscles bandés, les bras remuant en rythme, il courut ventre à terre, slalomant entre les arbres. Les branches lui fouettaient le visage, son cœur était sur le point d'éclater dans sa poitrine, lorsqu'il entendit un coup de feu. Il changea de direction. Trop tard. La douleur lui transperça le crâne et il ralentit. Comme au ralenti, le fragment d'une oreille passa devant lui, porté par une marée cramoisie. Le sang, chaud et poisseux, ruisselait dans son cou, mais il continua à courir.

Devant lui, deux hommes surgirent, munis de fusils. Tous deux s'arrêtèrent et le contemplèrent, puis accoururent à sa rencontre. Leur visage se brouilla et, craignant pour sa vie, il voulut faire demi-tour. Les pas se précipitèrent vers lui, il tituba, puis tomba dans les ténèbres, la tête la première.

32

Kane jeta les vêtements humides dans le sèche-linge et partit dans la cuisine se verser une tasse de café bien méritée. Heureux d'avoir quelques heures de répit, il était debout depuis l'aube, à nettoyer l'écurie et à vaquer à ses occupations. Après tant d'années dans l'armée, il se surprenait à nettoyer sa maison à minuit pour satisfaire ses exigences élevées. Las des longues journées à enquêter sur les meurtres, il se demandait si le taux de criminalité accru était désormais normal à Black Rock Falls. Pourtant, il ne pouvait pas vraiment se plaindre – oui, ils avaient enquêté sur quatre meurtres cette année, mais à Washington, c'était plutôt quatre ou cinq crimes violents par jour.

Duke vint se frotter à sa jambe, pour lui rappeler de remplir sa gamelle. Il tapota la tête du lévrier et versa des croquettes dans son bol.

— Je t'achèterai bientôt de la viande, mais pour le moment, tu manges ce que le véto a recommandé.

Il se redressa en entendant le SUV de Jenna s'avancer vers le pavillon. Bien qu'on soit dimanche, elle était allée au bureau vérifier deux ou trois trucs. Une chose était sûre, elle faisait passer son métier avant tout, et sa vie personnelle occupait le bas de la liste. Il prit deux tasses dans le placard, versa le café, puis ajouta le lait et le sucre. Sa porte s'ouvrit et Jenna passa la tête à l'intérieur. Il leva une tasse.

— Café ?

— Déjeuner ? répondit-elle en agitant un sac de victuailles achetées chez Tante Betty. Waouh, la maison est impeccable !

Elle se plaça à côté de lui, huma les lieux puis émit un bourdonnement.

— Où trouvez-vous le temps de faire tout ça ?

Elle jeta sa veste sur une chaise, s'assit à la table de la cuisine et se mit à siroter le café avec un long soupir. Il s'installa face à elle et remarqua sa tenue. Elle était très bien, en jean et T-shirt, décoiffée par le vent.

— Vous avez mangé ?

— Non. J'ai perdu mon temps en allant au bureau. Il n'y a rien de neuf. Rowley gère les appels sur le 911. Personne n'a vu Canavar, et même si nous savons qu'il avait des provisions avec lui, il aurait pu séjourner au motel. Sans preuve que Canavar était présent sur la scène de crime, je ne peux pas obtenir de mandat de perquisition. Et aucun Asiatique n'est porté disparu. L'individu en question n'est pas resté à Black Rock Falls ou à Blackwater, et il devait avoir des ailes car je n'ai aucune idée de la façon dont il a pu arriver ici.

Kane ouvrit le sac et en tira la pile de sandwichs et de gâteaux emballés qu'il posa sur la table.

— Les chauffeurs de bus ne se souviennent pas de lui, mais ils voient défiler un tas de passagers. J'ai vérifié les permis de chasse, et aucun n'a été délivré à quelqu'un qui lui ressemble.

Il mordit dans un sandwich dinde-pain de seigle et mastiqua lentement, savourant le parfum unique de la sauce barbecue de Chez Tante Betty. Jenna lui adressa un regard exaspéré.

— J'ai aussi parlé au réceptionniste du Cattleman's Hotel. Il m'a dit que Woods passait le plus clair de ses journées dans sa chambre, mais qu'il avait dîné avec le maire Petersham et sa femme. Wolfe et Webber sont chez les Finch. Je n'aime pas priver Wolfe de ses filles le week-end, mais il a affirmé que c'était son affaire et qu'il voulait inspecter la grange avant que les traces disparaissent.

Jenna semblait soucieuse. Kane se renfonça sur sa chaise.

— Il aura besoin d'un congé lundi. Sa benjamine, Anna, joue dans le spectacle de l'école. Sans leur mère, elle a besoin de lui pour l'applaudir.

Jenna haussa le menton, les yeux pleins de chagrin.

— Elle a peut-être besoin de nous tous. Wolfe aussi. Il vous traite comme un frère et vous n'êtes pratiquement jamais avec lui.

— Si, quand nous ne sommes pas occupés. En général, je finis par faire des paniers de basket avec Julie, celle du milieu. En tant que shérif, vous pourriez peut-être organiser un barbecue une fois par mois et inviter l'équipe ?

— J'y réfléchirai.

Jenna prit une bouchée de bagel au fromage. Kane lui sourit.

— Pour en revenir à Woods, on ne peut pas compter sur ce que pourrait découvrir Wolfe. Le tueur est malin, il sait masquer ses traces. Nous devrions creuser dans le passé de Woods, voir ce qu'il fait, où il va. Si nous pouvons associer ses déplacements à des meurtres semblables et non résolus, on pourrait l'interpeller pour suspicion de meurtre.

— Avec Stone qui le représente, il nous faudrait quelque chose de plus substantiel.

— Oui, je...

Le téléphone de Jenna interrompit sa réponse.

— Shérif Alton, j'écoute. Quoi ? Une seconde, je vous mets sur haut-parleur. L'adjoint Kane est avec moi, précisa-t-elle en lui lançant un regard incrédule. Allez-y.

— *Je suis le ranger Harris, nous avons avec nous, au poste de contrôle numéro 5, un individu qui paraît avoir reçu des coups de feu.*

— La victime est en vie ? demanda-t-elle en se mordillant la lèvre.

— *Oui, mais il délire un peu. Il raconte qu'un homme a tué sa copine près de Bear Peak. Deux chasseurs l'ont trouvé et nous ont prévenus. Ils déclarent avoir entendu une seule détonation. Nous avons contacté les ambulanciers, ils vont l'emmener à l'hôpital. Un de mes hommes restera avec lui jusqu'à votre arrivée là-bas.*

— Merci. Avez-vous le nom de la victime ? J'ai également besoin d'informations sur les hommes qui l'ont découvert.

Elle fit signe à Kane de lui passer du papier et un stylo. Harris lui fournit les précisions et Jenna eut l'air soucieuse.

— Colter Barry était-il en état de vous indiquer l'endroit où le prétendu meurtre s'est déroulé ?

— *Non, madame, mais ça doit être un peu à l'ouest du coupe-feu. Les chasseurs ont traversé une ancienne zone d'excursion pour venir jusqu'à nous. Je peux vous prêter deux hommes et un chien pour remonter là-haut avec eux et inspecter les lieux. S'il y a un mort dans la forêt, les oiseaux doivent tourner autour dans le ciel. J'imagine qu'il faudra environ une heure pour le trouver.*

— Oui, merci, et si vous découvrez un corps, ne dérangez pas la scène de crime. Appelez tout de suite Shane Wolfe, le médecin légiste. Il est tout près, à la cabane des Finch, cet après-midi. Si vous lui indiquez les coordonnées, il vous rejoindra avec son assistant, Webber. Ils seront à cheval. Pendant ce temps-là, j'irai à l'hôpital voir ce que M. Barry peut nous dire.

— *Bien reçu. Je vous tiendrai informée, madame.*

Et la communication fut coupée. Kane sentit la fatigue s'évacuer alors que l'adrénaline prenait le relais. Il vida sa tasse et se leva, tandis que Jenna remettait sa veste en soupirant.

— Je vais me changer.

— On n'a pas le temps, prenez simplement votre arme et votre insigne. Moi qui espérais passer le reste de mon dimanche à paresser...

33

Les doigts tremblant de colère, il démonta la dernière caméra infrarouge et la fourra dans son sac. Si son viseur n'avait pas détecté les deux hommes qui sortaient de la forêt, il aurait procédé à la mise à mort et ils l'auraient découvert couvert de sang. Merde, il aurait aimé jouer avec Colter Barry.

Sa cible avait pris une balle dans la tête, et il y avait peu de chances qu'il survive, mais les rangers viendraient bientôt fouiller la zone. Il faudrait aux deux hommes au moins une heure pour obtenir de l'aide, en portant un blessé. Cela lui laissait largement le temps de faire le ménage et d'arriver au poste de contrôle comme prévu avant de rentrer chez lui.

Il revint sur ses pas, veillant à brouiller toutes ses empreintes de chaussures. Satisfait, il alla jeter un dernier coup d'œil à Lilly. Après avoir activé sa caméra mobile, il marcha tout autour d'elle, se penchant pour obtenir les images qu'il désirait. Quand sa proie se taisait, les yeux fixés sur lui, son envie de l'entendre hurler était rassasiée, mais c'était comme la dernière cuiller de glace, il en voulait davantage. Veillant à éviter la flaque de sang coagulé, il se pencha pour l'embrasser. Le baiser était curieusement excitant, à travers le masque de coton, détendu et froid devant ses lèvres. Dans un élan d'euphorie, il décida que le prochain invité qu'il conduirait dans sa grotte serait une femme.

Il lui rendrait souvent visite.

Une demi-heure plus tard, il atteignit sa caverne et désactiva la clôture électrique devant l'entrée. Éteignant sa lampe torche, il se glissa à l'intérieur et alluma la lanterne accrochée à la paroi. Ici, il pourrait se laver, se changer, et reprendre son fusil de rechange avant de se présenter aux rangers pour quitter la zone de chasse. Il vérifia le compteur de la batterie solaire et sourit. Elle ne le laissait jamais tomber. Il décrivit lentement un demi-cercle, ôta son masque, puis inspecta la rangée de cadavres emballés dans du plastique. Ils lui souriaient, leurs orbites noires et vides suivant chacun de ses mouvements. Il était ravi de cet accueil. « Salut, les gars, je vous ai manqué ? »

34

L'orage s'abattit, comme venu de nulle part, et Jenna se réjouit d'avoir pensé à prendre leurs capes de pluie avant de partir. Le bruit des essuie-glaces semblait mélodieux, presque apaisant. Bien calée sur son siège, elle était contente que Kane ait proposé de prendre le volant. Elle se tourna vers lui et remarqua qu'un nerf tressautait dans sa joue lorsqu'il réfléchissait.

— Si c'est encore un meurtre, notre tueur est passé à la vitesse supérieure.

Il la regarda avant de rediriger son attention vers la route.

— Peut-être. Ou bien il a un imitateur. Nous n'avions pas le choix, il fallait révéler aux médias ce que nous savons du meurtre de Bailey Canavar. C'était la seule manière de découvrir où se trouve son mari et qui est l'inconnu.

— Je n'ai diffusé que le minimum d'informations, sans détails. J'imagine que nous en saurons plus après avoir parlé à Colter Barry.

Kane entra dans le parking de l'hôpital et se gara sur leur emplacement réservé. Avec un coup d'œil au shérif, il se mit à se gratter la joue.

— Le problème, quand les gens subissent ce genre de trauma, c'est que certains font un blocage. Ce n'est pas intentionnel. Je pense que notre cerveau exclut les souvenirs qu'il n'est pas en mesure de supporter. Si nous croyons que le tueur a laissé s'écouler douze mois entre les meurtres, pourquoi tout à coup ne pourrait-il plus se retenir ? À moins que quelque chose ou quelqu'un ait servi de déclencheur.

Jenna renifla.

— Vous supposez qu'il n'a pas tué ailleurs dans le Montana. J'ai trouvé des cas semblables et un tas de disparus qui remontent à il y a quatre ou cinq ans.

— Oui, mais si ce blessé est lucide et si quelqu'un a bel et bien assassiné sa copine... Si elle a la même allure que les deux autres victimes, alors nous avons encore un tueur en série à Black Rock Falls.

L'odeur forte, propre aux hôpitaux, assaillit Jenna alors qu'elle patientait devant le service des urgences de Black Rock Falls. Après s'être renseignée à l'accueil sans rien apprendre concernant Colter Barry, elle attendit qu'un docteur apparaisse et elle marcha droit vers lui, brandissant son insigne.

— Je suis le shérif Alton, et voici mon adjoint, David Kane. Nous devons impérativement parler à Colter Barry, qui a été amené ici par les rangers alors qu'on lui avait tiré dessus. C'est à propos de l'agression dont sa compagne aurait été victime.

— Je vais vous conduire, répondit le médecin en badgeant pour lui ouvrir la porte. Il est dans la chambre de droite, mon collègue est avec lui et un ranger monte la garde ; est-il responsable de l'agression ?

— Nous n'avons pas de détails, c'est pourquoi nous avons besoin de lui parler.

Jenna entra, suivie par Kane. Après un rapide examen de la

pièce, elle aperçut un ranger debout devant un lit entouré de rideaux blancs. Elle se tourna vers le docteur.

— Merci, je parlerai d'abord au ranger.

Celui-ci parut soulagé de la voir et vint à leur rencontre. *Au moins il me reconnaît.* Elle l'entraîna dans le couloir.

— Expliquez-moi tout.

— Colter Barry, 26 ans, de Blackwater. Il a été blessé par balle à la tête, et d'un coup de couteau dans le dos. Apparemment, quelqu'un l'a frappé, et il parle beaucoup de meurtre et de sang. Il répète sans cesse « Lilly a été assassinée ». Une équipe est en train de fouiller la zone avec au moins une dizaine de bénévoles. Le médecin est avec lui, il a parlé d'IRM.

Jenna prit son bloc-notes et un stylo.

— Merci de nous avoir attendus. Nous allons prendre le relais.

Le ranger se redressa, les yeux pleins d'une profonde tristesse.

— Pas de souci, madame. Nous avions peur que M. Barry soit en danger, après sa fuite, si l'homme qui a tué l'autre couple est responsable. Notre belle forêt semble servir de lieu de mise à mort, ces temps-ci. Je ne vous envie pas si vous devez capturer le coupable.

Il salua Kane d'un signe de tête et s'éloigna dans le couloir. Jenna le regarda avec admiration, puis se tourna vers son adjoint.

— Je commence à croire que les rangers sont une espèce à part.

— Ils doivent obtenir une licence avant de commencer leur formation. Donc oui, ils sont tout dévoués à leur travail. On a de la chance qu'ils aient autant envie de nous aider quand c'est nécessaire.

Elle tira sur le rideau entourant le lit de Colter Barry.

— Docteur, je suis le shérif. Puis-je parler à M. Barry ?

Un homme au crâne dégarni, la cinquantaine, en blouse de

chirurgien, un stéthoscope autour du cou, glissa un œil par la fente.

— Oui, M. Barry désire vous parler, même s'il a des pertes de connaissance à cause de ses blessures. Je ne suis pas certain qu'il raconte toujours ce qu'il a vécu ou ce qu'il imagine, précisa le médecin en se levant pour les laisser passer. J'ai programmé une IRM. Les blessures à la tête sont graves, et il a souffert de paralysie pendant quelque temps après avoir reçu un coup de couteau dans la région lombaire. Je vous demanderai de limiter vos questions au strict minimum. J'attendrai dehors.

Jenna lut le nom du médecin sur son badge.

— Merci, docteur Ross.

Elle contempla le visage tuméfié de l'homme étendu sur le lit, ses yeux injectés de sang réduits à deux fentes et ses cheveux blonds mêlés de sang. Elle resta debout à son chevet, tout comme Kane, la mine sérieuse, le carnet dans une main, le stylo prêt à noter.

Jenna toucha la main de Colter.

— Monsieur Barry, je suis le shérif Jenna Alton et je vous présente l'adjoint Kane. Pouvez-vous nous raconter ce qui vous est arrivé ?

Elle eut la chair de poule en écoutant ce récit, entrecoupé de sanglots et de larmes. Elle lui demanda plusieurs fois s'il souhaitait continuer, et il insista. Il semblait lucide et non délirant, comme le ranger l'avait suggéré.

— OK, maintenant il faut que vous essayiez de me fournir autant de renseignements que vous pourrez sur l'homme qui vous a fait ça, à Lilly et à vous.

Colter ferma les yeux comme s'il partait à la dérive, puis les rouvrit. Sa bouche fut déformée par le dégoût.

— Il était couvert de la tête aux pieds d'une tenue camouflage, style militaire, et il portait un bandana tête de mort comme les motards. C'était un Blanc ; j'ai vu sa peau juste au-dessus de ses yeux, entre sa casquette et ses lunettes de soleil. Il n'était pas aussi grand que vous, dit-il en se tournant vers Kane, peut-être dix ou quinze centimètres de moins, et moins musclé, mais sportif quand même. Il m'a soulevé comme si j'étais une plume. Je n'ai rien pu faire pour aider Lilly, conclut-il, la respiration hachée.

— Je suis sûre que vous avez fait tout ce que vous pouviez, Colter, le rassura Jenna. Et sa voix, avait-il un accent ?

— C'était une voix bizarre, comme déformée, je ne sais pas.

Colter émit un étrange gargouillis, puis toussa et gémit.

— Oh, mon Dieu, je n'arrive pas à le chasser de mon esprit.

Kane se pencha plus près du lit.

— Prenez une minute pour le visualiser. Il ne peut plus vous faire mal, et la moindre information pourrait nous aider à capturer ce monstre.

Colter semblait combattre un démon, il haletait.

— OK, OK. Il avait un écouteur, et un truc sur la poitrine comme les flics.

Jenna se tourna vers Kane.

— Un talkie-walkie ?

— Oui, confirma Colter qui semblait s'enhardir. Il avait aussi une caméra mobile, et il n'arrêtait pas de poser des questions du genre : « Qu'est-ce que tu veux que je lui fasse ensuite ? » mais j'étais bâillonné, il savait que je ne pouvais pas répondre.

Jenna lui serra délicatement le bras.

— Très bien, nous avons tout ce qu'il nous faut pour le moment. Nous reviendrons vous parler. Je vais vous faire transférer à l'étage, en accès restreint, pour votre sécurité, et un de mes adjoints montera la garde vingt-quatre heures sur vingt-quatre. Je préviendrai vos parents, ils pourront vous rendre visite là-haut.

— Retrouvez Lilly, elle est toute seule là-bas.

Le visage de Kane était de marbre.

— Nous la retrouverons. Une battue est en cours.

Prise de nausée, Jenna se retourna vers Kane.

— Envoyez quelqu'un là-bas tout de suite.

— Bien reçu.

Kane prit son portable et sortit dans le couloir. Jenna rejoignit le docteur qui attendait dehors.

— Je vais envoyer au plus vite un adjoint. Pouvez-vous appeler la sécurité pour que quelqu'un surveille la chambre en attendant ? Je veux aussi qu'il soit transféré à l'étage sécurisé. Il est notre seul témoin et le tueur pourrait revenir l'achever.

— Pas de problème, je m'en occupe et nous l'emmènerons aussitôt après l'IRM.

Le médecin partit vers le poste des infirmières. Jenna attendit que Kane ait raccroché.

— Nous resterons ici jusqu'à l'arrivée d'un garde de sécurité, lui annonça-t-elle.

Son téléphone vibra dans sa poche et elle l'en tira.

— C'est Wolfe, dit-elle avant d'accepter l'appel. Allô, Shane, vous avez découvert quelque chose dans la grange ?

— *Nous avons prélevé des échantillons mais j'aurai besoin de temps pour les analyser avant de pouvoir vous livrer du solide. Je viens de recevoir un coup de fil d'un ranger à propos d'un corps qui pourrait se trouver à proximité. Nous partons rejoindre l'équipe qui fouille les lieux. Il pleut très fort, donc on aura un mal de chien à recueillir des indices.*

— Je suis à l'hôpital avec Kane. Nous avons interrogé le petit ami de la victime. Il y a des similitudes entre son histoire et le précédent meurtre. Le tueur a répandu de l'essence sur lui puis a poignardé la victime féminine. La femme portée disparue est Lilly Coppersmith, 20 ans, un mètre soixante-cinq, cheveux noirs, yeux bleus. Nous attendons un garde qui puisse surveiller la chambre en attendant un de nos adjoints pour le relayer, puis nous irons là où vous serez.

— *Je vous enverrai les coordonnées d'une clairière coupe-feu parallèle à la montagne. Ça n'est pas tout près de la route et vous devrez remonter vers Bear Peak, mais il paraît que c'est plus rapide comme ça. Si nous avions su que ce coupe-feu existait, nous aurions eu la tâche bien plus facile pour l'autre meurtre, mais il ne figure encore sur aucun plan, il a été dégagé à la fin de l'été.*

Jenna poussa un soupir de soulagement quand deux gardes s'avancèrent dans le couloir.

— La sécurité est là. On arrive.

— *Bien reçu.*

35

Jenna repéra les corbeaux qui tourbillonnaient avant que Wolfe ne l'appelle pour lui indiquer les coordonnées de l'endroit. Ils avaient trouvé le corps de Lilly Coppersmith, et d'un simple examen préliminaire, le légiste avait déduit qu'ils avaient affaire au même tueur sadique. Elle relaya l'information à Kane et profita de l'occasion pour inhaler l'air de la montagne, frais et parfumé après la pluie. Lorsqu'ils quittèrent la clairière coupe-feu pour s'engager dans un sentier étroit, ils crurent entrer dans un pays de conte de fées. Chaque branche suspendue, chaque toile d'araignée, tout scintillait de gouttes d'eau et la faune abondante gambadait, en liesse après la fin de l'orage.

Elle absorba la beauté des montagnes en guise de bouclier contre l'horreur qu'elle allait trouver sur la scène de crime. Après le dernier meurtre macabre, elle pensait que le tueur aurait inventé d'autres manières de se divertir avec sa nouvelle victime. Il avait dû être très absorbé, pour ne pas se rendre compte que Colter Barry prenait la fuite. Après un virage, elle désigna un fanion orange au loin.

— C'est le marqueur de Wolfe, et j'entends des chevaux.

Kane regarda son visage d'un air soucieux.

— Si ce meurtre ressemble à ce que Colter Barry a décrit, ça sera brutal. Au cas où vous vous sentiriez mal, reculez et reprenez votre souffle. N'oubliez pas que vous avez une formidable équipe sur laquelle vous appuyer si nécessaire.

Le dernier *flash-back* qui lui était revenu en tête, un souvenir du jour où elle avait été victime d'un enlèvement, commençait à dater maintenant, mais elle y était parfois sujette à l'improviste, et elle détestait que cette faiblesse la gêne dans son travail. Elle s'obligea à sourire.

— Merci, ça ira. Il ne s'est rien passé la dernière fois, et je suis sûre de pouvoir gérer les meurtres. Ces *flash-back* sont un petit accroc passager, rien de plus.

— Je n'en ai jamais douté.

Kane sourit sans se forcer. Les autres avaient accroché leurs montures aux arbres bordant le chemin, et elle entendait la voix grave de Wolfe grommeler des ordres.

— OK, laissons nos chevaux ici et allons-y à pied.

Ils empruntèrent un sentier envahi de végétation et elle remarqua que Kane s'arrêtait pour vérifier les arbres. Elle attendit qu'il la rattrape.

— Vous trouvez des choses ?

— Oui, les mêmes marques que la dernière fois, sur les troncs. Des caméras infrarouges, je pense, et là-bas j'ai vu les vestiges d'une cache de chasseur. Elle paraît récente, et nous ne sommes pas dans une zone de chasse, mais on ne peut pas exclure l'hypothèse que les caméras et les caches servent à observer les oiseaux, par exemple.

Jenna saisit dans l'air l'odeur métallique du sang et sa peau la picota.

— Peut-être, mais Colter Barry a précisé que le tueur se servait d'une caméra mobile. Il filme ses mises à mort.

Kane porta son attention plus loin et secoua la tête, dégoûté.

— Ils ont tous leurs trophées, chacun à sa manière. Notre

tueur a l'air de pousser le curseur bien plus vite que je l'imaginais.

Il tira de sa poche deux masques chirurgicaux et lui en tendit un. Jenna partit en hâte vers la petite clairière, sur le bord du chemin. Elle s'arrêta, bouche bée, devant le spectacle affreux qu'elle avait sous les yeux, puis mit le masque pour écarter l'odeur de mort. Le son de la voix de Wolfe traversa le vrombissement qu'elle entendait dans sa tête. Elle détacha son attention des restes lugubres d'une jeune femme qui avait été jolie et le regarda, lui.

— Que pouvez-vous me dire ?

— La victime est bien Lilly Coppersmith. J'ai trouvé sa carte d'identité dans sa poche, et elle offre une ressemblance frappante avec les deux dernières victimes. L'heure de la mort est compatible avec le récit de M. Barry. Il y a tellement de blessures à examiner que je ne connais pas encore la cause du décès. Je déterminerai ça après l'autopsie.

Les yeux gris pâle de Wolfe parurent guetter sa réaction sur son visage.

— Ce meurtre est différent des autres, et pourtant il y a des similitudes. J'ai cru comprendre que le seul coup de feu avait été tiré sur M. Barry pendant son évasion ?

— Oui, il a une profonde blessure au couteau dans le bas du dos et des lésions faciales qui peuvent résulter des coups répétés. Elle aussi, semble avoir beaucoup souffert, compléta Jenna après s'être éclairci la gorge.

Wolfe l'entraîna plus près du corps.

— Il ne lui a pas tiré dessus. Je pense que le tueur jouait avec elle. J'en saurai plus après l'autopsie, mais ce que vous voyez sur ses bras et ses jambes, ce ne sont pas des blessures défensives. Montrez au shérif, dit-il à Webber, les photos que nous avons prises de Paige Allen, et ensuite celles de Bailey Canavar.

L'assistant du légiste désigna les profondes lacérations sur les os.

— Vous voyez, sur les bras de Paige, les blessures sont placées de façon aléatoire. Il y en a partout, dans tous les sens, et de profondeur variable.

Jenna examina les gros plans.

— Oui, les blessures des avant-bras de Paige donnent l'impression qu'elle cherchait à protéger son visage.

Webber s'accroupit à côté du corps, évitant la flaque de sang.

— Maintenant, regardez les bras et les jambes de Lilly. Ici, et là. Ce sont les mêmes blessures que sur Bailey Canavar.

Jenna ravala la bile qui lui montait dans le gosier et se baissa plus près. Les profondes entailles semblaient avoir été faites à la même distance, en ligne droite. Elle leva les yeux vers Wolfe.

— Ça paraît méthodique.

— Et difficile si elle se débattait, commenta Kane en se penchant par-dessus son épaule. Il l'avait maîtrisée mais, vu les bleus, il la tenait encore avant de l'attaquer au couteau. Il y a des marques de doigts sur ses poignets. Ça s'est passé exactement comme nous l'a raconté Colter Barry.

Wolfe secoua la tête.

— Et nous savons que ce n'est pas la première fois que le tueur agit ainsi. Il sait maintenir une victime en vie tout en lui infligeant le maximum de souffrance.

La pomme d'Adam de Webber allait et venait dans sa gorge.

— Vous pensez qu'il l'a violée ? M. Barry en a parlé ?

— Non, admit Kane, le front plissé. On peut le savoir ?

— Pas avant l'autopsie, répondit Wolfe. Il n'y a aucun indice visible, mais nous avons trouvé un paquet de capotes vide, donc c'est vraisemblable.

Jenna déglutit et tâcha d'assimiler les détails sinistres.

— À quel genre d'individu avons-nous affaire ?

Kane remua lentement la tête.

— Le tueur présente des caractéristiques inhabituelles. Il offre en pâture certains corps aux animaux, il en laisse pourrir d'autres. Je me demande s'il aime leur rendre visite.

— C'est pour ça qu'il se sert d'essence, pour protéger ses victimes des animaux ? Pour pouvoir revenir les admirer ? C'est dégueulasse.

Webber semblait écœuré. Kane se gratta le crâne.

— C'est un comportement inhabituel. Je me demande s'il conserve des trophées.

Jenna se redressa, heureuse de s'éloigner des yeux de Lilly Coppersmith.

— Seigneur, vous ne pensez tout de même pas que ce dingue a des morceaux de ses victimes dans son frigo ?

— Tout est possible, répondit Kane. Celui qui peut faire ça à un être humain n'est pas ce que j'appellerais « normal ».

36

LUNDI, DEUXIÈME SEMAINE

Le lundi matin, le fond de l'air était frais, et la pluie de la nuit avait laissé une odeur de terre mouillée. Kane avait terminé ses corvées avant l'aube, et après leur séance de gym matinale, il retrouva Jenna pour le petit déjeuner. À l'écurie, il avait passé son temps à ruminer l'affaire et à envisager différents profils pour le criminel. Il attendit que Jenna ait fini de manger avant d'évoquer ses préoccupations.

— Ce tueur est différent par bien des manières, ça le rend difficile à profiler.

— Je sais ce que vous voulez dire, répondit Jenna d'un air dégoûté. D'après ce que je vois sur les scènes de crime, c'est un croisement entre Jeffrey Dahmer et Hannibal Lecter.

Kane se frotta la nuque.

— Il présente des traits des tueurs en série les plus connus, et j'en viens à me demander s'il fait une fixation sur les psychopathes violents. Il joue peut-être différents rôles, d'où ce comportement changeant, ou bien il veut laisser sa marque dans l'histoire. Des hommes ont tué pour devenir célèbres.

— Mais pourquoi choisir le même type de femme ?

Jenna soupira d'aise en buvant son café. Kane remplit à nouveau sa tasse, ajoutant lait et sucre.

— S'il fait une fixette sur les tueurs, il doit s'y connaître en hybristophilie.

— Quoi ? ricana Jenna. On dirait le nom d'un ustensile de ménage.

— Une femme atteinte d'hybristophilie est sexuellement attirée par les meurtriers. On parle aussi de syndrome de Bonnie et Clyde. Je sais que ça paraît un peu tiré par les cheveux, mais ça pourrait être une partie de son mobile.

— Comment ?

— Ce type de psychopathie a deux causes possibles. D'après les dommages infligés aux femmes en particulier, nous savons que le tueur est imbu de lui-même et tient à être aux commandes.

Kane sirota son breuvage, appréciant l'arôme fort de sa marque de café préférée.

— Je pense que ça remonte à son enfance. Si un être cher – sa mère, sa grand-mère, une fille qui lui plaisait – l'a dénigré, devant ses amis, par exemple, le ressentiment a pu mijoter des années avant de trouver un déclencheur. Ce serait le scénario le plus probable, mais une personnalité instable peut être perturbée si sa mère ou sa grand-mère est morte et l'a laissé seul, ou pire, dans une situation où on a abusé de lui. Dans les deux cas, il n'avait aucun moyen de contrôler les circonstances, mais lorsqu'il tue, il a le contrôle de la vie et de la mort. Les femmes qu'il tue ont toutes les cheveux noirs et les yeux bleus. Cela compte pour lui et il a besoin de se prouver qu'il exerce un contrôle sur elles.

Il fronça les sourcils alors que les images des femmes brutalisées défilaient dans son esprit.

— La torture est importante aussi. Il veut qu'elles le supplient de les laisser en vie, parce que dans son cerveau malade, il recrée la situation impossible à laquelle il a été confronté dans le passé. Mais en prenant le contrôle et en les tuant, il rééquilibre les choses.

— Mais quel lien avec la fixation sur d'autres tueurs en série ? demanda Jenna en haussant un sourcil noir.

Kane se renversa dans sa chaise, qui grinça.

— La variété et le caractère méthodique de ses mises à mort montrent à l'évidence qu'il connaît les autres psychopathes.

— Alors comment rattachez-vous le syndrome de Bonnie et Clyde à son mobile ?

Kane passa le bout de son doigt sur le bord de sa tasse.

— Cet homme a un ego surdimensionné. Je ne serais pas étonné qu'il croie devenir un meurtrier illustre, avec des dizaines de femmes qui se jetteront à ses pieds en prison, et sur lesquelles il exercera son pouvoir. Il y a des femmes qui sont fascinées par les criminels. Les plus abominables tueurs en série reçoivent des lettres contenant les avances sexuelles de milliers de femmes ; certains se marient même en prison.

— Alors pourquoi se concentre-t-il sur les couples ?

— C'est un trait narcissique. Il immobilise les hommes puis il torture les femmes devant eux, pour montrer l'incompétence des hommes puisqu'ils n'ont pas su l'arrêter. C'est une situation typique de « Regarde-moi, je vaux mieux que toi ». Donc nous pouvons ajouter aux éléments de sa personnalité le fait qu'il aime avoir un public.

Kane croisa le regard inquisiteur du shérif.

— Nous savons grâce à la déposition de Colter Barry que le tueur l'a paralysé et l'a forcé à regarder. Cela coïncide avec la raison pour laquelle le tueur répand de l'essence sur ses victimes masculines, pour empêcher les animaux de les dévorer. Dans son esprit malade, il laisse l'homme regarder les bêtes manger la femme qu'il aimait. Le problème, c'est que je n'arrive pas à comprendre ce qu'il prévoit pour la suite, pourquoi il intensifie son action maintenant. C'est comme s'il avait mélangé les différentes personnalités de plusieurs meurtriers célèbres.

Ses actes n'ont ni rime ni raison. Il n'exhibe pas ses victimes, il n'emporte pas de trophées physiques, à moins qu'il ait chez lui un réfrigérateur rempli de membres sectionnés. La blessure fatale change à chaque fois et il utilise des armes variables.

Jenna étrécit les yeux, et contempla un moment le vide.

— Il y a pourtant des similitudes. Ce sont toujours des couples, des femmes aux cheveux noirs, et des randonneurs qui préfèrent les anciens sentiers. Il sait immobiliser les gens en les blessant à la colonne vertébrale et il a chaque fois recours à cette technique. Je dirais que c'est un excellent tireur, mais c'est aussi vrai de centaines d'hommes ici ; ces deux compétences pourraient renvoyer à un militaire, tout comme la tenue camouflage. Nous supposons qu'il emploie des caméras de chasse, ce qui lui est assez personnel, et s'il a besoin de trophées, quoi de mieux qu'une vidéo de la mise à mort ?

Kane lui sourit.

— Bien observé. Canavar et Woods correspondent au profil et à la description fournie par Colter Barry. Woods a des antécédents et l'ex-fiancée de Canavar a disparu. Ils étaient tous deux dans les parages quand Bailey a été tuée. Difficile de les départager en matière de preuve circonstancielle.

Jenna se mit debout et s'appuya au plan de travail de la cuisine.

— Il ne fait guère de doute que le même criminel a tué au moins Bailey Canavar et Lilly Coppersmith. Pour le moment, ni l'un ni l'autre des deux hommes ne peut être associé à la mort de Lilly Coppersmith.

Kane se leva et la dévisagea.

— Alors nous devons découvrir des indices supplémentaires. Le problème, si on suppose que Canavar est impliqué dans le meurtre de Lilly Coppersmith, c'est que personne ne l'a revu depuis la mort de Bailey et de l'inconnu.

— Je pense que nous avions raison à son sujet. Il doit vivre à la dure et, en tenue camouflage, il se fond dans la forêt sans que personne ne le remarque.

Jenna ramassa les assiettes du petit déjeuner et les rinça dans l'évier avant de les placer dans le lave-vaisselle.

— Il faut vérifier où était Woods hier.

Kane acquiesça.

— Ça, c'est certain.

37

Le vent soufflait de plus belle, et quand Jenna sortit de son véhicule, elle fut assaillie par des doigts glacés qui retroussaient le bas de sa veste. Elle leva les yeux, s'attendant à voir des nuages de pluie, mais un ciel clair et bleu se déployait sur des kilomètres. Sur le trottoir, les gens marchaient sans vêtements chauds, apparemment indifférents aux premiers signes de l'hiver. Les joues roses et le nez morveux d'un bambin qui lui souriait par-dessus l'épaule de sa mère lui rappelèrent qu'elle devait se faire vacciner contre la grippe. Elle contourna un groupe d'enfants qui attendaient le bus, le nez dans leur portable, et se dirigea vers la porte principale du Bureau du Shérif. Les rues de Black Rock Falls étaient exceptionnellement actives à cette heure de la matinée, et elle se souvint que c'était lundi et qu'une grande vente de charité avait lieu dans la salle des fêtes, où l'on trouvait de tout, des confitures aux antiquités.

Son estomac se noua d'inquiétude pour ses concitoyens et pour les hordes de touristes qui venaient chaque jour profiter du paysage ou de la chasse en forêt. Il était difficile de croire que la violence avait à nouveau frappé cette jolie ville. Le danger semblait rôder à tous les coins de rue et elle ne pouvait rien pour l'empêcher. Combien de morts y aurait-il encore ? Elle avala la boule qu'elle sentait dans sa gorge. Isolé parmi ses vastes plaines et ses bois, Black Rock Falls cachait bien des secrets, et les tueurs en série l'avaient choisi comme terrain d'élection.

Elle regarda une dernière fois les montagnes majestueuses, secoua la tête et entra dans le bâtiment. Comme d'habitude, Rowley bavardait avec Maggie, à l'accueil.

— Bonjour. Quoi de neuf ?

Rowley passa une main dans ses cheveux en bataille.

— Quelques personnes prétendent avoir vu Jim Canavar en ville, et deux à Butte, mais c'est à peu près tout. Le bureau de Butte reviendra vers nous dès qu'ils auront parlé aux gens qui ont téléphoné. J'ai lu le dossier concernant Lilly Coppersmith et votre entretien avec M. Barry. Je crois avoir quelque chose à ajouter.

Jenna enleva sa veste épaisse et partit dans le couloir.

— Trouvez Kane et venez dans mon bureau.

— Oui, madame.

Après avoir inscrit sur le tableau les dernières informations, Jenna s'assit et consulta le planning de la semaine. La plupart de ses adjoints faisaient des heures supplémentaires depuis les meurtres. Elle aurait préféré emmener Kane avec elle pour l'autopsie de Coppersmith mais elle voulait les maintenir tous dans la boucle. Bradford arriverait à 11 heures, trop tard pour relayer Rowley, et Walters n'arrivait qu'après le déjeuner. Elle leva les yeux quand Kane et Rowley entrèrent dans son bureau.

— Asseyez-vous. Qu'avez-vous découvert ?

Rowley plaça devant elle un des gobelets de café qu'il tenait, puis s'assit.

— Ce n'est pas vraiment une découverte. Simplement, M. Barry a dit que le tueur portait une tenue camouflage et un talkie-walkie. J'ai entendu parler d'un vétéran du Viêtnam un peu dingue, qui vit avec son fils, Brayden et Joseph Blythe. Ils s'habillent comme ça et ils se parlent avec un talkie-walkie. Leur terrain est bien indiqué par des panneaux, et ils sont imprévisibles. D'après la rumeur, ils se nourrissent d'écureuils, mais ils ont aussi quelques chèvres.

Kane posa son café fumant sur la table et se laissa tomber sur un siège.

— Ils sont près de Bear Peak ?

— Oui, du côté de la cabane des Finch. Je pense qu'ils habitent à dix minutes à pied du coupe-feu. Je pourrais vous montrer.

Rowley lança à Jenna un regard plein d'espoir. Elle se tourna vers Kane, qui haussa imperceptiblement les épaules. Elle prit quelques notes dans son carnet.

— Nous devons assister à l'autopsie de Coppersmith dans quelques minutes, mais nous irons là-bas après le déjeuner. En notre absence, vérifiez les faits et gestes de M. Woods. Je veux savoir où il était quand Lilly Coppersmith a été tuée. D'ici là, Bradford et Walters auront pris leur service et vous pourrez nous montrer où se situe la propriété des Blythe.

— Bien, madame.

Elle s'adressa alors à ses deux adjoints.

— Je vais publier un autre communiqué signalant qu'il y a dans la forêt un homme armé et dangereux. Je donnerai son signalement rapide, en demandant à tout le monde d'appeler la *hot-line* s'ils remarquent un individu au comportement suspect. Vu que quatre-vingt-dix pour cent des hommes en ville sont en tenue camouflage et emportent des armes dans le bois, je ne me fais pas trop d'illusions.

Kane haussa les sourcils et se leva.

— On gagnerait du temps si j'allais chercher les chevaux pendant que vous assistez à l'autopsie. En chemin, on pourra facilement prendre la monture de Rowley.

La journée de Jenna commençait à se compliquer sérieusement, mais Kane n'avait pas tort.

— OK, c'est d'accord. J'achèterai de quoi déjeuner et nous

pourrons manger en route vers Bear Peak. Venez avec Duke, ça lui dégourdira les pattes.

— Oui, madame.

Le sourire de Kane dévoila une rangée de dents blanches alors qu'il se dirigeait vers la porte.

38

Il resta ébahi quand le reportage fut diffusé à la télévision. Le shérif mettait sévèrement en garde les randonneurs car il y avait un tueur en liberté. Il y avait aussi des photos de ses dernières victimes. Cela ne s'était encore jamais produit, mais jusqu'ici personne n'en avait retrouvé une en vie. *Je suis en train de perdre la main.*

Il écouta avec une fascination macabre le présentateur raconter comment Colter Barry avait échappé de justesse à la mort. Ce petit merdeux pleurnichard était en vie. Merde, il lui avait tiré une balle dans la tête, il lui avait pratiquement tranché la colonne vertébrale, et il avait *survécu.* Il prit son verre de whisky sur la table et le jeta contre le mur. Le liquide parfumé éclaboussa sur le papier peint gaufré et se répandit en une affreuse tache brune sur la moquette beige. Des morceaux de verre, mélangés aux glaçons, brillèrent dans la lumière de la fenêtre, déclenchant le souvenir de rayons de soleil sur le sang écarlate. Il toucha ses lèvres, encore refroidies par sa boisson, et il sentit à nouveau la bouche de Lilly.

Il avait pris plaisir à la tuer.

Il aurait voulu pouvoir la tuer à nouveau.

La voix du présentateur télé attira son attention vers l'écran, et la colère remonta à la surface. Il se mit à arpenter la pièce alors que la population était invitée à éviter les chemins de montagne moins fréquentés tant que l'enquête du shérif sur les allégations de Colter Barry ne serait pas terminée. *Comment ose-t-elle se mêler de ça ?*

Suivit l'interview des deux hommes qui avaient trouvé Colter Barry complètement désorienté et délirant. L'un d'eux supposait qu'une balle perdue avait pu l'atteindre alors qu'il s'approchait d'une zone de chasse. Il cessa ses allées et venues et fixa l'écran, guettant le commentaire du présentateur.

— *Eh bien, mesdames, messieurs, si vous partez en randonnée, faites attention ; après tout, la saison de la chasse n'est pas finie.*

Il prit une bouteille de whisky dans le bar et se servit un verre, puis glissa une carte vidéo dans son lecteur. Quand surgit l'image de Lilly le fuyant, terrorisée, son cœur se mit à palpiter d'avance. « Cours, aussi vite que tu peux, parce que je sais comment ce film se termine et je suis impatient. »

39

Jenna prit trois grandes inspirations et mit un masque chirurgical, puis scanna sa carte d'identité et entra dans la morgue. Son assurance face aux meurtres avait été multipliée par dix depuis que Wolfe était arrivé à Black Rock Falls. Le vieux message qu'elle se répétait autrefois, *Les morts ne peuvent pas te faire de mal,* lui revenait souvent en tête devant une scène de crime horrible, mais les paroles apaisantes et rassurantes du légiste lui donnaient du courage pendant les autopsies les plus pénibles.

Wolfe tenait à traiter chaque cadavre avec dignité : comme dans la vie, chacun avait un nom et une histoire. C'est cela qui le distinguait des autres coroners auxquels elle avait eu affaire depuis qu'elle travaillait dans les forces de l'ordre. Avant Wolfe, elle reléguait son humanité à l'arrière-plan pour supporter les crimes atroces. À présent, elle voyait les choses d'un autre œil. Chaque victime avait son histoire à raconter et elle devait être présente à l'autopsie pour écouter ce que Lilly Coppersmith avait à dire sur l'homme qui l'avait tuée, et afin de l'empêcher de tuer à nouveau.

Elle découvrit Wolfe masqué et ganté, discutant avec Cole Webber des échantillons prélevés sur la scène de crime.

— Bonjour.

Wolfe baissa son masque et lui sourit.

— Vous êtes matinale, formidable ! Je suis à la bourre, aujourd'hui. Anna joue dans le spectacle de l'école et je dois rester après pour les aider.

Jenna hocha la tête.

— Oui, Kane m'en a parlé. Nous pensions venir aussi l'applaudir tout à l'heure, si vous êtes d'accord.

— Elle serait ravie.

Wolfe fit signe à Webber de sortir le corps de Lilly Coppersmith d'un tiroir de l'armoire réfrigérée. Son attention revint vers Jenna.

— De même que pour les autres victimes, j'ai pris Cole comme témoin officiel pour procéder à l'autopsie. Ça signifie que vous aurez les résultats plus vite et ça me laisse tout le temps de lui expliquer les différentes procédures. Je sais que certains aspects sont un peu durs à digérer pour la plupart des gens. J'espère que vous êtes toujours partante ?

Le shérif sentit passer une vague de soulagement. Il était nécessaire qu'elle soit présente, et il pourrait lui fournir ses conclusions en lui faisant voir les choses.

— Oui, votre collaboration avec l'adjoint est un plus pour nous. Vous aimez votre travail ici, Webber ?

Webber poussa la civière sous un énorme projecteur.

— C'est très intéressant, et j'apprécie aussi le côté théorique. Je n'aurais jamais imaginé qu'être l'assistant d'un médecin légiste était si prenant, mais le boulot me plaît vraiment.

— Contente de l'apprendre, répondit Jenna avant de regarder à nouveau Wolfe. Il y a du neuf. En dehors de nos deux suspects, Canavar et Woods, Rowley a mentionné un ancien combattant du Viêtnam qui est un peu dingue et qui habite Bear Peak. Dès que ce sera fini ici, nous partons l'interroger.

— Mettez vos gilets pare-balles, au cas où, conseilla Wolfe en rabattant le drap qui recouvrait le corps livide de Lilly Coppersmith. Bien, il s'agit donc d'une femme, de type caucasien, identifiée comme étant Lilly Coppersmith, de Blackwater, dans le Montana. Vingt ans, un mètre soixante-deux. Elle était en bonne santé physique au moment de sa mort. Nous n'avons rien trouvé sous ses ongles, ajouta-t-il en soulevant ses mains une par une, ni aucune trace de lutte avec le tueur.

Jenna se remémora la déposition de Colter Barry.

— Elle ne s'est pas débattue pour empêcher que son petit ami soit brûlé vif.

— Il y a des marques de ligature sur les deux poignets, qui confirment que le tueur lui a maintenu les bras attachés dans le dos pendant un certain temps.

Wolfe leva ses yeux gris pâle vers le visage de la morte et fronça les sourcils.

— D'après les contusions sur le haut des cuisses et la région génitale, elle était en vie lorsqu'il l'a violée. L'hypostase des avant-bras ou décoloration de la peau pourrait indiquer que le tueur l'a placée dans la position où nous l'avons trouvée, assise, les bras au-dessus de la tête, avant de lui infliger des blessures aux bras et aux jambes.

Jenna s'approcha et examina le visage de Lilly.

— Comment interprétez-vous les bleus sur son visage ?

— Les lacérations des bras et des jambes ont pu être cause de douleurs et de perte de sang. Cole a une théorie sur ces marques.

— Oui, elles ne sont pas aussi brutales que pour le premier meurtre. Je pense qu'il l'a giflée pour qu'elle reste consciente. Là, c'est une claque, pas un coup de poing, précisa Webber en désignant une marque de doigt très nette sur une joue.

— Donc quelle est la cause de la mort ? La perte de sang ?

— Non, répliqua Wolfe en montrant une petite blessure juste en dessous des côtes, du côté gauche. Voilà pourquoi je pense que le tueur a reçu une formation militaire. Bailey Canavar a subi la même blessure par force vive. C'est un coup redoutablement efficace, souvent utilisé dans les combats à mort. Je dirais qu'à cause de la perte de sang, elle perdait connaissance, et que la faire souffrir ne procurait plus aucun plaisir au tueur.

Jenna inhala profondément, puis le regretta en sentant sur sa langue l'odeur affreuse de la morgue.

— Autre chose que je devrais savoir ? Jusqu'ici, tout correspond au récit qu'a fait M. Barry.

— Nous aurons les résultats d'analyse des échantillons dans environ vingt-quatre heures, mais je doute qu'ils nous révèlent quoi que ce soit sur le tueur. Revisiter la scène de crime ne servirait à rien, soupira Wolfe ; les fortes pluies ont dû éliminer les traces de sang et les empreintes. Comme nous n'avons trouvé sur le corps de Lilly aucune trace renvoyant à une tierce personne, cela confirme le souvenir de M. Barry, selon lequel le tueur était couvert de la tête aux pieds.

Le légiste secoua la tête et recouvrit le corps avec respect, puis dirigea son regard vers Jenna.

— Soyez prudente dans la forêt. Le tueur est dangereux ; il pourrait agir sous l'influence de la drogue, et il n'a peur de rien.

40

Kane chevauchait à côté de Jenna, laissant Rowley ouvrir la marche. Pendant que Jenna assistait à l'autopsie, il s'était renseigné sur Brayden et Joseph Blythe. Ayant découvert que tous deux avaient déjà été arrêtés pour voies de fait, il en avait discuté avec le vieil adjoint Walters. Dans la région, chacun savait que les Blythe tiraient sur quiconque s'aventurait sur leur terre sans s'être fait annoncer. Il n'avait pas l'intention de se mettre en danger et avait ajouté leur numéro de téléphone à ses contacts téléphoniques.

S'éloignant du coupe-feu, ils descendaient la montagne par un chemin envahi de végétation, qui serpentait à travers la forêt. Quand le sentier devenait plus étroit, il reculait pour laisser Jenna passer au milieu. Il restait en alerte, scrutant le bois pour détecter le moindre mouvement, la moindre couleur.

Devant chaque arbre, il cherchait les traces d'une caméra infrarouge. Il ne se fiait plus à personne. Pour lui, ils étaient entrés dans la tanière du lion. Jenna ressemblait assez au genre de femme que le tueur aimait torturer, et peut-être le monstre les épiait-il.

N'importe qui pouvait se dissimuler dans les profondeurs

ombragées de la forêt. Le vent faisait grincer les branches, le bruit de la nature masquait celui de pas éventuels, et un homme en camouflage serait invisible. D'ailleurs, il s'était lui-même souvent caché dans les bois lorsqu'il était dans l'armée, et il avait pu frapper l'ennemi sans se donner beaucoup de mal.

Le meurtrier avait choisi le cadre idéal pour ses crimes, et l'ampleur de la forêt lui donnait un énorme avantage ; il pouvait être n'importe où dans une zone de huit cent mille hectares. Les gilets pare-balles leur procuraient un léger avantage, mais comme ils étaient trois, le tueur pourrait les viser à la tête.

Il rapprocha son cheval de Jenna alors qu'ils négociaient un virage serré.

— Eh, Jenna, ne vous éloignez pas trop de moi.

Elle ralentit et se retourna sur sa selle, l'air inquiet.

— Ça va ?

— Oui, et si ce dingue est dans les alentours, je veux être près de vous. Même Duke est invisible, ici.

Il ne voyait que la pointe de la queue du chien se déplaçant dans les herbes hautes. Jenna lâcha les rênes et écarta les bras.

— Jamais je ne laisserai un tueur en série me gâcher la forêt. Cet endroit est magnifique, et quand je suis ici avec vous, je me sens en sécurité, je ne redoute rien. Quand ce cauchemar sera fini, nous viendrons passer un week-end ici pour nous régénérer. Rowley ferait un bon agent, poursuivit-elle en désignant l'adjoint. Il tourne la tête dans toutes les directions. Il devient comme vous, il guette le moindre mouvement.

Kane sourit.

— Vous l'avez bien formé.

Devant eux, Rowley s'était arrêté et les contemplait avec intérêt. Kane lui fit signe.

— C'est encore loin ?

— La limite de leur terrain est juste là-bas, je vois les panneaux, répondit Rowley en désignant un point au loin.

— OK, une minute, je les préviens.

Kane tira son téléphone de sa poche et composa le numéro.

— Monsieur Blythe, l'adjoint Kane à l'appareil. Le shérif voudrait vous parler d'un homme qui s'est introduit par effraction dans une propriété du voisinage, la nuit. Nous pouvons aller chez vous ?

— *Ouais, venez, mais j'ai vu personne, moi.*

— Merci, nous arrivons bientôt. On y va, dit Kane à Jenna après avoir raccroché.

Il fit avancer son cheval et suivit Rowley dans une allée remplie d'herbes folles ; pas de barrière, mais ici et là, des panneaux de bois brut où figurait en rouge l'inscription « Propriété privée ». La peinture avait coulé comme du sang, conférant un côté macabre à ces avertissements. L'odeur de chair en putréfaction flotta jusqu'à eux, et Kane se tourna vers Jenna.

— Ça ne sent pas bon.

— Restez en alerte, on ne sait pas ce qui nous attend.

Tout en lui conseillant la vigilance, le shérif posa la paume sur la crosse de son revolver. Quand Duke émit son gémissement caractéristique, pour inciter son maître à se méfier, Kane sentit se hérisser les poils de sa nuque.

— Reculez et restez à couvert des arbres, ordonna-t-il à Rowley ; ils ne savent pas que vous êtes avec nous, et nous devrons peut-être surveiller nos arrières. Tenez votre fusil prêt.

— Ça marche.

Rowley déplaça son cheval vers l'ombre des pins. Jenna s'arrêta près de lui, la bouche déformée par un dégoût manifeste.

— Oh ! Ce sont des peaux ?

Kane observa la cabane décrépite, au vieux porche branlant. Des peaux, d'écureuil et peut-être de rat, pendaient sous le toit, grouillant de mouches.

— Oui, j'imagine qu'ils les utilisent pour fabriquer des couvertures. Selon Walters, ils se rendent rarement en ville, sauf pour acheter des munitions. Il paraît aussi qu'ils ont tout un arsenal. Brayden n'a plus vingt ans, mais c'est un dur à cuire.

— Ils mangent les rats ? C'est répugnant.

Jenna avait blêmi. Kane plissa le nez.

— Je suppose que les habitants de cette cabane ne sentiront pas très bon non plus. Comment voulez-vous gérer ça, madame ?

Elle haussa le menton d'un air déterminé.

— Je me charge de parlementer. Gardez la main sur votre arme. Nous risquons de remuer un nid de frelons.

La porte de la cabane s'entrouvrit et le long canon d'un fusil se glissa par la fente.

Jenna parla d'une voix claire et sonore.

— Brayden Blythe, je suis le shérif Alton. Baissez votre arme. Je ne viens pas vous arrêter. Je veux simplement vous poser quelques questions.

La tête chenue de Blythe apparut.

— J'ai le droit d'avoir une carabine pour protéger ma propriété. Jetez vos armes par terre et on discutera.

Jenna fit avancer son cheval pour montrer qu'elle n'était pas intimidée.

— Ce n'est pas comme ça que ça va se passer, monsieur Blythe. Ou bien vous avez une raison de vous cacher derrière cette porte ? Une série de meurtres a été commise dans cette partie de la forêt, et une vidéo confirme qu'il y a un rôdeur dans les parages. Si vous refusez de coopérer, je serai obligée d'en déduire que vous avez un lien avec ces meurtres.

Sortit alors un frêle septuagénaire, les cheveux blancs aux épaules, vêtu d'une veste militaire en lambeaux par-dessus un pantalon camouflage crasseux.

— Moi j'ai tué personne. Parlez, et après foutez le camp de chez moi.

— Votre fils est là aussi ? J'aimerais vous voir tous les deux.

Toujours droite sur son cheval, Jenna affichait une résolution opiniâtre. Joseph Blythe apparut sous le porche, un fusil ouvert sur le bras. Il portait un jean et un gilet en peau d'écureuil par-dessus une chemise à carreaux.

— Je suis là. Nous, on sait rien sur vos meurtres.

La jument du shérif dansait sur place, roulant des yeux à cause de l'odeur de mort.

— Avez-vous remarqué quelqu'un dans les parages ? Soupçonnez-vous quelqu'un d'avoir dormi dans votre grange au cours de la semaine dernière ? Les Finch ont filmé un homme qui s'est introduit dans leur grange en pleine nuit.

Les Blythe se détournèrent et eurent un conciliabule chuchoté, ignorant la question de Jenna. Kane la rejoignit. Sa monture parut calmer la jument, qui s'apaisa. Il se pencha vers le shérif.

— Qu'est-ce qu'ils complotent ?

— J'espère qu'ils ne prévoient pas de nous tuer pour nous manger au dîner. Mais vous seriez plus coriace qu'un écureuil.

Kane secoua la tête et murmura.

— Merci pour le compliment ! Ne vous en faites pas, je pourrais les abattre avant qu'ils n'aient le temps de viser.

— Je mise ma vie là-dessus.

Le regard de Jenna dériva pendant une fraction de seconde avant de revenir vers les Blythe. Kane jaugea les deux hommes : si le père n'était pas bien vaillant, le fils était, lui, musclé et à peine quadragénaire. Colter Barry n'avait pas dit avoir vu deux hommes sur la scène de crime, mais ces deux-là devaient tout faire ensemble.

— Joseph correspond à la description qu'a donnée Barry, pourtant c'est son père qui a la réputation d'être dingue.

L'expression de Jenna avait viré à l'exaspération.

— Eh bien, monsieur Blythe ? Si vous avez quelque chose à nous avouer, crachez le morceau ; nous avons d'autres visites à faire cet après-midi.

Brayden Blythe s'avança sous le porche, son attention fixée sur Duke.

— Non, on a vu personne, mais je veux bien de votre chien.

Kane intervint avant que Jenna ait eu le temps de réagir, dans l'espoir de pouvoir pénétrer dans la cabane.

— Vous nous l'échangez contre quoi ? Des armes ?

Il fut surpris par la mine horrifiée de Jenna.

— Vous ne feriez jamais ça ?

— Faites-moi confiance.

Kane descendit de sa monture, qu'il mena vers Joseph.

— Je suis toujours à la recherche d'une nouvelle arme. Vous voulez bien me tenir mon cheval ? Il est un peu difficile quand il est près de la jument du shérif.

— Ouais, Joe va s'en occuper. On a des armes et d'autres trucs. Entrez, je vais vous montrer.

Kane marcha jusqu'à la porte et baissa la tête. Le plafond bas était un cauchemar pour claustrophobe. À l'intérieur, il eut les narines agressées par une puanteur de chair pourrie mêlée à une odeur de détritus et d'homme mal lavé. Chacun de ses sens étant en alerte maximale, il scruta la pièce obscure, attendant quelques secondes pour que ses yeux s'ajustent à la pénombre avant de suivre le vieillard. Il guettait le piège et tendait l'oreille, au cas où Joseph surgirait derrière lui.

Réprimant le désir d'allumer sa lampe torche, il écarta les rubans de papier tue-mouches suspendus un peu partout comme des décorations de Noël et se déplaça entre les tas de peaux, empilées et nouées avec de la ficelle. De vieux tonneaux remplis de fragments de bois de cerf étaient alignés contre un mur, et une rangée de bocaux contenant des dents trônait sur une bibliothèque. Le seul élément accueillant était les deux vieux canapés défoncés et couverts de coussins crasseux, placés autour d'une table basse chargée de vaisselle sale, près de la cheminée. Ah, il avait connu des chars d'assaut plus confortables. Les cafards s'affairaient bruyamment d'un tas de détritus vers un autre. Le même capharnaüm régnait dans la cuisine. Pour un ex-militaire, Brayden Blythe n'était pas très ordonné.

Au moins la cuisine avait des fenêtres, par où la lumière tâchait de s'infiltrer malgré la crasse. L'attention de Kane fut attirée par les patères fixées à la porte. Trois sacs à dos, de style et de couleur variés, y étaient suspendus, avec en dessous des chaussures de différentes pointures.

— Vous êtes marié ? Vous avez d'autres enfants ?

— Non, répondit Blythe en désignant les sacs de son index sale. Ils sont à moi, je les ai trouvés par terre dans la forêt. J'ai rien volé. Je pensais qu'y aurait une récompense ou quelque chose, alors j'ai mis un papier à la vitrine de l'épicerie, y a rien d'illégal.

Kane remarqua l'expression belliqueuse de l'homme.

— Pouvez-vous m'indiquer exactement où et quand vous les avez trouvés ?

Blythe dévoila ses dents jaunes en souriant.

— Non, c'était y a plus d'un an. Y a tellement de chemins, j'ai plus ma mémoire comme quand j'étais jeune.

Dos au plan de travail, Kane admirait l'impressionnante accumulation d'armes qui remplissait tout un mur. En dessous s'entassaient les caisses de munitions, séparées du sol par des parpaings.

— Vous les avez vidés, ces sacs ?

— Ouais, y avait pas grand-chose dedans, des fringues et de la bouffe, pas de papiers. On a rien touché. C'est des gens qui les ont perdus, alors c'était pour les ours ou les lynx. J'ai rien volé.

Kane haussa les épaules.

— Je ne vous accuse pas.

Il s'avança pour examiner les sacs. À ce qu'il put voir, ils ne révélaient aucune éclaboussure de sang, et il n'avait pas de mandat de perquisition pour les confisquer comme pièces à conviction. Pourtant, si Blythe les lui cédait volontairement et signait une déclaration, ce seraient des preuves recevables. Il agita la main dans leur direction.

— Vous en demandez combien ?

Blythe parut soudain plein d'espoir, puis secoua la tête.

— Je vous les échange contre votre chien ? Non, ça serait pas équitable. Il vaut cher, votre lévrier.

— Je ne vois pas d'arme qui m'intéresse, si c'est tout ce que vous avez.

Kane gardait une main sur la crosse de son revolver, tout comme Blythe tenait fermement son fusil.

— C'est tout, répondit le vieil homme en se mordillant la lèvre. Dommage, votre chien, il me plaît vraiment bien.

— Avez-vous vu ou entendu quelque chose d'inhabituel la semaine dernière ?

Kane guettait sa réaction, mais son interlocuteur semblait incapable de rester concentré. Blythe le regarda longtemps d'un air songeur.

— Il s'en passe toujours, dans la forêt. J'ai vu des trucs. Entendu des cris, et c'était pas un lynx. Trouvé un fémur tout rongé, l'autre fois. Joe, il a rapporté les sacs un jour qu'il chassait l'écureuil. Il a vu le Charlie qui se cachait dans les bois, comme pour lui tendre une embuscade. Il est malin, mon gamin, il a filé, on a tout bouclé et on a monté la garde pendant la nuit. On a entendu des coups de feu, des cris, le salaud a dû s'attaquer à quelque chose. Il est là qui attend. Surveillez vos arrières.

Kane acquiesça. Le vieil homme revivait sa guerre du Viêt-nam. « Charlie » venait du code radio, Victor Charlie pour le Viêt-cong, les soldats ennemis. Joseph avait peut-être vu le mystérieux Asiatique avant qu'il ne soit brutalement tué. Ou bien Joseph était-il le tueur ? Comme il était temps d'aller retrouver Jenna, il tira de son portefeuille deux billets de cinquante dollars.

— Je vous donne cent dollars pour les sacs et les chaussures. Vous devrez me signer un papier disant que vous me les avez remis de votre plein gré, sans contrainte. C'est à prendre ou à laisser. Le chien, je le garde.

— Tope là.

L'homme cracha dans sa main et la tendit avec un sourire. Contemplant ses dents jaunes et gâtées, Kane plaça les billets dans la main de Blythe, évitant sa salive.

— Merci. Je rédige dans mon carnet la déclaration que vous signez.

— Ouais, quand ça sera fini, envoyez-moi Joe, on vous emballera tout ça et on vous l'apportera.

Il ouvrit la porte d'un énorme réfrigérateur et en sortit une cannette.

— Une bière ?

Kane prit soin d'observer le contenu du frigo, soulagé de ne pas y découvrir de membres humains.

— Non, merci. Jamais pendant le service.

Le marché étant conclu, Kane ouvrit grand la porte arrière, heureux de sentir l'air frais.

— Je sortirai par ici. J'ai besoin d'exercice.

Il s'échappa de la cabane et se retourna pour jeter un dernier coup d'œil au bâtiment déglingué. À part les chèvres et quelques poules, rien ne paraissait anormal, et l'odeur abominable semblait venir de l'intérieur. Il revint vers la façade et remarqua l'air pincé de Jenna. Après lui avoir adressé un signe de tête, il se dirigea vers Joseph.

— Votre père a besoin de vous pour nous apporter les sacs à dos et les chaussures. Vous avez une belle maison. Il y a une cave ?

— Non, elle est construite sur la pierre.

Joseph tourna les talons.

— Où avez-vous trouvé ces sacs ? Et votre père a parlé d'un fémur. Un os humain ?

— Les sacs, on les a trouvés un peu partout. L'os, je l'ai découvert ça fait des années, et je suis pas médecin, c'était peut-être un fémur d'élan. Il a dû vous parler de Charlie. Je n'aurais pas cru voir Charlie dans la montagne, la semaine dernière.

Tous les deux en camouflage, l'un qui me regardait, alors j'ai détalé, en faisant tout le chemin en zigzag. Le vieux est peut-être dingue, mais je l'ai vu, de mes yeux vu.

Kane prit note de son air anxieux. Il lut une peur authentique dans ses yeux.

— Vous êtes sûr qu'ils étaient deux ? Ce n'étaient pas juste des chasseurs ? La majorité d'entre eux sont en tenue camouflage, qu'est-ce qu'ils avaient de différent ?

— Non, c'était Charlie. J'ai vu leur figure comme je vous vois. Un Chinois.

Quand Joseph entra dans la maison, Kane se rapprocha de Jenna.

— Tout va bien ?

— Oui, c'était une belle source de non-information, ricana-t-elle. Vous avez trouvé quelque chose d'intéressant ?

— Oh oui, répondit-il en lui donnant tous les détails. Les sacs à dos sont une pièce à conviction essentielle, surtout si nous parvenons à en identifier les propriétaires. Si le tueur est actif dans cette zone depuis un bon moment, il a bien dissimulé ses traces. Avant que les ours hibernent, quand ils mangent tout ce qu'ils trouvent, c'est le moment idéal pour livrer des corps aux animaux. Jusqu'ici, ses victimes étaient des visiteurs, des vacanciers en randonnée, en déplacement. Certains étaient peut-être étrangers, donc ils disparaissaient sans qu'on les ait dans notre radar, ou bien nous n'avons pas trouvé de corps, donc leur disparition est restée sans suite.

— Et nous commençons à trouver des corps parce que la soudaine hausse du tourisme et de la chasse rend plus vraisemblable que quelqu'un tombe dessus par hasard. Je suis désolée de vous le dire, mais vous puez, conclut-elle en fronçant le nez.

— J'espère que ça partira au lavage et que ça ne me suivra pas partout.

Kane se baissa pour caresser Duke. Le lévrier le flaira, puis éternua, mais resta près de lui.

— Ça, c'est du dévouement ! Lui, mon odeur lui est bien égale, dit Kane en se remettant en selle.

— Vous n'avez qu'à rester dans le sens du vent, suggéra Jenna. Vous pensez que Joseph est dans le coup ?

Kane prit les rênes.

— Je n'en suis pas sûr. Il est plus petit que l'homme qui a attaqué Barry, mais avec des bottines militaires et une casquette, il paraîtrait plus grand. Ils ont tout un arsenal dans leur baraque, pourtant il manquait une chose : une arbalète, et je doute qu'ils aient les moyens d'acheter le genre de flèche utilisée dans les homicides.

Jenna repoussa une mèche noire de son visage et la rangea sous son bonnet de laine.

— Une chose est certaine. Nous avons localisé le terrain de mise à mort. Si ce que disent les Blythe est vrai, ce dingue se déchaîne d'un bout à l'autre de Bear Peak.

41

MARDI, DEUXIÈME SEMAINE

— Je vais bien, arrêtez de vous tracasser pour moi.

Kane plaça contre sa tempe le paquet de petits pois surgelés et ferma les yeux pour mieux surmonter les élancements de douleur. La voix de Jenna lui semblait très forte.

— Je suis désolée. Je vais vous servir un autre café.

Kane ouvrit un œil et battit des paupières.

— Ce n'est pas votre faute. Duke m'a distrait en aboyant au moment où votre coup de pied visait ma tête. Je me suis tourné du mauvais côté, au temps pour moi. J'aimerais un second café, mais je dois prendre mes médicaments. Ils m'aident à garder l'équilibre quand la souffrance augmente.

Jenna poussa la tasse vers lui et examina son visage de près.

— Je vais les chercher. Vous avez louché quand je vous ai frappé, c'est grave ?

Il voyait flou depuis qu'elle lui avait mis un coup de pied à la tempe, mais il lui serra le bras pour la rassurer.

— Non, je ne crois pas. Les médicaments sont dans la salle de bains, au-dessus du lavabo. Merci, dit-il en lui confiant ses clés.

À l'instant où elle sortit, le portable de Kane vibra dans sa poche. *Il ne manquait plus que ça.* Il plissa les yeux pour déchiffrer de qui venait l'appel et, voyant que c'était Wolfe, il décrocha.

— Déjà debout ? La pièce était super, hier soir. Votre fille a du talent et nous avons beaucoup apprécié.

— *Merci, Anna était aux anges quand elle a su que Jenna et vous étiez venus. C'est vraiment gentil, nous vous sommes tous très reconnaissants. Ça compte beaucoup,* ajouta le légiste avant de s'éclaircir la gorge. *J'ai appelé Jenna mais elle ne répond pas.*

Kane regarda par la porte de la cuisine.

— Elle sera bientôt rentrée. Je peux vous aider ?

— *Si je vous téléphone, c'est parce que Rowley a reçu un coup de fil de la Cyberdivision du FBI. Il leur a donné mon numéro puisque je maîtrise le côté technique de la chose. Ils ont intercepté un fragment de transmission sur le dark web, où il est question de chasse à l'homme.*

Kane reposa les petits pois surgelés et prit son café.

— Pourquoi nous contacter ?

— *Ils contactent les forces de l'ordre à travers tout le pays. Un botaniste a étudié les arbres et les buissons qu'on voit sur les images et il pense qu'il s'agit d'une région alpine. Les montagnes du Montana s'étendent jusqu'au Colorado. D'après la description qu'il m'a donnée, ça pourrait bien être le bois de Stanton. Après nos meurtres, ils voulaient juste nous le signaler.*

Kane fronça les sourcils et le regretta aussitôt, puis appliqua les petits pois contre sa tempe.

— Oui, d'après ce qu'a déclaré Colter Barry, le tueur se comportait comme s'il les traquait, et nous savons qu'il se servait d'une caméra mobile. Vous pensez qu'il télécharge des vidéos sur le *dark web* ? À peu près n'importe qui peut le faire, désormais.

— *À ce que je comprends, il pourrait les diffuser depuis le lieu du meurtre. Notre tueur est peut-être à la tête d'un club exclusif en ligne ou quelque chose dans ce goût-là, avec public payant. Vous n'imaginez pas tout ce qu'on trouve sur le* dark web.

Kane laissa l'information percoler jusqu'à son cerveau.

— Vous voulez dire, des meurtres à visionner sur demande ? Mon Dieu, j'aurai tout entendu. Il faut que j'y réfléchisse. Si c'est notre tueur, nous avons une nouvelle espèce de psychopathe dans la région.

— *Si quelqu'un peut le profiler, c'est bien vous. Quoi qu'il puisse être, il est avant tout brutal, et d'après Colter Barry, il prend énormément de plaisir à faire souffrir ses victimes.*

Après avoir bu quelques gorgées de café, Kane passa outre à la douleur qui irradiait depuis la plaque métallique fixée dans sa tête et tenta d'avoir les idées claires.

— Vous avez le matériel pour pirater le *dark web*. Vous pensez qu'on pourrait espionner les usagers et voir si ça nous ramène ici ?

— *Pas la moindre chance que ça fonctionne. Le signal est réfléchi à travers le monde. Impossible de le localiser, mais d'après les informations que m'a fournies le FBI, je pourrais trouver le site ou une copie de la page qu'a utilisé l'organisateur. Si je trouve ça, le FBI m'aidera pour la suite. Je travaillerai depuis chez moi, puisque mon matériel n'est pas tout à fait ordinaire, et je laisserai Webber aux commandes du labo pour la journée. Il analysera les sacs à dos que vous avez récupérés chez les Blythe et il vous enverra un e-mail s'il découvre des choses utiles. Il faudra encore attendre une journée les résultats des tests sur les échantillons prélevés sur les scènes de crime.*

Kane soupira.

— OK, tenez-moi au courant si vous avez des pistes.

— *Bien sûr, et merci encore d'être venu au spectacle. Vous avez rendu ma petite fille très heureuse.*

— C'est à ça que sert la famille.

Kane sourit alors que la communication était coupée.

— Quelle famille ? demanda Jenna en entrant dans la

cuisine, le visage incrédule, et en lui tendant le flacon de médicaments. Bon Dieu, Kane, vous vous êtes enfin trahi ?

— Non, c'était Wolfe qui nous remerciait d'être allés voir la pièce de l'école.

Il ouvrit le flacon, en fit sortir deux comprimés, qu'il avala avec son café. Il se renversa sur sa chaise pour regarder le shérif, en espérant voir net.

— Il a reçu un appel du FBI.

Après s'être expliqué, il jeta les petits pois dans le congélateur.

— Il nous avertira s'il découvre quelque chose, et Webber nous enverra par e-mail des infos sur ce qu'il trouvera concernant les sacs à dos qui étaient dans la cabane des Blythe. Il pourra aussi déterminer s'il y a eu tromperie sur la marchandise.

— Wolfe semble avoir la situation bien en main, mais je pense que, de notre côté, ce sera juste Bradford, Rowley et moi, aujourd'hui. Quand même, je n'aime pas vous laisser seul avec une blessure au crâne, dit-elle en lui posant sa main fraîche sur le front. Je devrais peut-être rester chez moi. Je peux télétravailler.

Kane renifla, puis lui sourit.

— Quand le comprimé fera effet, les vertiges se dissiperont et je serai opérationnel. J'ai connu pire quand je jouais au foot. Ce n'est pas comme si vous m'aviez assommé. Cette plaque dans ma tête me rend évidemment plus vulnérable que je ne croyais.

— Je ne pense pas. J'ai eu l'impression de percuter un mur de brique ; j'ai encore mal au talon et vous n'avez pas bougé d'un centimètre. J'y suis allée à fond, je pensais que vous esquiveriez comme d'habitude. Je devrais pouvoir vous aplatir, à présent.

Kane émit un soupir de soulagement lorsque sa vision cessa d'être floue. Il termina son café et leva les yeux vers Jenna.

— Pas forcément. Mais vous pourriez renverser la majorité

des hommes de ma taille. D'après ce que m'a raconté Wolfe, si ce tueur utilise Bear Peak comme son champ de mise à mort pour diffuser les vidéos en ligne, nous avons affaire à un psychopathe au comportement très complexe. En général, ils vivent dans un monde de leur invention. Ils se jouent une scène dans leur tête, ou ils tuent de manière à satisfaire un besoin.

Il fit rouler le flacon de médicaments sur la table, le fixant quelques instants.

— Si cet homme tue pour en divertir d'autres et pour répondre à son propre besoin, nous avons affaire à un criminel multifacette, imprévisible et meurtrier.

42

En fin de matinée, Jenna convoqua les adjoints dans son bureau et leur communiqua les dernières nouvelles. Elle continuait à veiller sur Kane. Après qu'elle lui avait mis un coup de pied à la tempe, il s'était relevé et l'avait regardée un moment, les yeux déviés, avant de réagir. Cela l'avait effrayée bien plus qu'elle ne voulait l'admettre. Sa plaque dans le crâne lui donnait des migraines en hiver et elle ne savait pas s'il souffrait en silence parce qu'il était un dur ou parce que ses années de formation militaire lui avaient appris à ignorer la douleur. Son visage était encore pâle lorsqu'il s'assit devant elle. Il avait tenu à venir au bureau, mais avait du moins accepté de s'y laisser conduire en voiture par elle.

Le shérif désigna la copieuse quantité de notes qu'elle avait ajoutées sur le tableau.

— Notre suspect est Blanc, environ un mètre quatre-vingts, solidement bâti, musclé. Il déforme sa voix, donc nous ne savons pas s'il a un accent.

— Je n'ai qu'à sortir pour cueillir sur le trottoir six hommes qui correspondent à cette description, se plaignit Bradford. Je mise sur Jim Canavar. C'est celui qui me paraît le plus capable de faire tout ça, vu son passé.

Jenna souhaitait avoir une discussion. Elle alla se placer à côté du tableau.

— Oui, il est sur notre liste de suspects. Le mari est toujours intéressant, et comme sa dernière petite amie a disparu et qu'il semble lui-même s'être envolé dans les airs, il est en tête de mon classement.

— N'oubliez pas que c'est un play-boy. Les amies de Bailey ne nous l'ont pas caché.

Kane croisa ses longues jambes et regarda Jenna.

— Jim et Bailey avaient l'air très amoureux. Pourtant, je suis surpris qu'il soit retourné dans la montagne avec Bailey après qu'elle a trouvé le crâne. Elle me semblait un peu effrayée. L'argent serait un mobile pour la tuer, s'il prévoyait de la faire disparaître comme son ex. Quelque chose a dû mal tourner et les animaux n'ont pas eu le temps de disperser la dépouille de la victime. Ce ne serait vraiment pas de chance que quelqu'un tombe sur les corps par hasard, avec une superficie comme celle du bois de Stanton. D'après la rumeur, il sortait déjà avec Bailey quelques semaines avant que son ex-fiancée disparaisse, donc je me demande si ladite fiancée n'a pas servi de galop d'essai.

— Et s'il a tué aussi le premier couple ? demanda Rowley en haussant les sourcils. Il aurait pu emmener sa femme sur la scène du meurtre, juste pour voir si les animaux avaient bien fait leur travail.

Kane frotta le bleu qui noircissait sur sa tempe.

— C'est une possibilité. Ça pourrait être bien de vérifier ses données téléphoniques, pour voir où il était à cette époque-là. Ça ne nous apprendra pas grand-chose s'il a l'habitude de sortir sans son portable et d'aller tuer ses conquêtes là où il n'y a pas de réseau.

Jenna acquiesça.

— Oui, mais nous devrons reconstituer ses déplacements au

cours de l'année écoulée. Rowley, appelez l'inspecteur Stokes, de la police d'Hollywood, et expliquez-leur de quoi nous avons besoin. Ils auront peut-être des pistes.

— Je suis sûre que c'est le tueur. J'ai lu son dossier et c'est un vrai salaud, insista Bradford d'un air exaspéré. Je pense que l'Asiatique était son complice, mais qu'il l'a tué et a pris son véhicule pour s'enfuir.

Décidant de ne pas contester les assertions de Bradford, Jenna croisa les bras et s'adossa au mur.

— C'est tout à fait possible, et puisque nous n'avons aucun indice quant à l'identité de l'inconnu, je n'exclus pas qu'il ait pu être dans le coup.

Kane haussa les épaules.

— Je ne suis pas d'accord. Nous n'avons rien qui indique une implication de l'inconnu. Les éclaboussures de sang montrent qu'il est mort après Bailey. Il a pu tenter de la secourir, sur quoi le tueur l'aura assassiné également.

Jenna dévisagea ses adjoints.

— Nous avons adressé un message à toutes les polices au sujet de Canavar depuis que le corps de sa femme a été découvert, et sa photo a été diffusée dans toutes les actualités. Les diverses pistes n'ont rien donné, malgré la récompense substantielle proposée par les parents de Bailey. Il n'a eu accès à aucun de ses comptes bancaires, donc s'il est encore dans la forêt, il vit de ses propres ressources.

Rowley parut songeur.

— OK, mais si c'est lui, pourquoi continuer à tuer ? Si l'argent est son mobile, comme vous le pensez, il n'avait pas un sou à gagner à tuer Lilly Coppersmith.

Kane sirota la tasse de café qu'il serrait entre ses mains.

— La plupart des psychopathes — et nous savons que ce tueur en est un, vu son comportement — sont très intelligents. L'argent n'est qu'une infime partie de son véritable mobile ; des pensées sombres et troublantes sont enfouies dans son psychisme, mais l'attrait de l'argent existe aussi. Si Canavar est impliqué dans la diffusion en direct de meurtres sur le *dark web*, ça doit être très lucratif, donc il est trop tôt pour le rayer de la liste.

Jenna s'éclaircit la gorge pour attirer l'attention de tous.

— Un autre suspect à envisager est Ethan Woods. Même s'il passe entre les mailles du filet grâce à son avocat, je ne l'ai pas perdu de vue. Il correspond à l'allure générale du tueur, et nous savons qu'il était à Bear Peak au moment du meurtre de Bailey Canavar et de l'inconnu.

Rowley feuilleta ses notes.

— Il était sans doute aussi dans les bois quand Lilly Coppersmith a été tuée. Je suis allé dîner hier soir au Cattleman's Hotel et j'ai rencontré un groupe d'hommes qui chassent dans cette zone. Justement, Woods était au bar avec James Stone. Je leur ai demandé s'ils le connaissaient, et tous ont dit l'avoir vu au poste de contrôle, de ce côté-là de la forêt, la veille du meurtre de Lilly. Selon eux, conclut-il en souriant, il prévoyait de rester un moment, vu le matériel qu'il transportait.

— Et c'est maintenant que vous me dites ça ? Vous auriez dû me le signaler immédiatement !

Jenna s'empressa d'ajouter quelques mots sur le tableau. Rowley referma bruyamment son calepin.

— Je l'ai noté dans son dossier, avec le nom des gens à qui j'ai parlé hier soir. Je savais que nous en discuterions ce matin. Ça ne me paraissait pas si urgent.

— OK, les seuls autres suspects possibles sont Joseph Blythe et son père, Brayden. Pendant que Kane interrogeait Brayden Blythe, j'ai tenté d'avoir une conversation avec Joseph. Il a eu une attitude bizarre et a refusé de me regarder en face. J'ai remarqué du sang séché sous ses ongles, et quand je lui ai posé la question, il m'a répondu qu'il avait écorché des écureuils, ce qui pourrait bien être vrai.

Kane posa sa tasse sur la table.

— Récapitulons. Ils habitent dans la zone des trois meurtres et ils ont des antécédents. Tous deux portent des tenues camouflage et possèdent un véritable arsenal. L'un ou l'autre pourrait être le tueur. Même si je n'ai pas vu d'arbalète parmi leurs armes, ils possédaient des sacs à dos et des chaussures qu'ils déclarent avoir trouvés abandonnés dans la forêt. Quand Webber les aura analysés, il nous enverra les détails.

— Ça pourrait être des trophées, suggéra Bradford. Qu'en pensez-vous, shérif ?

— Je ne crois pas. Jusqu'ici, le tueur n'a pas emporté d'objets personnels des victimes, à notre connaissance. Nous avons retrouvé les effets des autres victimes près du lieu de mise à mort. Les Blythe restent sur notre liste jusqu'à plus ample informé. Il se peut qu'ils vivent à l'écart par misanthropie. Être asocial n'est pas un crime, pas plus que ramasser ce que les gens laissent derrière eux dans les bois. Ou alors ce sont des meurtriers de masse. Pour le moment, nous n'avons pas assez de preuves pour arrêter quiconque.

43

Il entendit une discussion en fond sonore alors qu'il se promenait dans l'allée reliant le bar du Cattleman's Hotel au vestibule. Il ralentit son pas, voyant un couple se quereller dans une alcôve, et se demanda pourquoi le shérif et son adjoint étaient à l'hôtel à l'heure du déjeuner. En s'approchant, il s'aperçut qu'ils étaient en civil. Son cœur cessa un instant de battre ; peut-être avaient-ils découvert son identité.

Le shérif assena un coup dans la poitrine de son adjoint et fonça vers le vestibule. De plus près, il contempla son visage avec étonnement. Cette petite femme aux cheveux noirs n'était pas du tout le shérif, mais aurait pu être une proche parente. Alors qu'elle se dirigeait vers la porte du restaurant, son compagnon lui lança un regard dédaigneux et la suivit. Pour sa part, il n'était pas du tout le sosie de l'adjoint Kane. Cet homme-là était plus âgé, presque quinquagénaire, et légèrement bedonnant.

À l'entrée du restaurant, il indiqua son nom au maître d'hôtel. Il demanda à un serveur qu'il ne connaissait pas une table au fond de la salle, voisine du couple en colère. Il voyait maintenant très bien le visage de la femme, les éclairs de rage dans son regard et sa moue opiniâtre. D'un geste de la main, elle écarta ses cheveux et, à cet instant, il fut accablé par le désir écrasant d'assister à sa mort. L'émotion était si soudaine et si puissante qu'il dut fermer les yeux pour reprendre son sang-froid. Ses mains tremblaient à la pensée de sa mine furieuse face à lui. Elle se débattrait, du moins au début.

Lorsqu'elle comprendrait qu'elle faisait partie du jeu, il commencerait à s'amuser. Il la laisserait courir, juste assez loin avant de frapper brutalement pour la ralentir. Ce moment de cache-cache était ce qu'il appréciait le plus. Il détectait toujours l'odeur de la peur des femmes, et quand il les trouvait et les ramenait à leur homme, elles lui offraient le grand spectacle. Depuis sa dernière mise à mort, il attendait la prochaine. Les instructions qu'il recevait dans son écouteur en fonction du vote des internautes lui avaient permis d'accéder à un nouveau degré d'intensité dans le ressenti.

Lilly avait duré plus longtemps que prévu, et il avait savouré chaque instant. Il ouvrit les yeux, épia la femme de la table voisine par-dessus son menu, et il imagina ses yeux morts, aveugles, superposés à son visage. Les lumières du plafond, qui faisaient scintiller le couteau posé sur la nappe d'un blanc immaculé, propulsèrent à l'avant de son esprit le souvenir des ultimes gémissements de Lilly.

En fait, à la fin, Lilly avait eu une expression de franche gratitude. Il ne voulait pas de ses remerciements ; il avait besoin que ses proies comprennent qu'il n'y avait pas d'issue, et pas de Dieu pour les sauver. Il maîtrisait chaque respiration, chaque battement de cœur, jusqu'au moment où lui seul décidait qu'elles pouvaient mourir.

C'était vraiment dommage que le petit ami de Lilly se soit échappé. Le chemin où il l'avait laissée était isolé et il y aurait eu très peu de risques que quelqu'un découvre les deux cadavres. D'après ce qu'il avait vu à la télévision, le shérif et son équipe avaient terminé leur enquête dans les bois et découvert quelques pistes. Une fois le shérif de retour à son bureau, il pouvait dès à présent prévoir une nouvelle chasse.

Les randonneurs affluaient chaque jour en ville et, pour la plupart, ils empruntaient les chemins balisés pour admirer les cascades et les rivières. Pour s'amuser, il avait besoin des couples, qui s'enfonçaient dans la forêt afin d'être seuls, et il en venait des dizaines cette année. Choisir une petite femme aux cheveux noirs, c'était une chose, mais à force de fréquenter les bars et les restaurants dans l'espoir d'entendre les projets des gens, il se rendait bien trop visible. Il jeta un coup d'œil au couple qui déjeunait près de lui et décida de les suivre pendant quelques jours, parce qu'ils seraient parfaits.

Quand le serveur eut pris sa commande, il sortit son carnet et le feuilleta, sans en lire un mot. Son attention était accaparée par la conversation du couple. La femme, apprit-il, se prénommait Mariah, et elle appelait son compagnon Paul. De leur bavardage il comprit que Mariah travaillait comme secrétaire et qu'ils étaient en déplacement professionnel ou en vacances de baise, comme vous voudrez.

Elle n'était pas heureuse. Apparemment, il lui avait proposé la visite panoramique des cascades ; en début de journée, durant leur excursion dans la zone la plus fréquentée, un des partenaires commerciaux de Paul avait failli les surprendre dans une position compromettante, et Paul était un homme marié.

Il perdit bientôt tout intérêt pour leurs échanges, mais quand on leur apporta leur repas, Paul eut l'obligeance de demander au serveur s'il connaissait des coins isolés où un couple pouvait se balader seul dans le bois de Stanton.

Il faillit éclater de rire quand le serveur suggéra le vieux sentier longeant sa caverne. Dans son enthousiasme, le serveur revint peu de temps après avec un plan touristique et souligna le chemin avec son stylo.

Mariah semblait satisfaite de ce compromis et ils

prévoyaient de louer le matériel nécessaire pour passer une nuit dans les montagnes. Comme le congrès auquel ils participaient se terminait vendredi, ils pourraient partir en randonnée samedi matin.

Son plat arriva, avec la bouteille de merlot qu'il avait bien l'intention de boire jusqu'à la dernière goutte. Il sirota son verre de vin, laissant l'arôme parfumé se répandre sur sa langue. Comme on était mardi, il avait tout le temps d'installer ses caméras d'observation. Et en bonus, il pourrait aller voir ses amis dans la grotte et évoquer ses plans avec eux – après tout, ils écoutaient si bien.

44

MERCREDI, DEUXIÈME SEMAINE

Mercredi matin de bonne heure, Jenna reçut un appel de Wolfe qui exigeait une réunion pour présenter ses résultats. Elle eut beau insister, il refusa d'en parler au téléphone. Depuis que le meurtre de Lilly Coppersmith s'étalait dans la presse, les *hot-lines* subissaient un déluge d'informations, qui exigeaient un temps précieux pour être vérifiées. Le tueur était un fantôme, ou se fondait si bien dans la population de Black Rock Falls que personne ne l'avait vu se rendre sur les scènes de crime ou en revenir. Toutes les pistes étudiées avaient été une totale perte de temps.

Elle attendit que ses adjoints soient assis, puis sourit à Wolfe.

— OK, qu'est-ce que vous avez pour moi ?

— Plein de choses, répondit le légiste en déposant un dossier sur la table. J'ai travaillé en étroite collaboration avec la Cyberdivision du FBI. Ils ont découvert un petit fil d'information sur un site payant du *dark web*. Il diffuse toutes sortes de contenu dérangeant, notamment des vidéos de cannibalisme. J'ai trouvé des publicités, et il y a même des gens qui sont volontaires pour être mangés.

— Oh, mon Dieu ! s'exclama Bradford, qui pâlit et se couvrit la bouche.

Jenna la foudroya du regard.

— Continuez.

— Nous savons que le *dark web* se prête à toutes les activités illégales possibles. Le problème, c'est qu'elles sont pratiquement impossibles à détecter. Ils choisissent des lieux éloignés, difficiles à identifier.

Wolfe ouvrit le dossier, distribua les photos à Jenna et à Kane, puis s'éclaircit la gorge.

— Jusqu'à maintenant. Voici des images extraites d'une vidéo du meurtre de Lilly Coppersmith. Pire encore, si vous regardez en bas de ces images, vous voyez une flèche et une liste d'actions possibles. Je pense que les spectateurs choisissaient ce qui allait se passer ensuite. Ils votaient et payaient le tueur pour qu'il agisse selon leur désir.

— C'est inédit, un psychopathe qui reçoit des demandes spécifiques pendant une mise à mort. En général, ils sont presque plongés dans une transe de bonheur autocentré. Vous en avez beaucoup ? demanda Kane en parcourant les photos.

— Tout est là, répondit Wolfe en se passant une main dans les cheveux d'un air las. J'ai utilisé toutes les techniques que je connais, mais cette organisation est très habile : ils diffusent, puis ils suppriment automatiquement. Voilà pourquoi j'ai simplement trouvé une trace de la vidéo.

L'estomac de Jenna se noua devant ces clichés atroces et en mesurant exactement la gravité de ce que Wolfe avait découvert. Assez peu de temps auparavant, elle avait été cette femme, ligotée, nue, impuissante, menacée par un fou furieux. C'était son déclencheur à elle, la scène qui causait une réaction en chaîne dans son esprit et la précipitait vers un *flash-back*. Sentant déferler une vague de nausée, elle repoussa le souvenir dans un coin de son cerveau pour le remplacer par un papillon posé sur une fleur. Comme elle reprenait le contrôle d'elle-même, elle croisa les mains sur la table et inspira profondément. Elle était résolue à capturer ce monstre avant qu'il puisse nuire à d'autres encore.

— Au moins, maintenant, nous savons pourquoi il avait besoin des caméras infrarouges, et d'une caméra mobile. Aucune piste sur le tueur ? Aucune image de lui ?

— Non. Il utilise un modificateur de voix, et ce que nous avons est fragmentaire ; le FBI va tenter de nettoyer la bande-son, mais je n'espère rien. En revanche, j'ai des informations sur les sacs à dos.

Wolfe se carra sur son fauteuil et fouilla dans le dossier.

— J'ai téléchargé toutes ces données dans leurs dossiers respectifs. Comme nous avons au moins trois personnes, j'ai baptisé le dossier « Sacs à dos » pour qu'il soit plus facile à retrouver. Je vous laisse consulter ce que j'ai découvert à leur sujet, mais je suppose que les trois propriétaires sont à présent décédés, soupira-t-il. Jusqu'au moment où vous déterminerez s'ils sont morts ou en vie, nous n'avons rien sur quoi enquêter. Cependant, dit Wolfe en tirant de sa poche un sachet pour pièce à conviction qu'il déposa délicatement sur la table, un des sacs contenait une petite caméra enveloppée dans une paire de chaussettes. Inhabituel, car la plupart des gens se servent de leur portable pour prendre des selfies, mais la chance a voulu que j'y trouve des images d'un couple, avec Bear Peak à l'ar-rière-plan. Elles sont dans le dossier, et le FBI les a recoupées avec toutes les bases de données possibles ; le couple est français et il a disparu il y a deux ans.

Kane prit un air intrigué alors qu'il observait la caméra.

— C'est un Nikon. Blythe père a affirmé ne pas avoir revendu le contenu des sacs ; il disait peut-être la vérité.

Jenna le regarda, sceptique.

— S'il a trouvé des objets précieux, il aurait dû nous les livrer.

— Eh bien, en un sens, c'est ce qu'il a fait. Il me les a remis.

— Qu'avez-vous découvert d'autre, Wolfe ? demanda Jenna en prenant sa tasse de café.

— Le contenu de chaque sac fournit des indices sur l'identité des propriétaires. Il y avait des noms sur les étiquettes des vêtements, et nous avons déniché une carte de crédit dans une poche cachée. Tous des visiteurs venus d'autres États ou d'autres continents. Sans doute une femme et trois hommes, d'après le contenu de ces sacs à dos. La femme sur les photos a des cheveux noirs, détail important. J'ai trouvé des traces de sang sur les trois, dégradé mais humain.

La bouche du légiste se réduisit à une mince ligne.

— Les gens n'abandonnent pas leurs caméras coûteuses et leurs cartes de crédit. Il existe une similitude entre ces sacs et ceux que nous avons trouvés sur les scènes de crime. Quelqu'un ou quelque chose a couvert ces sacs de matériau organique venu du sol de la forêt. À en juger d'après le taux de décomposition et de croissance fongique dans ce matériau organique, je pense que quelqu'un a tenté de les enterrer à une époque.

— Ce serait difficile dans la forêt, vu le nombre d'animaux qui fouillent le sol, commenta Rowley en levant la tête de ses notes. Les bêtes sont curieuses. Un ours peut déchirer un campement en miettes pour trouver un casse-croûte, même chose pour un sac à dos. Je suis surpris qu'ils soient intacts. Je n'ai jamais vu un lynx enterrer quoi que ce soit. À part ses crottes.

Jenna se leva et contempla le tableau.

— Ce qui me saute aux yeux, c'est que le ou les tueurs visent des randonneurs qui ne connaissent pas la région.

Kane se mit à observer les pièces à conviction.

— Ça signifie aussi qu'il y a d'autres cadavres dans le bois. Selon que ces meurtres sont plus ou moins anciens, nous aurons du mal à les découvrir.

— N'oubliez pas que Lilly Coppersmith venait de Blackwater, intervint Bradford en se penchant en avant sur sa chaise. Elle devait connaître Black Rock Falls.

Jenna secoua la tête.

— Pas nécessairement ; c'était peut-être sa première visite.

Elle fixa le nom de Colter Barry pendant une longue seconde avant de tapoter le tableau.

— Nous devons lui reparler. Je veux savoir pourquoi il a pris un chemin à l'écart et s'il avait parlé de son excursion avec quelqu'un en ville. Un homme espionne ces couples ; il apprend où ils vont, et si c'est dans une zone isolée, il installe ses caméras de chasse et il les tue. Combien de temps faut-il pour créer un site de vidéos payantes ? demanda-t-elle à Wolfe.

— Quand on a des abonnés, pas plus de temps que pour envoyer un texto. La diffusion en direct est instantanée. Pour lancer l'appli, il faut au moins deux personnes. Le tueur et un financier qui fait le gros boulot, sans doute un hacker avec qui il travaille et auquel il accorde une certaine confiance. Rappelez-vous, dans le monde du *dark web*, les gens sont des spectres sans visage, ils se réduisent à un nom d'utilisateur ou à un simple code. Je dirais que le financier verse une avance au tueur, puis un pourcentage sur la recette. Pour le tueur, c'est une situation gagnant-gagnant. Il a le plaisir de la mise à mort et son compte en banque s'enrichit.

— Et il reste indétectable ?

— Oui, j'en ai bien peur. Je ne peux même pas vous prévenir s'ils créent un autre site. Ils déplacent les miroirs de téléchargement et seuls les abonnés obtiennent le lien.

Wolfe se leva.

— C'est tout ce que j'ai à vous transmettre, madame, et je dois regagner le labo. Je vous appellerai si les échantillons prélevés sur les scènes de crime révèlent des choses importantes, et je vous enverrai mon rapport complet par e-mail.

Jenna sourit au légiste.

— Merci, pour tout le temps que vous y avez consacré.

— Je ne fais que mon métier, madame.

Wolfe remit son bonnet et sortit. Jenna se rassit et consulta le dossier qu'il lui avait laissé sur sa table.

— OK, il va nous falloir quelque chose pour digérer tout ça. Rowley, je veux que vous recherchiez avec Bradford les propriétaires des sacs à dos, pour voir ce que vous pourrez découvrir sur eux. Commencez par contacter leur ambassade ou la police de leur pays. Ils vous diront si leur famille a signalé leur disparition, et quand. Si vous revenez bredouille, ajouta-t-elle en se tapotant la lèvre inférieure, essayez de savoir s'ils ont quitté le pays et quand. Pendant ce temps-là, Kane et moi, nous retournerons voir Colter Barry.

45

À l'hôpital, Jenna salua l'adjoint de Blackwater qui montait la garde devant l'ascenseur de l'étage sécurisé. Le Bureau du Shérif de Blackwater avait fourni des hommes qui se relayaient tout au long de la journée, et Walters se joignait à eux quand c'était possible.

— Merci pour votre assistance. Trois adjoints séjournent au motel jusqu'à ce que nous puissions emmener M. Barry en lieu sûr, c'est bien ça ?

— Oui, madame, et comme Kane veille à ce que nous soyons bien nourris grâce à Chez Tante Betty, il ne manquera pas de volontaires la prochaine fois que vous aurez besoin d'aide.

Jenna réprima un sourire.

— C'est bien.

Elle se dirigea vers la chambre, Kane sur ses talons, et faillit pousser un cri en voyant le visage meurtri et tuméfié de Colter Barry.

— Bonjour, monsieur Barry. Ils sont gentils avec vous ?

Il fixa sur elle ses yeux injectés de sang.

— Ça va. J'ai des antidouleurs. Mes parents sont venus me voir hier soir et je rentrerai à la maison dès que ma colonne vertébrale aura désenflé. Le docteur dit qu'il n'y aura pas de séquelles définitives, mais je l'ai échappé belle.

— Tant mieux, dit Jenna en s'asseyant. Nous allons organiser votre séjour en lieu sûr en attendant de capturer le meurtrier de Lilly. Vous êtes la seule personne à l'avoir vu et il ignore que vous ne pouvez pas l'identifier.

— OK, d'accord. Vous savez ce qu'on ressent, s'écria-t-il en pleurant, quand on ne peut rien faire alors qu'un dingue tue la personne que vous aimez ?

Kane prit une chaise de l'autre côté de la chambre et s'assit.

— Oui, je le sais. On ne peut rien se reprocher et on ne peut rien y changer.

— Elle me manque tellement.

La lèvre inférieure de Barry tremblait légèrement. Kane s'éclaircit la gorge.

— Je pourrais vous dire « Toutes mes condoléances », mais ça ne signifie rien. Ce qui m'aide à tenir, c'est de savoir que cet amour restera toujours dans mon cœur et que la personne aimée vivra toujours dans ma mémoire. À toute heure du jour ou de la nuit, il suffit de penser à elle et elle est à nouveau avec moi.

— Merci, fit Barry en battant des paupières. C'est très beau, ce que vous venez de dire.

Un amour qui dure pour toujours. Sa femme. Jenna se tourna vers Kane et avala la boule qu'elle avait dans la gorge, puis revint à Barry.

— Nous sommes ici parce que nous avons besoin de savoir tout ce que vous pourrez nous apprendre sur l'endroit où vous êtes allé et sur les gens à qui vous avez parlé avant cette randonnée.

— Vendredi dernier, on a pris le bus pour aller voir les montagnes. Je voulais demander au poste de contrôle s'il y avait des chemins sûrs mais loin des chasseurs. On a marché jusqu'aux cascades et on s'est arrêtés au motel de Black Rock

Falls. Le dimanche, on a repris le bus qui nous a déposés près du vieux sentier de Bear Peak.

Jenna sortit son carnet et son stylo.

— Donc, c'est un garde-forestier ou un ranger qui vous a conseillé cet itinéraire ? Vous vous souvenez de son nom, ou vous pouvez me le décrire ?

— Non, pas un garde. Ils étaient tellement occupés qu'ils m'ont dit de prendre un plan et d'éviter les zones de chasse. On a raté le bus et on a fait du stop, et un des chasseurs nous a ramenés en ville. Je lui ai demandé conseil et il m'a donné une vieille carte. Il m'a parlé de la piste menant à Bear Peak, qui était très calme, loin des touristes. En fait, toutes les infos qu'il nous fallait. Il m'a même indiqué la ligne de bus. Un type vraiment sympa.

Les psychopathes sont en général des gens très sympathiques. Jenna et Kane échangèrent un regard lourd de sens. Elle sourit à Barry.

— Vous vous rappelez où vous avez rangé cette carte ?

— Dans la poche de mon jean. On me l'a retiré quand je suis arrivé ici.

Jenna poussa un soupir. L'hôpital devait déjà avoir incinéré le pantalon.

— Quel genre de voiture conduisait cet homme ?

— Le même que tous les gens d'ici. De couleur foncée, je ne sais plus la marque.

Barry ferma les yeux. Kane se pencha vers lui.

— Et le conducteur, il était de la région ? Ou il avait un accent ? C'était un Blanc ou un Indien ?

— Blanc, il portait un bonnet comme vous, mais je n'ai vu ni ses cheveux ni ses yeux, il avait des lunettes de soleil. Je ne sais pas non plus s'il était grand, il était assis. Ce n'était pas le tueur, affirma Barry en secouant la tête ; le monstre avait une voix effrayante, comme un alien.

— Avez-vous vu ses mains ? insista Jenna. Des bagues, des cicatrices au visage ou aux doigts, des tatouages ?

Barry gémit et appuya sur le goutte-à-goutte de morphine qu'il serrait dans une main.

— Non, il portait des gants. C'était un type normal. Il nous a déposés juste devant le motel. On s'est fait livrer un dîner dans la chambre et on est repartis le dimanche de bonne heure pour prendre le bus. On n'a parlé de nos projets à personne d'autre.

Il ferma les yeux à nouveau et inspira profondément. Jenna se leva. Il était inutile de tenter de le questionner. Elle fit signe à Kane de la suivre dans le couloir.

— Qu'en pensez-vous ?

L'adjoint haussa les épaules.

— Si c'était le tueur, c'est très probablement une rencontre de hasard, parce qu'il est trop malin pour courir le risque d'être vu avec ses victimes. Barry prétend qu'il les a déposés au motel, donc quelqu'un l'a peut-être aperçu avec les auto-stoppeurs. Ça ne constituerait pas une preuve contre lui, mais comme Lilly était le genre de femme qu'il aime tuer, il s'est servi des informations fournies à Barry pour préparer la scène de sa prochaine mise à mort.

Un frisson parcourut le dos du shérif.

— C'est donc si facile ? Ça me fait une peur bleue.

Kane se frotta la nuque.

— Facile cette fois-là, mais peut-être pas les précédentes. Il y a peu de chances que tout s'arrange toujours aussi bien pour lui. À mon avis, la seule façon de trouver ses victimes est de repérer un couple idéal, puis d'espionner leurs faits et gestes. Avouons-le, la plupart des couples qui ne viennent pas ici pour la chasse sont en quête d'un week-end romantique ou d'une lune de miel.

Jenna s'adossa au mur pour réfléchir.

— Les espionner serait difficile à moins qu'il ne travaille dans le secteur, à l'hôtel ou dans une agence de voyages. Autrement, comment pourrait-il suivre leurs déplacements ou connaître leurs projets ?

— Le tueur peut fréquenter le Cattleman's Hotel comme la plupart des chasseurs en ville. Nous savons que les deux premiers couples y séjournaient. Nous avons deux suspects qui y vont aussi : Woods et Canavar. Nous savons que Canavar est venu à Black Rock Falls à l'automne dernier et je serais curieux de savoir s'il avait pris une chambre à l'hôtel.

Jenna se mordilla la lèvre.

— Tous les deux correspondent à la description fournie par Barry, mais ce scénario écarte les Blythe. Je doute que l'un ou l'autre fréquente beaucoup le Cattleman's Hotel.

— Ils ne correspondent pas à la description de l'homme qui a pris Lilly et Colter en auto-stop. Je ne les décrirais ni l'un ni l'autre comme « vraiment sympas ». Soupçonnerait-on un type sympa, client de l'hôtel, qui bavarde avec eux au restaurant ou au bar ? La ville est accueillante, tout le monde parle aux inconnus.

— C'est vrai.

— Là encore, le tueur peut avoir un associé qui travaille là où les vieux plans sont encore disponibles. Les psychopathes sont parfois séduisants et beaux parleurs ; il fait peut-être équipe avec une femme. Rappelez-vous que certaines femmes sont attirées par les tueurs.

Kane regarda dans le vide comme s'il envisageait des scénarios dans sa tête.

— Lorsque le complice rencontre un couple adéquat, qui prévoit une randonnée dans un coin isolé, il prévient le tueur qui les espionne jusqu'à ce qu'il connaisse leurs intentions. Il crée le site de vidéos payantes et il les attend dans le sentier.

Jenna resta bouche bée, alors que les pièces du puzzle se mettaient en place. Tout ce que disait Kane semblait logique. Personne n'aurait passé des journées entières dans la forêt, dans l'espoir qu'un couple correspondant à son type idéal tombe dans son piège. Elle se redressa.

— Oui, le laps de temps entre deux mises à mort signifie peut-être qu'il attendait les bonnes victimes. Puisque les deux couples et les deux suspects sont liés au Cattleman's Hotel, nous pourrions retourner au bureau et répartir les tâches. Je veux dès que possible des informations sur les propriétaires des sacs à dos. Si certains sont portés disparus, nous devons apprendre s'ils étaient descendus au Cattleman's Hotel et quand.

— Exact, et j'aimerais savoir combien de gens se renseignent sur les anciens chemins. Je vais passer quelques coups de fil pour demander qui possède les vieux plans qu'on distribuait aux touristes. Si d'autres touristes posent ce genre de question, il faudra les mettre en garde.

Jenna s'avançait déjà dans le couloir.

— Espérons qu'un de ceux à qui nous parlerons n'est pas le complice du tueur, sinon il saura que nous l'avons dans le collimateur.

46

Il revint au Cattleman's Hotel à temps pour le déjeuner. Ses affaires en ville ne l'avaient pas retenu longtemps, et après avoir vu le bulletin d'information locale, il était évident que Colter Barry n'avait pas pu fournir de description claire du tueur, présenté comme Caucasien, environ un mètre quatre-vingts, en tenue camouflage. Il gloussa. Ce portrait-robot correspondait au moins à cinquante pour cent des hommes présents en ville à cette saison.

Ayant croisé Paul et Mariah qui allaient au restaurant, il se dirigea vers l'escalier. Il avait appris tellement de choses sur eux en peu de temps. Rien qu'en les suivant dans l'ascenseur et en sortant au même étage, il avait découvert leur numéro de chambre. Obtenir un passe-partout avait été facile. Par « accident », il s'était cogné à une des femmes de ménage et, sans qu'elle s'en doute, avait subtilisé la carte attachée à sa ceinture par un cordon.

Il n'y avait pas un chat dans le couloir, et l'excitation de pénétrer dans la chambre de Mariah faisait trembler ses mains. Elle s'était habillée en hâte. Le lit était jonché de vêtements et il devina de quel côté elle dormait, grâce au livre laissé ouvert sur la table de chevet. Il toucha ses objets intimes et, contemplant son reflet dans le miroir, les frotta sur son nez pour en inhaler l'odeur. Son expression trahissait le désir urgent de la tuer – sur un visage qu'aucune de ses proies ne verrait jamais.

Il s'étendit sur le lit, regrettant que la femme de ménage ait nettoyé la chambre, et appuya sa tête sur l'oreiller pour laisser un creux. Ce soir, elle y poserait son visage et elle sentirait peut-être son *after-shave*. Il se leva à contrecœur, puis choisit dans le tiroir une petite culotte en soie. Après l'avoir embrassée, il la plaça par-dessus le vieux plan posé sur la table, puis drapa le téléphone d'un soutien-gorge en dentelle. Le remarquerait-elle ? Devinerait-elle qu'il était venu, sentirait-elle son baiser sur ses sous-vêtements ?

Il fallut un effort pour partir au lieu de se cacher dans l'armoire pour l'observer, mais le plaisir était dans la traque. La tuer à l'hôtel n'était pas une option, même si cela l'aurait amusé. Il sourit, imaginant sa réaction lorsqu'il lui confierait qu'elle avait failli mourir dans son lit.

Après une nuit consacrée à visionner les images de ses chasses préférées, il avait de grands projets pour la prochaine mise à mort, en particulier pour Mariah. Alors qu'il franchissait le seuil du restaurant, sa bouche saliva à la vue du couple qui déjeunait en bavardant. Ils avaient leurs habitudes, et prenaient ici tous leurs repas. Avant de mettre son programme au point, il avait besoin de quelques détails supplémentaires sur sa proie, et il lui fallait un prétexte pour se rapprocher. Mariah et Paul semblaient parfaits, mais traquer des touristes venus d'autres États ou d'autres continents était toujours plus judicieux. Il s'écoulait parfois des semaines avant que leur famille signale leur disparition. Il s'adressa au maître d'hôtel.

— Est-ce le shérif Alton, là-bas, près de la fenêtre ?

— Non, c'est M. Benton et Miss Crane, de Washington, venus pour un congrès, je crois. Je dois avouer que moi aussi, je l'ai confondue avec le shérif. Elles sont peut-être parentes, mais je ne voudrais pas être indiscret.

Souriant, l'homme se tourna vers un serveur.

— Erik va vous mener à votre table.

— Celle de la fenêtre est-elle libre ? Il fait si beau, aujourd'hui.

— Bien sûr, répondit Erik.

Après avoir commandé, il contempla la fenêtre, ou plus précisément le reflet du couple dans la vitre. *Paul Benton et Mariah Crane, savourez votre repas tant que vous pouvez.* Il capta quelques bribes de leur conversation, mais rien sur leurs projets du week-end. Sa seule option serait d'installer d'avance ses caméras de chasse, puis d'attendre et de guetter avant de les suivre jusqu'à leur campement. Son cœur battait très vite. Être si près de sa proie sans pouvoir la toucher était un supplice.

Son attention dériva vers Paul ; il ne serait pas drôle du tout. Les costauds étaient toujours une menace, mais en le frappant au bon endroit, dans le bas du dos, il pourrait le paralyser et le maîtriser. Il était devenu expert en l'art de neutraliser sa proie. Dès que le mâle était mis hors jeu, la traque pouvait commencer, même si Colter Barry s'en était tiré. Il devrait bien veiller à les mettre hors d'état, à l'avenir. Il montrerait à Paul comment un mâle dominant devait traiter une salope insolente, puis il le déchirerait membre après membre. Ou bien il pourrait éveiller l'intérêt de ses spectateurs en le leur proposant pour le tir à la cible. *Ça, ce serait rigolo.*

Il abandonnerait aux ours la dépouille de Paul. Après tout, un bon repas leur ferait du bien, avant l'hiver. La forêt avait un écosystème si utile, tant d'animaux prêts à venir chercher les déchets, et ravis de s'en charger. Laisser une caméra dissimulée en haut d'un arbre pour assister au spectacle serait divertissant, mais avec le shérif qui avait la manie de visiter ses lieux de mise à mort, ce serait un trop grand risque.

Une fois Paul livré en pâture aux ours, il consacrerait toute son attention à Mariah. Elle serait suppliante, tremblante, exactement comme il voulait ses femmes. Il observa son reflet dans la vitre, imaginant son buste ruisselant de sang. Son art de la dissection la maintiendrait en vie et elle connaîtrait les délices d'une souffrance intolérable aussi longtemps qu'il l'aurait décidé. Que proposerait-elle pour qu'il arrête ? Il sourit. *Je ne m'arrête jamais.*

Il se focalisa sur les deux traits rouges qui encadraient ses dents blanches ; la fenêtre déformait ses lèvres en une tache de sang. Il ravala un gémissement de plaisir ; il sentait presque le goût de la bouche de Mariah, froide et figée en un cri silencieux, appuyée à la sienne. Sa grotte n'était pas loin, et ses amis apprécieraient un peu de compagnie féminine. Il sourit dans son verre de vin rouge. *Je vais la conserver.*

47

Après avoir recherché les endroits où l'on trouvait encore de vieux plans, et s'être renseignée sur tous ceux qui s'intéressaient aux chemins anciens, Jenna avait pris des notes sur quelques vagues souvenirs, mais rien d'utile. Après le déjeuner, armée d'une liste des propriétaires des sacs à dos, elle partit avec Kane pour le Cattleman's Hotel.

Alors qu'ils sortaient de la voiture de Kane, le vent se leva, faisant tournoyer les feuilles mortes autour de leurs pieds. Le shérif regarda le ciel gris ; le temps était imprévisible, ces temps-ci, avec des averses et de soudaines baisses de température, comme si l'hiver s'apprêtait à arriver en avance, cette année.

— Je suis bien contente que le bal de l'automne n'ait lieu que le week-end prochain. Je ne suis pas sûre que nous pourrions gérer le surcroît de travail en ce moment.

Kane avait un air lugubre.

— Nous avons de la chance que les adjoints de Blackwater soient venus en renfort pour garder la chambre de Colter Barry à l'hôpital. Je serai rassuré quand il sera en lieu sûr.

Jenna s'avança vers les portes vitrées de l'hôtel et faillit se cogner à Ethan Woods. Il la toisa avec mépris, enfonça un

Stetson noir sur son crâne et poursuivit son chemin. Dans le hall, elle se retourna lentement pour le regarder marcher jusqu'à un pick-up noir.

— Je ne peux pas croire que le juge ait autorisé Stone à verser une caution.

— Dans la grange des Finch, Wolfe n'a rien trouvé qui indique qu'il s'y serait nettoyé après avoir tué Lilly. Nous savons qu'il était dans les parages et nous avons une vidéo où on le voit, mais ce n'est qu'une preuve circonstancielle. La violation de propriété privée est la seule chose dont nous puissions l'accuser. Et puis le juge n'avait pas le choix, mais Woods reste sur notre radar. Il correspond à la description qu'a donnée Barry, il était sur place, et il a le profil voulu.

— Oh, j'imagine qu'il pourrait être le tueur, mais il me faudrait beaucoup d'imagination pour le trouver sympathique. Je n'ai vu que son mauvais côté.

Jenna s'avança jusqu'à la réception, remarquant sur un présentoir tout un choix de plans et de prospectus. Du coin de l'œil, elle aperçut l'employé prénommé Nigel qui venait vers eux. Elle lui sourit.

— Je cherche des renseignements.

— À votre service, shérif Alton, comme toujours. Dans les limites du respect de la vie privée, bien sûr.

Jenna sortit son calepin.

— Comme vous le savez, trois meurtres ont été commis récemment dans le bois de Stanton, et nous avons aussi une affaire non résolue. Deux des couples ont séjourné ici ; l'autre était au motel.

Si Nigel avait été un oiseau, il aurait gonflé ses plumes.

— Ça n'a rien d'inhabituel, la plupart des gens réservent des chambres ici. Vous ne prétendez pas que c'est la raison de ces crimes, j'espère ?

— Pas du tout. Nous pensons que ces touristes ont trouvé ici l'information sur les chemins sans danger. Vous rappelez-vous avoir été questionné à ce sujet par Bailey et Jim Canavar ?

D'un geste théâtral, Nigel plaqua une main sur sa poitrine.

— Absolument. Je leur ai donné un plan et je leur ai montré certains des vieux sentiers à proximité de Bear Peak. Seigneur Dieu, vous ne croyez tout de même pas que je les ai envoyés à la mort ?

Kane appuya une hanche contre le comptoir et adressa à Jenna un regard significatif.

— Non. Vous souvenez-vous s'il y avait quelqu'un d'autre ici ce jour-là, qui aurait pu entendre votre conversation ?

— Il y avait beaucoup de monde. Je me rappelle que les gens faisaient la queue derrière eux. Certains étaient agacés parce que je leur parlais, mais non, je ne me souviens de personne en particulier.

Nigel blêmit.

— Ah, récemment, Erik m'a pris une ancienne carte pour un de nos clients. C'est l'un des serveurs du restaurant. Souvent, les couples ont envie de randonner seuls, loin des zones les plus fréquentées. Les vieux plans sont très demandés. Je suppose que des tas de gens préfèrent marcher dans les coins isolés, pour communier avec la nature.

Jenna tambourina sur le comptoir en bois, où elle fit glisser la liste des propriétaires des sacs à dos.

— OK, merci pour l'information, nous parlerons à Erik. Nous avons des raisons de penser que ces personnes, portées disparues, ont séjourné en ville. Il pourrait s'agir de victimes du même tueur. Pourriez-vous vérifier dans vos registres, en remontant à il y a quelques années, pour voir si elles étaient descendues ici ?

— Sinon, vous reviendrez avec un mandat de perquisition, c'est ça ?

Nigel déchiffra la liste, puis tapa des noms sur le clavier de son ordinateur.

— Nos archives remontent jusqu'à environ sept ans. Ça risque de prendre un certain temps. Je vous offre un gâteau et un café pendant que vous attendez ?

Il tira de sous son bureau quatre bons qu'il lui remit.

— Eh bien, répondit le shérif, puisque c'est moi qui vous demande une faveur, on ne peut pas considérer ça comme de la corruption de fonctionnaires. Kane, je vais devoir vous forcer à manger du gâteau ?

L'estomac de l'adjoint gargouilla et il eut l'air tout penaud.

— Ah, même s'il ne s'est écoulé que deux heures depuis le déjeuner, nous avons un excellent prétexte. Nous devons parler à Erik.

Kane se dirigea vers le restaurant, puis pivota sur ses talons et saisit Jenna par les épaules.

— Qu'est-ce que vous faites ?

— Bougez.

Le large torse de Kane lui bouchait la vue. Il l'avait presque repoussée dans un coin.

— Mais qu'est-ce qui se passe, Kane ?

— Vous avez une sœur ? murmura l'adjoint. Un membre de votre famille qui vous ressemble ?

Jenna secoua la tête.

— Non, je vous l'ai déjà dit. Tout le reste de ma famille est mort. Pourquoi ?

Quand Kane s'écarta, Jenna découvrit avec stupeur la femme qui marchait vers l'ascenseur. Après l'importante intervention de chirurgie esthétique qu'elle avait subie, elle pouvait désormais ressembler à n'importe qui. Elle leva les yeux et chuchota.

— Merde, maintenant je sais d'où vient mon visage. J'espère que ce n'est pas une célébrité.

Elle retourna au comptoir et Nigel leva les yeux de l'écran de son ordinateur.

— J'ai l'impression de connaître ce couple. Qui est-ce ?

— Paul Benton et Mariah Crane, de Washington. Ils sont là pour le congrès. C'est une parente à vous ?

Voyant Nigel hausser un sourcil inquisiteur, Jenna sourit.

— Je croyais, mais son nom ne me rappelle rien. J'aurai d'autres occasions de la voir. Jusque quand restent-ils ?

— Je n'en suis pas certain. Le congrès se termine vendredi, mais ils ont encore des activités prévues jusqu'à mercredi.

— Super, merci ! Allons voir Erik, dit-elle à Kane.

Quand Jenna demanda au maître d'hôtel si Erik pouvait les placer, il leur répondit par un large sourire et fit signe au jeune serveur. Le restaurant était pratiquement désert, hormis quelques personnes qui s'attardaient en dégustant un café et une part de gâteau. Ils s'installèrent au fond de la salle et attendirent qu'il pousse jusqu'à leur table le chariot chargé de pâtisseries délicieuses. Lorsqu'ils eurent fait leur choix, elle lui posa sa question.

— Vous rappelez-vous qui vous a demandé un plan des chemins anciens ?

— Oui, c'était M. Benton et Miss Crane. Ils ont tellement travaillé pendant le congrès qu'ils voulaient faire une pause sans voir personne. Je leur ai conseillé le sentier qui monte le long de la réserve et qui part ensuite vers Bear Peak. Ils peuvent admirer les cascades s'ils grimpent jusqu'au plateau, et la vue est magnifique. Ils prévoyaient de passer le week-end à randonner.

Il leur servit les gâteaux et leur versa le café.

— Je vous laisse le chariot. Le chef jette les restes à 16 heures, donc faites-vous plaisir. Je vous apporterai une autre cafetière.

— Merci.

Jenna se renfonça sur sa chaise, mesurant l'air concentré de son adjoint.

— À quoi pensez-vous ? Pas au gâteau, j'en suis sûre.

— J'ai une idée.

48

Incapable de persuader Kane de discuter des détails dans un lieu public, Jenna repartit vers la réception dès qu'ils eurent fini de manger, pour apprendre si les propriétaires des sacs à dos étaient descendus à l'hôtel. Nigel confirma que deux des trois disparus avaient réservé une chambre, tous les deux à l'automne d'années antérieures. Les coïncidences s'accumulaient.

De retour dans son bureau, Jenna convoqua Wolfe et ses adjoints. Lorsque tous furent assis, elle donna la parole à Kane.

— OK, nous sommes à l'abri des oreilles indiscrètes. C'est quoi, votre idée ?

— Tout dépend de la coopération de M. Benton et de Miss Crane. C'est un couple qui séjourne au Cattleman's Hotel, expliqua-t-il à ses collègues, et Miss Crane ressemble étrangement au shérif. Si on se fie aux derniers meurtres, Miss Crane est le type de femme qu'aime notre tueur, et ils prévoient une excursion à Bear Peak ce week-end. Je pense qu'ils risquent fort d'être la prochaine cible du meurtrier.

Rowley se pencha en avant, le stylo suspendu au-dessus de son carnet.

— OK. Donc vous voulez les utiliser comme appât ? Comment pensez-vous les embrigader ?

Jenna s'éclaircit la gorge pour obtenir l'attention de tous.

— Nous n'utiliserons personne, je le répète, personne, comme appât pour un tueur en série.

— Pas *eux*. Jamais je ne mettrais en danger la vie d'un civil.

Les yeux de Kane s'assombrirent et il redevint l'homme de glace, l'homme formé pour tuer qu'elle avait entrevu auparavant.

— Nous.

En tant qu'agent infiltré lorsqu'elle travaillait à la brigade des stupéfiants, Jenna n'avait guère été épargnée, et voilà pourquoi elle avait débarqué à Black Rock Falls avec un nouveau visage et un nouveau nom. S'exposer directement en ligne de tir et risquer d'être disséquée vivante par un dingue ne l'emballait pas le moins du monde. Elle se mordit la lèvre et songea aux conséquences, puis croisa le regard de Kane.

— Je pense que vous avez complètement perdu la tête, mais j'écoute. Allez-y.

— Crane vous ressemble, et le couple vient de Washington comme nous, donc l'accent ne sera pas un problème. Elle est le type de femme que préfère le tueur, et d'après ce que nous savons de leurs projets ce week-end, nous avons deux possibilités.

Kane croisa ses énormes avant-bras sur la table.

— Faire déguerpir ce couple, ou bien les pousser à parler partout de leur programme du week-end, les cacher en lieu sûr et prendre leur place. Je suis à peu près certain que le tueur se concentrera surtout sur la femme, et moi, vu de loin, je peux passer pour Benton, surtout si j'ai un gilet pare-balles sous ma veste pour me remplumer un peu. Nous avons reçu la formation nécessaire pour arrêter ce fils de pute, et nous aurons du renfort.

Wolfe semblait peu enthousiaste.

— À condition qu'il morde à l'hameçon. Nous supposons

seulement qu'il choisit les couples en visite en ville, puisqu'il leur tend un piège quand il sait où ils vont. Il ne va pas attendre dans la montagne que quelqu'un vienne par hasard, et toutes les femmes ne correspondent pas à son type de prédilection. Je parie que je pourrais compter sur les doigts d'une main le nombre de couples qui s'aventurent sur les vieux sentiers.

Jenna secoua la tête.

— Ce n'est pas ce que prétend Nigel, le réceptionniste de l'hôtel. Il nous a indiqué que les gens lui demandent souvent des conseils pour randonner dans des zones isolées, et qu'ils prennent constamment des prospectus. En somme, nous avons deux scénarios possibles. Le premier : le tueur est soit Woods, soit Canavar. Comme nous n'avons pas trace de Canavar, il est peut-être planqué quelque part dans la forêt, et nous savons que Woods rôdait là-bas la nuit. S'ils installent des caméras d'observation dans les coins les plus isolés autour de Bear Peak, ils peuvent surveiller l'endroit. Ça ne doit pas être difficile de mettre la main sur une cible convenable s'ils occupent une position centrale. Le second : si le tueur se balade en ville, en quête de couples adéquats, comme le suggère Kane, il mordra à l'hameçon.

Les lèvres de Wolfe formaient un mince trait et son front était plissé par l'inquiétude.

— En supposant que vous ayez raison, je pense que le tueur va créer un nouveau site de vidéos payantes et qu'il lui faudra du temps pour préparer le terrain. Dès qu'il sera sûr de la destination du couple, il passera à l'acte. C'est risqué. Il doit avoir de solides compétences en informatique. À sa place, je cacherais une caméra à l'extérieur de leur chambre, et peut-être une balise sur leur voiture. Autre chose : nous partons de l'idée qu'il est seul, mais qu'il réussit à tuer, à nettoyer et à faire disparaître les véhicules de ses victimes avant que nous découvrions les corps.

Rowley se redressa pour riposter.

— Oui, mais lors du premier meurtre, la nature s'est chargée de faire le ménage. Le tueur espérait la même chose pour Bailey Canavar et l'inconnu. Je pense qu'il s'est débarrassé de leur voiture après les meurtres, pour donner l'impression qu'ils avaient quitté la région. Apparemment, la plupart des touristes louent un véhicule à l'aéroport. Il laisse sans doute la voiture au point de dépose et il revient en ville en taxi.

Wolfe se frotta le menton.

— Ça fonctionne si les véhicules sont ensuite nettoyés et remis dans le circuit. Tous les indices sont détruits, mais ce ne sera pas le cas si on le capture, cette fois.

Jenna se renversa sur sa chaise et envisagea les différents scénarios. Kane avait une expérience tactique, Wolfe aussi, puisque tous deux avaient servi dans les marines.

— OK, donc nous porterons nos gilets pare-balles ; ça ne nous protégera pas s'il décide de viser la tête ?

Kane haussa les épaules et allongea ses jambes devant lui.

— En effet. Mais ce n'est pas son *modus operandi*. D'après ce que nous avons vu, il paralyse la victime masculine par un coup dans le bas des reins. Mon gilet me couvrira et nous déploierons le reste de l'équipe sur les hauteurs. Tout le monde sera en camouflage, donc nous aurons l'air d'un groupe de chasseurs normaux, mais nous aurons tous des armes cachées. Wolfe, Rowley et Webber auront un fusil, et même si le tueur les voit, ils n'auront rien de remarquable. Regardez la zone où nous devrons travailler : elle est proche de la montagne et nous pouvons choisir l'endroit. Nous aurons l'avantage. Nous saurons qu'il vient, donc il n'aura pas la surprise pour lui. Nous serons armés et bien entraînés. Ça devrait être une promenade de santé.

Wolfe s'adressa au shérif.

— J'installerai aussi quelques caméras de chasse, de mon côté. Vous aurez des balises et un talkie-walkie au cas où ça tourne mal.

— Je ne crois pas que Jenna et moi puissions prendre ce

risque, répliqua Kane. S'il les voit, il saura qu'il y a anguille sous roche. Il utilisera sans doute un viseur pour abattre sa cible, et nous savons qu'il est très méticuleux.

Jenna sentit monter en elle une vague de terreur ; ses adjoints débattaient comme s'il s'agissait d'une mission militaire, sans émotion, sans craindre qu'ils meurent. Kane et Wolfe échangeaient des idées, et elle écoutait, intriguée. Contrairement à elle, ils avaient été envoyés à l'étranger durant leur temps chez les marines. Kane et Wolfe avaient acquis plus d'expérience sur le terrain. Ce qu'ils prévoyaient était potentiellement mortel, et face à un psychopathe, tout pouvait dérailler. Elle proposa quelques idées, mais décida de se fier à leurs compétences.

— OK. Je veux que Kane prenne les commandes pour la préparation tactique. Wolfe, vous mènerez sur le terrain. Veillez à ce que tout le monde soit sur la même longueur d'onde, nos vies sont en jeu. Je communiquerai avec le couple par téléphone ; nous ne pouvons pas nous permettre d'être vus avec eux. S'ils sont d'accord, nous ferons en sorte de prendre leur place chez Dowy's, le magasin de vêtements haut de gamme. Il n'y aura pas grand monde, en début de journée. J'enverrai Maggie avec les uniformes, et M. Dowy sera coopératif.

Bradford se mouilla les lèvres nerveusement ; ses yeux allaient et venaient entre Kane et Jenna.

— Ça pourrait marcher. Moi, je ferai quoi, là-dedans ?

Jenna lui sourit.

— Vous serez notre guetteuse, et si Wolfe est occupé, vous pourrez relayer les messages au reste de l'équipe avec votre talkie-walkie.

— Et si on doit passer la nuit là-haut ? demanda Bradford en se curant les ongles.

— Wolfe organisera des tours de garde, répondit Kane. Il fera froid, et vous dormirez à la belle étoile. Si vous préférez renoncer, nous comprendrons, mais nous devons le savoir maintenant.

— Et moi, madame ?

Webber regarda Jenna, les yeux pétillant d'exaltation.

— Kane est responsable de tout ce qui est tactique.

Kane fit crisser sa chaise en la tournant vers Webber.

— Vous et Rowley, vous serez nos tireurs d'élite, avec Wolfe. Vous serez positionnés en hauteur afin de pouvoir repérer le tueur dans la zone.

— Bien reçu. Et en ville, qui sera aux commandes ?

Webber semblait dûment impressionné. Jenna soupira et se frotta les mains.

— D'ici le week-end, Colter Barry sera en lieu sûr. Walters et Maggie seront ici. Ils pourront tenir la forteresse pendant ce temps-là. OK, maintenant, nous n'avons plus qu'à convaincre Crane et Benton de berner un tueur en série.

Kane conserva l'expression impassible qu'il prenait pour le combat.

— Et nous devons espérer que ce fils de pute mordra à l'hameçon.

49

JEUDI, DEUXIÈME SEMAINE

La boutique d'articles de sport était pleine à craquer et il faisait la queue à l'une des caisses, les bras remplis de vêtements camouflage, de deux nouvelles paires de chaussures de marche et de provisions de munitions. D'un regard oblique, ses yeux rencontrèrent ceux de Mariah Crane. Elle retroussa le nez comme s'il puait les vieilles chaussettes et se tourna vers son compagnon. Le même homme plus âgé qu'elle, le nommé Paul Benton. Alors qu'ils s'avançaient vers la caisse, il entendit Mariah aussi distinctement que si elle lui parlait, à lui.

— Pour une fois je suis d'accord avec toi, Paul, dit-elle en touchant l'épais sweat-shirt à capuche qu'elle tenait sur un bras. Il nous faut vraiment des tenues plus chaudes pour la montagne. Je suis si contente que tu m'aies convaincue d'aller à Bear Peak ; le vieux sentier des Indiens conduit tout droit à un plateau. De là-haut, je pourrai prendre des photos géniales de la vallée.

Benton poussa son caddie sur le côté et tira un plan de sa poche.

— Regarde, on peut aller jusque-là et laisser la voiture. Tu vois, il y a des chemins. Celui de gauche, c'est l'ancien ; les deux autres mènent aux cascades. Donc si on prend celui qui longe le canyon, avec un ravin spectaculaire, au sommet le paysage sera à couper le souffle. J'en ai parlé avec Nigel, à l'hôtel ; il m'a dit qu'il fait plus froid, en cette saison. La plupart des touristes randonnent plus bas dans la montagne, ils vont voir les lacs et les rivières. On sera très loin des zones de chasse, et on risque moins de croiser d'autres gens du congrès. En fait, c'est pratiquement impossible. J'ai demandé autour de moi, personne n'ira de ce côté-là ce week-end.

— J'espère que tu n'as révélé à personne où nous allons. Pas question que tu nous gâches encore la journée.

Mariah eut une moue boudeuse et Paul lui caressa la joue.

— Je ne suis pas complètement idiot. Ce week-end sera inoubliable, je te le promets.

Je te le promets aussi. Il repoussa à l'arrière de son esprit les images du corps de Mariah quand il en aurait fini avec elle. Ayant repris sa concentration, il attendit un instant pour offrir un aspect tranquille, posa ses emplettes sur le comptoir et sourit au caissier.

— Quel beau temps pour aller chasser !

— C'est sûr. On n'a jamais eu autant de clients, cette année. Des tas de nouveaux visages en ville, et tout le monde dépense beaucoup. Black Rock Falls est en train de devenir une destination touristique très courue.

Le caissier mit les articles dans un sac en papier et lui indiqua le montant total. Il paya en liquide, c'était plus sûr, au cas où quelqu'un déciderait de vérifier ses reçus de carte de crédit pour connaître le calibre de ses munitions.

— Moi, je serai très loin des touristes. Je prévois d'abattre un cerf dix-cors. J'en ai repéré un hier qui filait tout droit vers une zone de chasse.

— Bonne chance.

Le caissier lui tendit ses achats. Il sortit et sourit au soleil. Certains jours, ça valait la peine de se lever de son lit. Les acteurs de sa prochaine vidéo venaient de confirmer le programme du week-end. Il n'en croyait pas sa chance. Au lieu de devoir les suivre pendant les jours à venir pour découvrir leurs projets, il pouvait terminer ses préparatifs en ville, rassembler son matériel et partir pour le poste de contrôle le plus proche de Bear Peak. Sa couverture était sans faille. Le chemin était long à travers la zone de chasse jusqu'au vieux sentier qu'ils avaient mentionné, et proche de sa grotte, par un heureux hasard. Il aurait le temps de tout installer, et il n'aurait plus qu'à d'attendre leur arrivée. Il jeta son sac à l'arrière de son véhicule, prit son téléphone prépayé et envoya un texto à l'organisateur :

Samedi. Je déclencherai un compte à rebours d'une heure. Prêt à l'attaque.

50

SAMEDI

En ville, des feuilles multicolores dansaient sur la chaussée et s'amassaient dans les caniveaux, donnant à l'air un parfum terreux associé à l'automne. C'était une superbe journée pour être dehors, ensoleillée, avec un beau ciel bleu, et les habitants comme les touristes en profitaient au maximum. Il n'était pas encore 8 h 30, mais des stands bordaient le trottoir, proposant gâteaux et hot dogs. Kane sortit de la voiture de Rowley et le suivit avec Jenna jusqu'au magasin de vêtements. Jusque-là, tout se déroulait comme prévu. Mariah et Paul s'étaient montrés ravis de coopérer après avoir appris qu'ils pourraient être les prochaines victimes sur la liste du tueur. En fait, Mariah déclara au shérif qu'elle avait la sensation d'être épiée depuis son arrivée à Black Rock Falls.

Jenna ayant garanti leur sécurité, le couple avait accepté avec enthousiasme de les aider à piéger le tueur. Munis de l'un des dispositifs de localisation fournis par Wolfe, à activer en cas de menace, et avec un adjoint en faction à proximité, ils avaient passé les deux derniers jours à se rendre dans tous les endroits où l'on distribuait les anciennes cartes. Dans chaque magasin et au Cattleman's Hotel, ils avaient pris bien soin d'évoquer en public leurs projets pour le week-end. Si le tueur les avait suivis, il disposait maintenant de toute l'information souhaitée.

La substitution prévue était minutée à la seconde près. Le couple arriva tôt pour examiner les tenues en vente, plus coûteuses qu'à la boutique d'articles de sport. Kane consulta son carnet pour relire ses notes, afin de donner l'impression qu'il était de service, puis entra dans le magasin. Il adressa un signe de tête au gérant, puis entra directement dans une cabine d'essayage, où il trouva Paul portant un de ses vieux uniformes et Mariah déguisée en Jenna.

— OK, attendez à la caisse, puis sortez avec Rowley. Il vous emmènera en lieu sûr, dans un ranch situé hors de la ville. L'adjoint Walters vous contactera par téléphone.

Il leur remit un portable prépayé.

— Son numéro figure dans les contacts. N'appelez absolument personne. Compris ?

— Oui, le shérif nous l'a expliqué très clairement.

Paul baissa le bonnet de laine noire par-dessus ses oreilles et enfila la veste. Kane approuva la métamorphose du couple.

— De loin, vous passerez pour nous. Ne regardez personne dans les yeux, allez directement à la voiture.

Le couple attendit quelques minutes, puis sortit avec Rowley. Il devait les conduire au ranch, puis laisser son véhicule en ville. Après avoir revêtu une tenue camouflage, il passerait prendre Bradford et, au volant d'une voiture banalisée, il irait retrouver le reste de l'équipe à Bear Peak. Kane se changea et rejoignit Jenna à la caisse. Elle confia au gérant son uniforme replié.

— C'est bon ?

— Oui. Merci pour votre coopération, monsieur Dowy. Nous passerons lundi récupérer nos affaires.

— Je vous en prie, shérif. Je les garderai précieusement, ne vous inquiétez pas.

M. Dowy plaça les deux uniformes dans un grand sac qu'il rangea sous le comptoir.

Content que Dowy soit un policier à la retraite, qui avait le sens du secret professionnel, Kane s'empara des vêtements de rechange et des munitions qu'il avait déposés au magasin, puis suivit Jenna jusqu'à la voiture louée par Paul Benton. Il s'assit au volant pendant que le shérif attachait sa ceinture.

— Ça s'est bien passé. J'espère que le tueur n'y a vu que du feu.

— C'était une simple précaution. J'imagine qu'il a foncé à Bear Peak installer sa mise en scène macabre dès qu'il a découvert les projets du couple. Sinon, tout ça n'est qu'une perte de temps.

Une demi-heure plus tard, Kane vérifiait l'heure et garait le véhicule sur le parking proche des cascades. Du *timing* dépendait souvent la réussite ou l'échec d'une mission. Il appela Wolfe pour une mise à jour et écouta en silence.

— Bien reçu, on se met en route. Arrivée prévue dans vingt minutes.

Wolfe et Webber avaient pris position au-dessus du chemin et chacun couvrait une moitié de la forêt en contrebas. Rowley et Bradford les rejoindraient bientôt. L'équipe était en tenue camouflage pour se fondre dans le décor, et depuis le moment où le couple avait accepté leur idée, Kane entraînait l'équipe comme un sergent. Ils étaient aussi prêts qu'ils pourraient l'être.

Certes, son plan était troué comme une passoire, mais s'il y avait une chance sur cinquante d'arrêter le tueur, cela en valait la peine. L'emplacement posait bon nombre de problèmes et donnait l'avantage au meurtrier. La densité des arbres masquait un homme en camouflage mais Kane avait choisi une zone restreinte, dont le couple avait parlé et où Wolfe et Webber pourraient se rendre en quelques secondes si le tueur attaquait. Il avait confiance en l'équipe mais sa priorité serait la sécurité de Jenna. Elle était la cible principale, lui n'était qu'un figurant.

Quand ils sortirent de la voiture et prirent leurs sacs à dos, il aperçut la mine déterminée du shérif et il ressentit une anxiété inhabituelle. Elle allait se donner à fond pour arrêter un tueur qui voulait la disséquer vivante. Cela exigeait du cran. Oh, oui, elle savait se battre, et s'il flanchait, elle disposait de compétences supérieures, sans oublier le soutien de trois hommes munis de fusils de précision. *Je ne prévois pas de flancher.*

Jenna endossa son sac et glissa une main dans sa veste pour vérifier le Glock accroché contre sa poitrine.

— Vous savez, je le vois, quand vous êtes inquiet. Vous faites une de ces têtes, comme si vous aviez été changé en pierre.

— Ah oui ? J'ai été formé à repousser tous les stimulus externes pour me concentrer sur ma mission. Je ne croyais pas être si transparent.

— Et pourtant si.

Il glissa la poignée du filet à provisions sur une épaule, puis ajusta les sangles de son sac à dos. Elle lui sourit et mit ses lunettes de soleil avant de lui donner la main pour l'entraîner vers le sentier.

— Le tueur est peut-être en train de nous observer, et vous êtes censé être un homme marié qui passe un week-end coquin avec sa secrétaire. Ayez l'air un peu plus gai. Marchez lentement, vous ne devez pas donner l'impression d'être en pleine forme.

Il lui sourit en retour, mais ses yeux restèrent sérieux, par-dessus ses lunettes de soleil.

— Je n'aurai pas à me forcer, avec la feuille de métal que Wolfe a ajoutée à mon sac à dos en guise de protection supplémentaire. Soyez vigilante.

— Je suis toujours vigilante, dit-elle en ouvrant la marche avant de tourner vers la gauche. C'est parti.

51

Il était adossé à la paroi moussue de sa grotte, un iPad en équilibre sur les genoux. Avec son portable comme point d'accès sans fil, il fit apparaître les images de ses webcams et sourit. L'euphorie fit battre son cœur à la vue de Paul et Mariah cheminant dans sa direction. Il les regarda se faufiler entre les arbres, les retrouva à l'endroit où le chemin leur faisait longer la paroi de Bear Peak. Il leva les yeux et sourit à ses amis ; tous le regardèrent de leurs orbites vides qui leur donnaient un air attentif. Il aimait la manière dont leurs crânes dénués de chair lui souriaient. Il leur montra l'écran.

— Ils arrivent. Elle vous plaît ? Je l'ai choisie pour vous. Je l'amènerai bientôt ici pour vous tenir compagnie.

Il ne lui avait pas fallu longtemps pour fixer ses webcams, puis pour revenir dans la zone de chasse. Il attendit qu'approchent deux inconnus, auxquels il raconta avoir vu deux ours se diriger vers Bear Peak. Il se prétendit inquiet à l'idée que les touristes visitant les cascades soient en danger. Comme prévu, le plus âgé des deux alerta le poste de contrôle pour que les rangers recommandent aux randonneurs d'éviter cette partie de la forêt. Il leur avait dit au revoir et avait regagné sa caverne pour la nuit.

Il aimait camper dans sa grotte. La plupart des gens auraient été gênés par l'odeur, mais il la trouvait stimulante, et il était fasciné par la transformation graduelle de ses amis. Il était surpris par leur mouvement, à mesure qu'ils se décomposaient. Ils les avaient enveloppés si serrés dans le plastique qu'il aurait cru la chose impossible, mais il les trouvait allongés ou effondrés en un tas d'os. Avec un soupir, il redirigea son attention vers Paul et Mariah. Ils avaient atteint le chemin principal et la forêt cédait la place à de petites clairières. Des espaces assez grands pour planter une tente ou allumer un feu en sécurité. En fait, d'autres randonneurs y avaient laissé des cercles de pierres après y avoir fait du feu. S'ils suivaient la pratique habituelle, Paul et Mariah dresseraient bientôt leur campement et se reposeraient un moment, ils mangeraient peut-être, après quoi il espérait qu'ils se risqueraient à emprunter les sentiers environnants.

Il pourrait attendre qu'ils soient revenus de leurs aventures pour frapper. Ils seraient las et Paul serait épuisé d'avoir traîné sa carcasse jusqu'en haut de la montagne. Paul serait une proie facile, sans rien d'amusant, mais *Mariah*... Rien qu'à penser à son nom, l'excitation faisait trembler ses mains. Il contempla l'écran.

— Tu courras, Mariah ? Tu crieras ?

Il promena un doigt sur l'image de la femme qui se rapprochait d'une minute à l'autre, et il gémit.

— Tu me supplieras ? J'ai tellement envie que tu me supplies, Mariah.

Elle aurait chaud après sa marche, les joues roses, le corps couvert de sueur et odorant. La traque serait lente. Il voulait suivre sa proie, voir la peur dans ses yeux avant de la neutraliser et de la ramener à Paul. Il avait envoyé à son associé la liste de tout ce qu'il comptait faire à Mariah, et les votes et les paiements affluaient déjà. Un délicieux mystère planait quant à l'ordre dans lequel ses spectateurs voudraient qu'il la tue. La dernière fois, ils avaient tous apprécié une lente mise à mort, exactement comme lui.

52

Jenna ouvrait la voie et ils marchaient depuis un certain temps quand Kane la tira par la manche. Elle se retourna face à lui, il la prit dans ses bras et lui embrassa le cou. D'abord surprise, elle se détendit bientôt, puis entendit sa voix chuchoter près de son oreille. Kane lui soutenait la tête d'une main et la regardait dans les yeux.

— Il a mordu à l'hameçon et nous venons d'entrer dans la zone de danger. Caméra infrarouge à deux heures. Quand je vous ferai pivoter, cherchez dans les arbres de l'autre côté du chemin. Il a le son aussi, donc faites attention à ce que vous dites et restez dans le personnage.

Il la souleva et la fit tournoyer en riant. Jenna lui mit ses bras autour du cou, et quand il la reposa sur le sol, elle repéra l'objectif d'une deuxième caméra. Elle lui sourit et parla tout bas.

— J'en vois une autre. Nous sommes dans la tanière du lion. Tenez-moi par la main et serrez-la si vous voyez quelqu'un ou une caméra.

— Je pense que nous ferions mieux de trouver où camper. Il devrait y avoir un endroit tout près.

Kane partit en avant, marchant avec précaution sur le sol accidenté, parsemé de racines. Il entraîna Jenna dans la clairière et jeta ses sacs à terre.

— Là, une clairière où quelqu'un d'autre a fait du feu. Parfait. Je vais planter la tente. On a de quoi manger ?

— OK, répondit le shérif en enlevant son sac à dos. Nous avons les sandwichs que j'ai pris au restaurant et il y a du café chaud dans les thermos. Après, on ira ramasser du petit bois pour allumer un feu.

Elle s'assit sur un rondin à côté du cercle de pierres et fouilla dans un des sacs. Derrière elle, Kane eut dressé la tente en quelques minutes, puis il disparut à l'intérieur avec les sacs de couchage. Elle sortit les thermos, les tasses et le paquet de sandwichs. C'était un effort de sembler détendue quand chacun de ses muscles était tendu au point d'en être douloureux. Jenna remonta ses lunettes de soleil sur son nez et ne bougea que les yeux pour procéder à une reconnaissance visuelle des abords immédiats. Elle repéra une autre caméra en haut d'un arbre à la sortie du campement. Elle avait la chair de poule à la pensée qu'un tueur brutal et pervers l'observait en prévoyant de la faire souffrir comme ses autres victimes. Heureuse que Kane ne soit pas loin, tandis que les autres adjoints les surveillaient, elle essaya de se détendre. *Ressaisis-toi, Jenna.*

Kane enjamba le rondin et s'assit à côté d'elle, ses lunettes de soleil masquant son expression.

— Tout va bien, chérie ? Ou bien tu t'ennuies déjà de moi ?

Ce tutoiement et ce terme affectueux l'étonnèrent d'abord, avant qu'elle ne comprenne qu'il jouait le rôle de Paul Benton pour donner le change à qui les écoutait.

— Non, je meurs de faim, répondit-elle en souriant. Qu'est-ce qui est au programme après le repas ?

Elle lui versa une tasse de café. Il prit un sandwich dans le paquet.

— On peut descendre la montagne pour admirer le ravin,

ramasser du petit bois et revenir. On allumera un feu, on se mettra à l'aise, et demain matin on grimpera jusqu'au plateau pour que tu puisses prendre des photos.

— Ça me paraît bien.

Elle s'appuya contre lui et fit de son mieux pour incarner Mariah, la secrétaire ayant une liaison avec son patron marié. Elle prit un petit ton geignard.

— J'adore être seule avec toi, Paul. J'ai horreur de devoir retourner au travail. Quand vas-tu te décider à parler de nous à ta femme ?

Les lunettes de Kane glissèrent sur son nez et il la regarda en louchant. Il n'avait rien de mieux à faire que des grimaces alors qu'un criminel violent voulait les tuer. Jenna dissimula un rire sous une quinte de toux et cogna son épaule à la sienne.

— Alors ? Tu as perdu ta langue ?

Il s'éclaircit la gorge et Jenna crut presque qu'il était Paul Benton.

— Non, mais c'est compliqué, tu le sais bien, ma chérie.

— Oh, je ne passerai pas ma vie à attendre, Paul. Au bureau, il y a plein d'hommes qui veulent sortir avec moi.

Elle se frotta les mains pour en chasser les miettes. Kane la pressa contre lui.

— Je le sais, je vais arranger tout ça, mais tu dois être patiente. Ça prend du temps, ces choses-là.

Waouh, quel acteur !

— Prêt ?

— Encore cinq minutes. Je suis épuisé après cette longue marche.

Pendant qu'elle vidait sa tasse, il mâchait lentement, arrosant de café chaque bouchée. Jenna sortit diverses choses de leurs sacs à dos et les jeta dans la tente.

— Nous laisserons l'essentiel de nos affaires ici. J'emporterai de l'eau et des barres énergétiques.

— Et la trousse de premiers secours. Mets tout dans mon sac, je ne veux pas que tu te fatigues trop pour la suite.

Jenna lui adressa un large sourire et se leva, tendant à Kane son sac à dos.

— On part dans quel sens ?

— Vers le bas ?

Il déplia le plan et fit mine de désigner le chemin.

— Le virage n'est pas trop loin, mais il faudra remonter au retour.

Il remit la carte dans sa poche, puis enfila son sac à dos et tendit la main.

— Viens, on va s'amuser et on verra peut-être des écureuils ou même un cerf.

L'instinct de conservation de Jenna protesta et l'idée de s'avancer vers le danger fit se dresser les poils de sa nuque. Les nerfs à vif, elle suivit Kane sur l'étroit sentier inégal. Alors qu'ils s'enfonçaient dans le bois, la température baissa et toutes les ombres qu'ils voyaient semblaient receler une menace potentielle. Un regard dans les branchages révéla les caméras du tueur suspendues à des points stratégiques. C'était son terrain de mise à mort.

Le vent soufflait entre les arbres comme une fraîche caresse, soulevant les feuilles à terre et parcourant Jenna d'un frisson de terreur. La beauté de la forêt s'estompait derrière la menace d'un piège terrible. La situation elle-même donnait l'avantage au tueur. C'était l'automne, et le bois se teignait de toutes les nuances de vert, de brun et d'orangé disponibles sur la palette d'un artiste. Un homme en tenue camouflage se fondrait dans le décor comme un tigre dans la jungle.

À l'écoute des grincements des grands pins qui se balançaient au vent, elle jeta un coup d'œil en arrière pour scruter les lieux. La nature jouait sa propre musique, faite de chants d'oiseaux, de bavardages d'écureuils et de frous-frous des branches ;

tous ces sons dissimuleraient les pas du meurtrier. *Va-t-il frapper maintenant ou ce soir, quand nous serons sous la tente ?*

Elle tenta de réprimer cette incertitude croissante, mais la nuit tomberait vite et la beauté de la journée céderait bientôt la place aux ombres parmi lesquelles les habitants nocturnes de la forêt sortiraient pour se nourrir. Les troncs deviendraient des alignements de poteaux noirs entre lesquels elle serait enfermée, incapable de s'échapper. La lune n'offrirait qu'une chiche lumière, et tous les rochers surgiraient comme d'effrayantes gargouilles. Elle tenta de dissiper la panique qui s'insinuait dans son esprit. *Il s'approche et je suis la cible.*

53

Il consulta sa montre puis l'ôta et la rangea dans un sac à dos ; il ne voulait pas qu'elle soit couverte d'ADN. L'heure à laquelle il avait prévu d'entrer en action serait idéale. Le soleil déclinait déjà dans le ciel. Après une dernière vérification de ses armes, il sortit de la grotte et descendit le flanc de la montagne, s'avançant à pas de loup dans l'épais sous-bois, sur les étroites pistes qu'il connaissait comme les lignes de sa main.

Paul et Mariah avaient choisi un endroit parfait pour la traque. À une centaine de mètres de leur position actuelle, le sentier basculait sur un canyon, avec un ravin creusé dans la roche par un glacier préhistorique, où seul un imbécile se serait aventuré. La piste se terminait par un virage obligeant les randonneurs à rebrousser chemin ; en d'autres termes, sa proie tournerait en rond. Il allait se poster au milieu et il serait bien placé pour abattre Paul sous le regard des caméras d'observation.

Son portable vibra. Les spectateurs avaient voté pour choisir sa première action. Il ricana. Ils étaient comme la foule assoiffée de sang qui, au Moyen Âge, venait voir pendre et écarteler un condamné. Il noua le bandana autour de son visage et chaussa ses lunettes de soleil. Le bonnet recouvrait ses cheveux, et habillé ainsi, avec le modificateur de voix, personne ne le reconnaîtrait. Son écouteur et son micro étaient fixés, prêts pour la diffusion en direct. Il alluma sa caméra mobile et s'adressa à ses spectateurs.

— On y va. Allez, bande de petits salopards, il faut que je le mérite. Je veux prendre mon pied en la tuant, cette garce.

54

Bradford écouta les instructions de Wolfe dans son écouteur et aperçut Rowley sur le plateau, quelques mètres au-dessus. Le soleil sombrait et l'équipe descendait les pentes noires pour adopter une meilleure position. Elle tremblait à la perspective de rester seule si près du bas de la montagne ; l'endroit où Wolfe l'avait envoyée n'était qu'à quelques mètres du sol forestier. Elle devrait courir à travers les arbres, puis foncer pendant vingt mètres sur une piste avant de monter se réfugier dans la crevasse. L'idée d'être aussi près d'un tueur potentiel l'épouvantait, et pour tout arranger, elle avait vu un lynx peu auparavant. Tâchant de calmer ses nerfs, elle regarda une dernière fois autour d'elle puis contacta Rowley.

— C'est bon, je peux bouger ?

— *Oui. J'ai inspecté les alentours et je ne vois aucun mouvement. Si le tueur vise le shérif, il doit être tout à l'autre bout du chemin, maintenant. Le lynx a disparu dans le sous-bois, il ne vous embêtera pas. Vous pouvez partir. Allez-y, je vous couvre.*

Rowley semblait sûr de lui. Elle dégringola le chemin grossier et fila vers les arbres. Adossée à un tronc, elle scruta les environs puis fonça en direction de la petite pente menant à la crevasse. Après toutes ces heures en plein soleil, le trajet parmi les grands pins faisait l'effet d'une sombre prison. Elle avança à travers les broussailles, cherchant la piste dont Rowley avait affirmé qu'elle existait. Un éclair vert attira son attention et elle s'arrêta péniblement. Non, pas du vert, mais le reflet des yeux d'un félin. Elle ravala un hurlement quand le lynx répandit son odeur sur l'arbre le plus proche. Le félin leva la tête et fixa son regard sur elle, mais seul le bout de sa queue remua.

Le cœur martelant ses côtes, elle se retourna et prit ses jambes à son cou, trébuchant sur les branches. L'écouteur était tombé de son oreille et le fil s'enroulait autour de ses jambes. Elle l'arracha et courut dans le bois, en direction du premier chemin visible. Elle entendit quelque chose de gros se déplacer derrière elle, puis un poids énorme s'abattit sur son dos et elle s'écrasa à terre. Tout l'air fut évacué de ses poumons et, à bout de souffle, elle s'attendait à être mordue par le lynx. Elle entendit un rire strident, quelqu'un la fit rouler sur le dos puis se jeta sur elle, lui broyant les côtes. Ce n'était ni l'odeur ni les griffes tranchantes d'un félin, mais un homme.

La terreur la foudroya, réduisant au silence son cri de protestation. Une tête de mort la contemplait, les yeux masqués par des lunettes de soleil miroir. Elle tenta de remuer mais l'homme lui avait bloqué les bras sous ses genoux, et avec son poids sur la poitrine, elle avait du mal à inspirer. Il tournait la tête de gauche à droite, comme s'il l'évaluait.

— Lâchez-moi.

Sa voix semblait aiguë et hachée. Avant qu'elle ait pu lui apprendre qu'elle était adjointe du shérif, il lui saisit la gorge et serra. Elle ne pouvait rien faire sauf contempler son propre reflet terrorisé dans les verres de ses lunettes de soleil. La colère montait en elle. S'il avait l'intention de l'étrangler, elle ne se laisserait pas faire. Elle agita les jambes de toutes ses forces, puis planta ses talons dans l'humus pour tâcher de repousser son agresseur. Il riposta en lui serrant tellement le cou que sa vision se troubla et qu'elle se mit à hoqueter.

— Nous avons un bonus inespéré, articula une voix étrange, presque mécanique. Qu'est-ce que tu fais ici toute seule ?

— J'ai pris un raccourci jusqu'à la zone de chasse pour retrouver mon mari, grommela Bradford. Il n'est pas loin.

— Ah oui ? Je n'ai croisé personne.

Cette voix lui donnait la chair de poule. L'étreinte autour de son cou se desserra et elle hocha la tête, dans l'espoir que Rowley suivait ses mouvements dans son viseur. Le tueur l'avait trouvée, et sans l'aide de Rowley, elle deviendrait la prochaine victime. Il fallait qu'elle s'échappe, mais l'homme était si fort. Dans sa confusion, elle se rappela que, selon Kane, les psychopathes aimaient que leur victime hurle et se débatte. Pour gagner quelques précieuses minutes, elle obligea ses muscles tendus à se relâcher. L'homme le remarqua aussitôt et, maintenant une main gantée sur sa gorge, il se servit de l'autre pour baisser le zip de sa veste. Il lui détacha son arme de service de son étui d'épaule et l'agita sous ses yeux.

— Tu aurais dû t'en servir quand tu as vu le lynx, dit-il en promenant le canon du revolver entre ses seins. Quelques coups de feu en l'air et le félin aurait détalé. Pourtant tu as préféré t'enfuir. Les lynx aiment la traque. Tu t'es enfuie, et tu en as fait un jeu pour lui et pour moi. La plupart des filles me supplieraient de ne pas leur faire mal. Tu es très courageuse ou tu essaies de me psychanalyser ?

Elle secoua la tête, refusant de lui parler. Il émit un reniflement de joie.

— Je te préviens, je ne négocie jamais et tu vas mourir. Ouvre la bouche.

Des frissons lui ébranlaient tout le corps, mais elle obéit. Il lui passa le canon de l'arme sur la joue puis le lui enfonça dans la bouche. Elle avait le métal froid contre la langue et un goût d'huile se répandit sur ses papilles. Il était d'un sang-froid incroyable. Ce n'était pas le dingue frénétique qu'elle s'était représenté. Rester calme était son seul espoir, et Rowley surgirait des buissons d'un instant à l'autre.

L'homme se mit à parler dans son micro, hochant la tête comme s'il recevait des instructions, puis il fit aller et venir le revolver dans sa bouche.

— Donne-moi les chiffres. Où sont les autres ? OK, je me mettrai en position dès que j'aurai réglé son compte à celle-ci.

Il s'interrompit comme pour écouter, et elle remarqua la caméra mobile et le talkie-walkie qu'il portait. Il attendait des instructions pour son site de vidéos payantes. *Oh mon Dieu, aidez-moi.*

— Ah, ça me plaît. J'y vais bientôt.

Il tourna son attention vers elle.

— Si on s'était rencontrés une autre fois, nous aurions pu tellement plus nous amuser.

Il se pencha sur le côté et elle entendit comme un sifflement. Puis elle vit le couteau.

55

Kane souhaitait protéger Jenna. Si le tueur voulait lui mettre une balle dans la tête, à lui, il ne pouvait risquer qu'il rate sa cible et atteigne le shérif par erreur. Il donna à Jenna une tape amicale dans le dos.

— Marche en premier et fais attention. D'après la carte, le canyon est à droite ; le bord est sans doute couvert par la végétation et il y a un ravin au fond.

— Si je glisse, tu me rattraperas à temps ? lança Jenna en regardant derrière elle.

— Tu sais bien que oui.

Kane se rapprocha et lui posa une main sur l'épaule. Les muscles de Jenna se tendirent.

— C'est mieux comme ça ?

— Beaucoup mieux. Le soleil descend vite, quelle heure est-il ?

— Bientôt 15 heures.

Ils repartirent, comme des éléphants se tenant par la trompe. Kane avait choisi ce chemin à cause du canyon divisant la forêt par un ravin insondable. Le tueur ne pourrait venir que d'un côté, et l'attaque aurait sans doute lieu plutôt lorsqu'ils regagneraient le campement. Jusque-là, le tueur se servait de la forêt à son avantage, et au retour ils seraient des cibles plus lentes, puisqu'ils remonteraient la pente. S'ils l'entendaient, ce qui lui semblait peu probable, et se retournaient vers lui, ils seraient face au soleil et ne le verraient pas venir.

Son téléphone vibra dans sa poche. Il attendit. Si Wolfe avait besoin de lui parler, il s'interromprait et recommencerait. Si l'équipe avait repéré le tueur, les sonneries continueraient. Le téléphone se tut, puis sonna à nouveau quelques secondes plus tard. Kane pressa l'épaule de Jenna.

— On s'arrête. J'ai un besoin pressant.

— Moi aussi.

Jenna fila dans le sous-bois. Cette décision n'avait rien d'improvisé. Ils avaient remarqué l'emplacement des caméras et s'étaient assurés de leur échapper. Kane entra dans la forêt, s'adossa au tronc le plus large qu'il put trouver et scruta les alentours. Une fois certain que personne ne pouvait le voir ou l'entendre, il sortit son portable. Le message serait court, et il irait retrouver Jenna.

— Il y a des caméras infrarouges tout le long du chemin. Il est là, c'est comme si je sentais son odeur.

— *S'il est là, nous ne le voyons pas,* répondit Wolfe, crispé. *Il est déjà plus tard que selon nos calculs et nous avons le soleil dans les yeux. Il pourrait même repérer le reflet sur nos viseurs. Je vais descendre dans la montagne, mais ça va prendre du temps. J'ai envoyé Rowley sur le plateau et Bradford dans la crevasse tout à droite. Ils pourront vous couvrir, néanmoins, quand le soleil baissera encore, nous devrons de nouveau nous repositionner.*

— Bien reçu.

Kane raccrocha et repartit vers le sentier. Il regarda de tous les côtés, le ventre saisi par la crainte. Jenna n'était pas réapparue.

— Mariah, où te caches-tu ?

— Ici, répondit-elle en écartant les buissons. J'ai besoin des lingettes qui sont dans le sac. C'est dégueu, de faire pipi dans les bois.

Elle ouvrit un des rabats du sac de Kane et en sortit les lingettes. Kane se pencha et fit semblant de lui grignoter l'oreille.

— L'équipe se déplace. Nous sommes seuls jusqu'à ce qu'ils se repositionnent, donc allons-y doucement.

Jenna s'essuya les mains, puis jeta un coup d'œil derrière lui.

— Tu es doué pour les mots doux. On ferait mieux d'avancer.

Il la regarda et son cœur cessa de battre. Avait-il commis une erreur fatale en mettant sa vie en danger ? Le canyon surgit et il s'arrêta pour admirer le paysage. Les pins s'alignaient de chaque côté et il distinguait la cime de certains. Le ravin du canyon devait être profond de plus de trente mètres. Une multitude d'arbustes tapissaient le fond, et il se demanda ce qu'ils cachaient. Il toucha le bras de Jenna pour la ralentir.

— Je sais que tu as hâte de rentrer mais j'ai besoin de me reposer. Il y a un rondin là-bas, prenons cinq minutes avant de continuer.

— OK, j'ai soif, répondit Jenna en s'asseyant. C'est beau, ici. Je ne savais pas qu'il pouvait y avoir autant d'oiseaux différents dans le bois, et regarde là-bas, il y a des écureuils qui grimpent aux arbres.

— C'est vrai, et j'imagine que tu es heureuse d'être venue randonner avec moi ?

Jenna chassa des fourmis de ses chaussures.

— Hmm, un week-end me suffira probablement. Je n'aime pas les insectes, et si on rencontre un ours, je courrai jusqu'à la voiture sans m'arrêter.

L'arbre écroulé se trouvait au bord du canyon et Kane pensa que s'ils se mettaient dos au ravin, ils pourraient guetter le tueur. Il retira son sac à dos et en tira une bouteille d'eau qu'il passa à Jenna. Il fit quelques roulements d'épaule et se pencha en arrière comme s'il fermait les yeux, mais derrière ses lunettes de soleil, il examinait la forêt de gauche à droite. Rien. Ah, le tueur était malin. S'il était près d'eux, il avait les talents d'un commando marine.

Un cri aigu et perçant brisa le silence et les oiseaux s'envolèrent par nuées entières. Le bruit lui donna des palpitations, mais Jenna, elle, passa en mode combat. Elle courut vers le sentier, une main sur le zip de sa veste. Elle était à deux doigts de dégainer son arme, et le tueur disparaîtrait comme une glace un jour de grande chaleur. Il posa une main sur son bras.

— Tout va bien. C'était peut-être un lynx, loin d'ici. Chacun défend son territoire et un rival a dû passer ou le défier.

Le cri fut répété et Jenna se raidit à côté de lui, puis elle frémit.

— Ça ressemblait plus à une femme qu'à un lynx. J'ai entendu raconter des histoires sur les forêts la nuit. Toutes sortes de créatures surnaturelles se baladent. C'était peut-être une sorcière ou un fantôme qui cherche à se venger.

Oh là là, Jenna joue son rôle à fond. Kane l'attira contre lui.

— Ne t'en fais pas, je te protégerai contre les sorcières et les fantômes.

Puis il se mit à chuchoter.

— Restez devant moi quand nous arriverons au virage. S'il prévoit de nous frapper avant que nous soyons au campement, nous n'en avons plus pour longtemps.

Il voulait qu'elle marche à une certaine distance de lui, et il nota mentalement la position des caméras.

— OK. Tu viens ?

Kane lui sourit tandis qu'elle se mettait en route.

— Oui.

Il descendit le chemin tout à loisir. Un peu plus tard, Jenna s'arrêta, se retourna et fit la grimace.

— Ce que tu peux être lent ! Il nous a fallu plus de dix minutes pour faire cent mètres.

Et elle se remit à marcher. Il haussa la voix :

— Je ne suis pas aussi jeune que toi.

La douleur lui traversa le crâne comme une explosion et la forêt devint floue. Il porta une main à sa tête et contempla le sang sur ses doigts. *J'ai été atteint.*

56

Le cri que Rowley entendit le troubla ; c'était peut-être le lynx, mais Bradford avait peut-être des ennuis. Après avoir tenté en vain de la contacter avec son talkie-walkie, il se servit du viseur de son fusil pour scruter la zone située entre la crevasse et la position qu'elle occupait auparavant. La végétation drue le gênait mais il voyait le chemin qu'elle descendait tout à l'heure, et rien ne bougeait à cet endroit. Elle devait déjà être à l'abri, et elle n'avait quitté son champ de vision que sur quelques mètres avant d'atteindre la crevasse. *Pourquoi ne répond-elle pas quand je l'appelle ?*

Sa tâche était de guetter le tueur pour protéger le shérif et Kane en cas d'attaque surprise, le temps que les tireurs de précision adoptent une meilleure position. Il scruta à nouveau la forêt, puis prit son portable, bravant les ordres de rester silencieux, et il appela Bradford. Il tomba sur le répondeur et jura tout bas. *Où êtes-vous ?*

Faute de pouvoir quitter sa position présente, il contacta Wolfe pour lui expliquer la situation.

— *Il est possible qu'elle ne capte pas, dans la crevasse. Nous sommes en train de descendre la montagne, nous devrions être en position dans cinq minutes environ. Observez bien la position du shérif et la zone alentour au cas où le tireur y serait. Si tout va bien, dirigez-vous vers la crevasse, mais si vous voyez le tueur, agissez conformément au plan. Appelez le shérif et nous descendrons jusqu'au sol forestier pour encercler le tueur. Nous avons entendu le cri. Restez vigilant Si c'est un lynx qui défend son territoire, il y a sans doute plusieurs mâles qui rôdent.*

— Bien reçu.

Rowley vérifia à nouveau la zone, regardant en direction du canyon, à travers les arbres.

Le shérif et Kane devaient maintenant se rapprocher du virage et ils allaient disparaître, pour redevenir visibles une fois sur le chemin ramenant droit au campement. Sûr que le tueur n'était pas à proximité du shérif, il se leva, mit son fusil sur une épaule, et partit vers le sentier raide qui menait en bas de la montagne. Il passa à l'endroit où Wolfe avait d'abord posté Bradford et il traversa les buissons. Il trouva le chemin qu'elle avait pris et, au bout de quelques minutes, il découvrit le fil blanc de son talkie-walkie. De là, il voyait clairement la crevasse baignée de soleil et un rapide examen avec ses jumelles confirma qu'elle était déserte.

Un frisson parcourut sa colonne vertébrale. Avait-elle été vue par le lynx ? Il s'enfonça dans la forêt, scrutant les ombres, et l'odeur d'urine de félin le percuta comme un mur de brique. *Oh merde.* Elle n'était pas bête, mais s'était-elle enfuie, paniquée ? Il chercha des yeux un indice autour de lui, et trouva une empreinte de chaussure dans la terre meuble, dans la direction opposée à la montagne. Elle était partie vers le shérif, et s'ils avaient attiré le tueur dans cette zone, elle serait en grand danger. Il reprit son talkie-walkie.

— Wolfe, on a un problème.

57

Jenna fit une dizaine de pas sur le chemin avant de se retourner vers Kane. Elle entendit un bruit sec, à peine plus sonore que le craquement d'une brindille, et une giclée de sang jaillit de la tête de l'adjoint. Elle le regarda avec stupeur, puis le même bruit retentit et une branche explosa à côté de lui. Merde, c'était un fusil de précision à silencieux, et Kane était la cible. Le tireur pouvait se situer dans un arbre à des centaines de mètres, ou au sol avec une vision dégagée entre les troncs. Elle se jeta à terre et roula dans les buissons mais Kane était toujours debout, les yeux dans le vide, l'air hébété. Elle agita la main pour attirer son attention.

— Accroupi !

Terrorisée par la quantité de sang qui ruisselait sur son visage, elle rampa vers lui à travers le sous-bois. Cela n'aurait pas dû arriver. Rien ne se déroulait comme prévu. Une autre balle frôla la tête de Kane avec un sifflement et se ficha dans un arbre ; il restait là comme pétrifié. Quelque chose n'allait pas du tout. Grâce à son expérience du combat, il aurait dû réagir instinctivement et se mettre à couvert. Elle s'avança encore un peu, se contorsionnant vers lui, mais il était à une dizaine de mètres et elle n'osa pas le héler, ce qui aurait indiqué au sniper où elle se trouvait.

Quand Kane tituba et tomba à genoux, à quelques centimètres de la pente abrupte, elle sentit son estomac se nouer. Les mots lui échappèrent avant qu'elle puisse les retenir.

— Attention, le ravin !

Après avoir faiblement tenté de se relever, il bascula tout à coup vers le canyon. Paniquée, elle avança à quatre pattes jusqu'au bord et vit avec effroi son corps qui rebondissait dans la pente comme une poupée de chiffon, avant de s'accrocher au pied d'un arbre. Les buissons le dissimulaient, pour l'essentiel, elle ne distinguait qu'un bras qui pendait au-dessus d'une branche. Il ne bougeait plus. *Kane. Oh, mon Dieu.*

Sous le choc, horrifiée, elle le contemplait sans vouloir le croire : il fallait qu'elle le rejoigne, mais la vérité commençait à la ronger. Elle ravala un sanglot. Ce fils de pute avait tué Kane. Son premier élan fut de dégringoler le canyon à sa suite, et elle hésitait au bord du précipice. Le cri d'un aigle dans le ciel, comme un avertissement, la ramena à la réalité.

Il y avait encore une chance que Kane soit vivant, et elle ne pourrait pas l'aider si le tueur l'abattait elle aussi. *Mets-toi à l'abri et contacte Wolfe.* Elle recula dans la forêt puis se leva, dos à un arbre, et sortit son portable. Une autre détonation étouffée et l'écran se brisa. La douleur rayonna dans ses doigts et elle tomba brutalement, s'écrasant à terre. Le souffle coupé, elle tenta pendant quelques secondes de reprendre sa respiration. Une balle avait transpercé le téléphone et laissé un accroc long de quinze centimètres du côté gauche de sa veste. Puisque le tireur utilisait un silencieux, l'équipe n'avait pu entendre le coup de feu. Il l'avait plaquée au sol et il était bien caché. Elle considéra l'angle du tir. *Il est devant moi, sur ma droite. À quelle distance ?*

Le cœur battant dans ses oreilles, elle scruta les alentours. Les buissons la protégeaient pour le moment. *Il faut que je rejoigne Kane.* Elle ouvrit le zip de sa veste et, les doigts brûlants, elle tira le Glock de son étui puis rampa jusqu'au canyon. Couverte par la végétation haute, elle se glissa vers le bord comme un serpent. Elle devrait se déplacer avec précaution, sans trahir sa position. Si elle attendait que le vent souffle avant de ramper dans les broussailles, il ne la verrait pas. Sous elle, le gravier, les racines et les débris déchiraient son jean, mais le gilet pare-balles lui avait évité toute blessure au-dessus de la taille.

Les images du crâne de Kane explosant avec une giclée écarlate lui revenaient à l'esprit. *Qu'il soit encore en vie. Mon Dieu, je vous en prie, faites qu'il soit encore en vie.* Elle fut frappée par une brusque prise de conscience. Si par miracle il avait survécu à cette balle dans la tête, il pouvait s'être cassé le cou lors de sa chute. D'une manière ou d'une autre, elle devait le retrouver. *Putain, où est mon équipe ?* Sa main tremblait sur la poignée de son revolver. Elle inspira profondément, puis roula sur le dos et tendit l'oreille. Quiconque descendrait le canyon délogerait quantité de pierres et elle l'entendrait, mais seul le son de sa lourde respiration brisait le silence. Après avoir remis son arme dans son étui, elle se mit à quatre pattes et se dirigea vers l'arbre le plus proche.

Dans l'ombre, le dos collé au tronc, elle considéra la pente. La main gantée de Kane était suspendue au-dessus d'une branche basse mais ses doigts n'avaient pas bougé. Elle avala la boule qu'elle avait dans la gorge et voulut puiser dans ses réserves de professionnalisme, mais le désespoir s'insinuait en elle. Les lèvres humides et salées, elle chassa les larmes qui coulaient sur ses joues. Elle fut engloutie par la détresse et la solitude. La cible, c'était elle, pas Kane. Comment cela avait-il pu se produire ?

58

Son euphorie se traduisit par un ricanement alors qu'il se déplaçait entre les arbres comme un fantôme. Il avait souvent emprunté les sentiers créés par les allées et venues des animaux. Dans son oreille bourdonnait la voix enthousiaste de son contact. La balle dans la tête de Paul avait ravi les spectateurs, et son associé rediffusait la scène au ralenti sur le site de vidéos payantes. Une des caméras de chasse avait saisi l'air choqué de Mariah et le moment où il avait visé son téléphone. Coup double : son portable était grillé et elle avait une balle entre les côtes. Ce genre de tir exigeait du talent. Il sourit et s'arrêta pour regarder la rediffusion au ralenti de la tête de Paul explosant et de Mariah tombant sur le cul.

Son contact l'assura que Paul était tombé dans le ravin au fond du canyon. Son corps servirait de dîner aux créatures habitant cet abîme insondable. Débarrassé de Paul, il avait maintenant tout le temps de jouer avec Mariah, et il voulait faire durer ce petit jeu. Après tout, l'hiver serait bientôt là et la neige l'obligerait à faire profil bas jusqu'au printemps.

Il se lécha les lèvres. Mariah, sa proie, s'était remise en marche ; avec la blonde, il s'était simplement aiguisé l'appétit.

Les spectateurs avaient modifié le déroulement mais à présent, il pouvait se concentrer sur Mariah. Dans la liste de ses actions préférées, ils avaient choisi le viol d'abord, le charcutage ensuite. Il adorait les torturer, ces salopes. Ça leur apprenait à bien se tenir devant lui.

Son habileté à manier le couteau était devenue une forme d'art : il fallait les découper sans les tuer. Lorsqu'il aurait satisfait le désir de sang de ses spectateurs, il l'étranglerait juste assez pour la maîtriser avant de l'emporter dans sa grotte. Elle croirait que c'était fini, puis elle se réveillerait et il pourrait recommencer.

Il marcha jusqu'au virage et s'enfonça dans le bois. Elle était proche ; il humait presque l'odeur de sa peur. Il sortit son couteau et sourit. *Cours, cours aussi vite que tu peux, Mariah, mais tu ne m'échapperas jamais.*

59

Rowley examinait de larges pans de la forêt.

— Quels sont vos ordres, monsieur ? Je sens un lynx mais je ne vois rien qui bouge. Je ne peux pas risquer d'appeler Bradford. Ça signalerait ma présence au tueur.

Wolfe émit un long soupir.

— *Nous sommes sur le plateau et le soleil nous prive encore de visibilité. Partez en reconnaissance, disons à cent mètres de la piste qu'elle est censée avoir prise, puis appelez, que vous la trouviez ou non. Nous descendons. Il se fait tard, et si le shérif ou Kane avait repéré le tueur, ils nous auraient déjà alertés.*

Rowley prit le fusil dans ses mains, le referma et le tint à hauteur de son épaule. Il ne voulait en aucun cas devoir affronter un lynx en colère ou un dingue sans avoir une arme prête à servir. Il se dirigea vers la piste.

— Bien reçu.

Il habitait Black Rock Falls depuis toujours et il avait passé bien des heures dans le bois de Stanton. Il s'y réfugiait après l'école, il venait s'y détendre avec des amis, pêcher ou chasser. Ces derniers temps, l'endroit était associé à des souvenirs qu'il aurait mieux aimé oublier. Tandis qu'il se déplaçait prudemment à travers les ombres qui zébraient le chemin, il repensa à l'un de ses nouveaux amis. Depuis qu'il avait rencontré Atohi Blackhawk, ils passaient beaucoup de temps ensemble. Atohi lui offrait un autre regard sur la vie et l'avait encouragé à se risquer à nouveau dans la forêt. La nature n'était pas coupable des atrocités humaines ; la beauté des arbres et de tout le bois guérirait la tristesse qu'il ressentait. *Je l'espère.*

Des croassements et des battements d'ailes firent se dresser les poils de sa nuque. Il connaissait les signes de la mort, et aussi sûr qu'il s'appelait Jake Rowley, un rassemblement de corbeaux était le premier de ces signes. La brise avait une odeur de sang et il s'arrêta soudain pour écouter. Rien, juste le bruissement des feuilles et les oiseaux qui se disputaient sur leur perchoir. Il s'écarta du sentier pour avancer lentement d'un arbre à l'autre, s'attendant à déranger le tueur.

La sueur coulait dans ses yeux, son pouls martelait ses oreilles. À chaque pas, l'odeur caractéristique de la mort devenait plus forte. Il ferma les yeux un instant et pria pour que ce soit un animal. Tous ses instincts lui criaient de faire demi-tour pour aller rejoindre Wolfe et Webber, mais il serrait son fusil et avançait toujours. L'odeur était désormais terrible. Il ravala sa crainte et braqua son arme sur le côté d'un tronc, mais un rapide regard suffit. *Nom de Dieu.*

Il chercha son micro à tâtons et appuya sur le bouton.

— Venez tout de suite. C'est grave.

— *Des détails, Rowley.*

L'ordre de Wolfe résonna dans son écouteur. Ses mains tremblaient.

— C'est l'adjoint Bradford, il y a plein de sang.

— *On arrive. Vérifiez si elle est encore en vie.*

La forêt s'était refermée sur lui. Le tueur avait un million de cachettes possibles d'où il pouvait observer sa réaction, ce fils de pute. Rowley rassembla ce qu'il lui restait de courage et marcha vers Bradford. Sa poitrine se serra et il dut obliger ses yeux à contempler le spectacle sinistre qui s'offrait à eux. Il ne serait pas nécessaire de prendre le pouls.

Le terrain accidenté déchirait son jean, les buissons lui fouettaient les joues, mais Jenna continuait, glissant et dérapant dans la pente raide. N'ayant que son sens de l'orientation pour la guider, elle restait près du sol et avançait vers Kane. Le temps s'écoulait, et chaque seconde pouvait faire la différence entre la vie et la mort pour son adjoint. Elle réprima un sanglot d'impuissance alors que les gravillons la retardaient. Sans son téléphone, elle n'avait plus aucun contact avec son équipe. Elle portait une bague intelligente qui, en cas d'urgence, enverrait un message au portable de Kane. Maintenant qu'il avait été abattu, ça ne servait plus à grand-chose. Si elle pouvait le rejoindre, elle se servirait de son téléphone à lui pour appeler des renforts.

Le sol se déroba sous ses pieds, et elle fut entraînée dans une dégringolade incontrôlée. Au désespoir, elle s'agrippa à un buisson pour ralentir sa chute, puis s'accrocha à des touffes d'herbe pour ramper jusqu'à la base d'un arbre. Elle s'assit, haleta quelques secondes, puis leva les yeux, en quête du moindre mouvement au-dessus d'elle. *Où est le tireur ?*

Une chose était certaine : le tueur était là-haut et il allait chercher parmi les images filmées par ses caméras pour savoir où elle allait. Son équipe ignorerait que le plan avait foiré puisqu'il n'était pas prévu qu'ils se recontactent avant une demi-heure. Aveuglés par le soleil, ils ne devaient pas savoir que le tueur avait visé Kane et qu'elle était en danger. Tout à l'heure, comme Kane ne décrocherait pas, ils viendraient à lui. Entre-temps, elle devait déjouer les ruses d'un tueur psychopathe et se rapprocher de son adjoint.

Elle tourna la tête de tous les côtés pour se repérer, mais la voie la plus directe pour le rejoindre la mettrait à découvert. *Je dois trouver un autre chemin.* La canopée des arbres la dissimulerait encore sur quelques mètres, et elle partit au petit trot sur une piste créée par les animaux, levant haut les genoux pour éviter le pêle-mêle de lierre et d'herbes sèches. Lorsqu'elle atteignit la clairière, elle vit à vingt mètres le bras de Kane reposant sur une branche. Pour éviter de traverser l'étendue qui la séparait de lui, elle devrait négocier la descente sur une quinzaine de mètres jusqu'au fond du ravin.

L'esprit préoccupé par l'urgence d'arriver jusqu'à Kane, elle tira sur ses gants, saisit la tige solide des buissons et passa par-dessus bord, les pieds en avant. Les jambes suspendues dans le vide, le cœur battant dans sa poitrine, elle tâtonna la paroi rocheuse pour trouver un endroit où poser un pied. Le gravier s'écroula derrière elle, avec un bruit de pluie saupoudrant le sous-bois. Elle risqua un regard vers le bas et son estomac se noua. La peur la retint immobile pendant quelques longues secondes, puis elle serra les dents et put se déplacer en empoignant les buissons, un pas précautionneux à la fois.

Les broussailles s'agitaient sous son emprise, menaçant de se déraciner et de la précipiter vers une mort certaine. Les épaules surmenées, elle persistait à avancer le long du canyon. Consciente de l'intolérable lenteur de sa progression, elle réprima un sanglot de soulagement quand les ombres s'accumulèrent sur elle. Les muscles de ses bras hurlaient de protestation quand elle s'extirpa du ravin et se retrouva dans l'herbe, hors d'haleine. Sans se laisser un instant pour récupérer, elle rampa jusqu'aux grands pins et, une fois à couvert, elle contempla les lieux. Kane était couché face contre terre, jambes écartées. Un bras était suspendu au-dessus de l'arbre écroulé et il portait encore son sac à dos. Il n'avait pas du tout bougé. Luttant contre le désir de courir jusqu'à lui, elle scruta les environs, s'assurant qu'un tireur placé en hauteur ne la verrait pas, puis se rapprocha.

La panique l'envahit et elle tenta désespérément de se préparer à affronter froidement ce qu'elle découvrirait. Vu tout le sang qui avait jailli du crâne de Kane et sa chute dans le canyon, les chances de le retrouver en vie étaient quasiment nulles, mais elle devait s'en assurer.

Elle se déplaça d'arbre en arbre, en veillant à rester cachée, puis rampa jusqu'au corps inerte. Le sang recouvrait les cheveux de Kane, imbibait son dos et l'épaule de son T-shirt. Elle enleva ses lunettes de soleil et contempla la blessure avec surprise. Ce n'était pas le trou béant auquel elle s'attendait, et ce saignement abondant était signe de vie. Elle mobilisa sa formation à la survie comme un bouclier contre les émotions qui montaient en elle. *Je dois arrêter l'hémorragie.*

Sur dix centimètres, la balle avait creusé une trajectoire à travers son cuir chevelu, juste au-dessus de l'oreille droite, mettant à nu la plaque de titane. Elle frémit à la vue du métal abîmé. *Est-il passé si près de la mort ?* Elle ôta un de ses gants et glissa une main sous son cou pour lui prendre le pouls. Sous ses doigts, elle sentit un *boum, boum, boum* plein de vigueur, et non la faible palpitation d'un corps qui se vide de son sang. Soulagée, elle fouilla ses poches pour trouver son téléphone, le prit et grogna en constatant que l'écran était en miettes. En appelant Wolfe, Kane aurait obtenu tous les soins experts dont il avait besoin. Elle leva les yeux jusqu'en haut du canyon. Rien ne bougeait dans les hautes herbes, rien ne dérangeait les cailloux. Le tueur ne l'avait pas encore repérée.

— Eh bien, ce sera juste toi et moi, Dave.

Avec des gestes délicats, elle lui palpa les bras et les jambes, cherchant les blessures. Elle ne trouva aucun os cassé, mais le sang s'était accumulé autour de son genou gauche et il s'était peut-être endommagé la colonne vertébrale. Elle lui détacha son sac à dos et souleva le bras posé sur une branche. Comme les arbres les dissimulaient, elle pourrait prendre soin de sa plaie au crâne sans que le tueur les voie. À part de l'eau et des barres énergétiques, Kane avait l'habitude de transporter un kit complet de sauvetage, avec agrafeuse cutanée. Au moins elle pourrait arrêter le saignement. Elle prit le kit et en inspecta le contenu. Après avoir enfilé les gants chirurgicaux, elle coupa les poils, retira de la plaie les feuilles et autres débris, l'irrigua, puis agrafa les bords ensemble. Après avoir pansé la plaie, elle regarda son adjoint, en souhaitant qu'il ouvre les yeux.

Il avait des bleus partout, et de profondes entailles et égratignures au visage. Ne voulant pas lui bouger la tête, elle tamponna ce qu'elle pouvait atteindre, puis tira une couverture du sac à dos. Alors qu'elle se retournait vers lui, Kane leva un bras et la saisit à la gorge. Elle plongea son regard dans les yeux d'un homme qu'elle ne connaissait pas. Froids et intimidants, ils la transperçaient, examinant son visage. Il pesait une tonne et elle manquait d'air.

— Lâchez-moi.

Kane se toucha la tête et tressaillit.

— Qui êtes-vous ? Si vous essayez de me tuer, vous faites fausse route, ma petite dame.

Elle resta bouche bée, tâchant d'inhaler sous son poids.

— Je suis le shérif Jenna Alton, ton supérieur hiérarchique. Nous pourchassons un tueur en série, et c'est lui qui t'a tiré dessus.

Les doigts de Kane se resserrèrent autour de sa gorge.

— De ma vie, jamais je ne serais l'adjoint de personne. Réfléchissez et je vous laisserai peut-être en vie.

Jenna tâcha de se rappeler les histoires qu'il lui avait racontées, de l'époque où il travaillait pour le président des États-Unis.

— Calme-toi et je vais te dire ce que je sais. Tu as quitté l'armée et je te connais sous le nom de Dave Kane.

Elle le regarda dans les yeux, mais il ne semblait absolument pas savoir qui elle était.

— Tu m'as raconté un jour qu'un des agents qui protégeaient le président avait laissé son talkie-walkie allumé alors qu'il allait aux toilettes et qu'il avait fait beaucoup de bruit. Tu as dû écouter sans rire, tout en montant la garde à côté du président.

— Continuez.

L'emprise de Kane se relâcha. Voulant à tout prix le faire revenir dans son camp, elle lui livra un récit abrégé de son parcours.

— Ta femme s'appelait Annie, elle a été tuée par une bombe cachée dans une voiture. Tu as une plaque métallique dans la tête depuis cet attentat, et tu es devenu mon adjoint à Black Rock Falls.

Perplexe, Kane scruta son visage.

— Je ne me souviens pas de vous, ni d'être votre adjoint. Le reste, c'était hier. Quel jour sommes-nous ?

Jenna lui répondit, puis glissa une main dans sa poche et en tira son insigne.

— Tiens. Je suis bien celle que je prétends être.

Elle attendit qu'il ait examiné le badge l'identifiant, puis lui résuma rapidement la situation dans l'espoir que cela remettrait sa mémoire en action.

— Nous travaillons ensemble depuis un an. Tu habites un pavillon sur ma propriété. Tu as un chien qui s'appelle Duke, un lévrier.

— Je ne m'en souviens pas, mais vous êtes bien shérif et nous sommes en pleine forêt, donc je pense que je dois vous croire.

Il roula sur le côté, grogna et devint blanc comme un linge.

— Merde, j'ai pris une balle dans le genou. J'ai la rotule cassée.

Il s'assit sous un arbre pour examiner le trou déchiré dans son jean trempé de sang.

— Laisse-moi y jeter un œil.

Pour qu'il cesse de penser à ses blessures, Jenna lui résuma les informations qu'ils avaient sur le tueur et ce qui s'était passé au cours de cette dernière heure. Elle prit la trousse de secours et se pencha au-dessus de sa jambe.

— Il faudra montrer ça à un docteur. J'ai agrafé ta plaie à la tête, mais pour celle-ci, il faut un spécialiste. Tout ce que je peux faire pour l'instant, c'est la nettoyer et la panser.

— Faites donc, mais je pense que je serai incapable de remonter cette pente.

Kane grimaça lorsqu'elle versa le désinfectant sur la blessure.

— Vous avez appelé du renfort ?

Il glissa une main dans sa veste, trouva ses papiers, détacha son arme et fouilla ses poches. Jenna remarqua que ses gestes étaient lents, et elle fronça les sourcils.

— Non, les téléphones sont cassés. Tu as d'autres blessures ?

Elle tira les bouteilles d'eau du sac à dos et lui en tendit une pendant qu'elle buvait l'autre.

— Trop pour qu'on les compte.

Son regard s'était adouci. Elle finit de panser la plaie et leva les yeux vers son visage blême, aux traits tirés.

— Il y a de la morphine dans la trousse.

Kane plissa le front puis, à nouveau, l'observa de près.

— Non, je dois rester vigilant. Nous devons bouger. Mainte-nant ! Si le tueur m'a vu tomber, il connaît ma position et il pourrait être en route. Donnez-moi cette branche, elle me servira de canne.

Il renfila le sac à dos et se mit debout en s'appuyant à un arbre. Ils firent quelques mètres dans les ombres profondes du canyon avant que Kane doive s'arrêter. Jenna partageait presque sa souffrance mais il ne s'était pas plaint une seule fois. Pantelant, il s'accrocha à un pin et elle s'avança un peu pour se situer. Les branches furent ébranlées par une balle qui siffla au-dessus de sa tête et alla se planter dans un tronc de sapin. Jenna se laissa tomber et roula derrière un énorme rocher. La peur fit accélérer son rythme cardiaque ; le tueur l'avait prévenue qu'il approchait. Pour augmenter son plaisir, il voulait qu'elle soit terrorisée. *Il me traque.*

Elle rampa vers l'autre côté du rocher et trouva Kane qui se traînait vers elle. Après l'avoir aidé à s'asseoir, elle lui enleva son sac à dos.

— Il y a de l'eau et des barres énergétiques là-dedans, ainsi qu'une couverture de survie.

— OK.

Kane la regarda d'un air interrogateur ; les bleus de son visage avaient viré au violet et le sang coulait par-dessous son pansement au crâne. Elle s'accroupit devant lui.

— Vous prévoyez de me laisser ici, pour les ours ?

— Tu es capable de te débrouiller seul un moment. Tu as un tas de munitions, et je t'ai vu tirer. Écoute-moi, Dave. Je vais éloigner le tueur de toi. S'il descend dans le canyon, nous serons plus vulnérables ; personne ne sait que nous sommes ici. L'équipe n'a pas pu nous contacter tout à l'heure, elle sait maintenant qu'il y a un problème et elle doit être en train de nous rejoindre. Je devrai juste éviter qu'il m'attrape avant leur arrivée.

Kane plissa le front.

— Pas question. S'il s'agit d'un tueur en série, d'un psycho-pathe, personne ne sait vraiment ce qu'il a dans la tête ; il pourrait péter un câble et vous tuer pour s'amuser. Je ne vous laisserai pas faire, shérif. Restez ici et nous l'affronterons ensemble.

Il la regardait froidement, comme si un étranger s'était emparé de son corps.

— Nous n'avons pas le choix. Avec tes blessures, que ça te plaise ou non, Dave, il aura l'avantage. Si je te laisse ici, je pourrai l'éloigner. Tu ne l'intéresses pas, et je pense qu'il te croit déjà mort. Moi je l'ai cru, avoua-t-elle en regardant ses yeux injectés de sang. Tu as profilé ce tueur et je suis le type de femme qu'il assassine. Les hommes qu'il tue, c'est du superflu, pour lui.

Kane lui saisit le bras.

— C'est trop dangereux. Si nous restons ici, je l'abattrai dès qu'il entrera dans mon champ de tir. Les coups de feu alerteront vos adjoints et ils arriveront en courant.

Elle se demanda s'il avait encore toutes ses facultés, après sa blessure à la tête, et elle lui signifia son refus.

— Je sais que tu as l'habitude de travailler comme ça, Dave, mais nous devons suivre les règles. Il y a des chasseurs partout dans la forêt, et n'importe qui pourrait entrer dans ton champ de tir. Nous devons d'abord être sûrs que c'est le tueur. Tu ne peux pas simplement tuer le premier venu qui apparaîtra ici ; il faut qu'il présente une menace.

Un coin de la bouche de Kane se retroussa.

— Je pense qu'il a déjà présenté une menace pour moi, madame. Admettons que je vous suive dans cette folie. Quel est votre plan ?

— Si je fonce à découvert, rien qu'une seconde, pour attirer son attention, je peux me cacher dans l'ombre et grimper en haut du canyon. L'équipe est en train de fouiller cette zone. Ils vont me repérer, et ils arriveront. C'est notre seule option. Comme j'ai dit, ils ne savent pas que nous sommes ici, en bas. Si je reste, poursuivit-elle en haussant les épaules, nous servons les intérêts du tueur. Ce dingue, là-haut, ne veut pas me tuer tout de suite ; il préfère torturer ses victimes, et nous pouvons en jouer contre lui.

Kane but une gorgée d'eau et tressaillit.

— Et s'il vous paralyse ? Disons qu'il vous tire dans les bras ; vous ne pourrez ni vous battre ni utiliser votre arme. Votre équipe ne sera pas là dans deux secondes ? Il a une carabine de gros calibre, et d'après ce que j'ai pu constater jusqu'ici, c'est un tireur d'élite. Il pouvait abattre toute votre équipe avant qu'ils sachent ce qui se passe.

Jenna secoua la tête.

— Pas mon équipe. Pour l'amour du ciel, c'est toi qui les as formés, et nous avons Wolfe aux commandes. Comme toi, c'est un ex-marine. Il ne nous laissera pas tomber.

— Si vous le dites, mais je suis votre meilleure protection, même avec un genou en vrille. Si vous me connaissez aussi bien que vous le prétendez, vous comprendrez.

Il étrécit les yeux. Elle lui serra l'épaule.

— Je comprends, mais pour le moment, je dois te protéger. C'est la meilleure option. Je dois faire confiance à mon équipe. Reste à l'abri. Je m'occupe de ce fils de pute et j'envoie Wolfe t'aider, promis.

Ne voulant pas discuter plus longtemps, elle remit ses lunettes de soleil, rangea la bouteille d'eau dans sa poche, puis piqua un sprint hors du bois, à travers la zone ensoleillée, bien visible, avant de disparaître à nouveau parmi les arbres qui bordaient la paroi abrupte du ravin. Au-dessus d'elle, elle entendit un fusil à silencieux lâcher plusieurs balles, en succession rapide. Le tueur tirait autour d'elle comme pour la cerner. Une vague de panique déferla sur elle. *Le jeu a changé. Maintenant, j'obéis aux règles de ce dingue.*

Sa journée n'aurait pas pu être meilleure. Sa proie venait de s'avancer à découvert, parfaitement visible. Il gloussa et tira encore quelques coups à droite de la cible.

— Allez, reviens sur le chemin. Je suis impatient de jouer avec toi.

Il se pencha par-dessus le bord du ravin, où il vit les buissons bouger alors que Mariah escaladait la pente.

Elle serait épuisée quand elle arriverait en haut, et avec le soleil qui déclinait rapidement, il n'aurait pas le temps de la laisser se reposer avant de conclure la traque. Il consulta sa montre. Il lui restait peut-être une heure de bonne luminosité. Il voulait la poursuivre : pour satisfaire son besoin, il devait la voir courir, éperdue, puis comprendre qu'elle ne lui échapperait jamais. Les votes portaient sur la façon dont il la tuerait, mais la pousser vers sa grotte était son principal objectif. Il voulait la savourer devant ses amis. Après tout, cela faisait des années que certains d'entre eux n'avaient plus vu une femme.

Il eut un frisson d'enthousiasme à l'idée de sa réaction lorsqu'il allumerait les lampes de sa caverne. Elle hurlerait, horrifiée par l'expression de ses amis. Peu de gens pouvaient apprécier leur décomposition autant que lui. Ses amis souriraient à Mariah et il se nourrirait de sa terreur. Son cœur palpiterait, et pourtant il serait calme. Il aimait tellement prendre son temps avec sa proie, savourer chaque délicieux moment.

Il attendit qu'elle émerge du canyon et fonce dans le sentier, en direction de son campement. Sans se presser, il la suivit ; elle progressait lentement et il n'aurait pas de mal à la rattraper. À sa surprise, elle cessa de marcher, au beau milieu du chemin, et but une longue gorgée d'eau. Il leva son fusil et tira deux fois dans l'arbre, à sa gauche. Curieusement, elle ne s'élança pas à toutes jambes dans le bois, mais se retourna lentement face à lui. Il s'avança à découvert et braqua son arme vers elle. Son modificateur de voix suffirait à la terrifier.

— Cours ou je te tue sur place.

Elle répondit avec assurance et mépris, d'une voix étrangement familière.

— Quoi ? Vous prévoyez de me tirer dans le dos ? Un grand monsieur, avec son grand fusil. Tu n'es qu'un sale petit fils de pute, qui se sert de sa grosse carabine contre une femme sans arme. Un homme, un vrai, aurait au moins les couilles de se battre d'égal à égal. Quoi ? Je suis trop forte pour toi ? Rentre chez ta maman, mon petit garçon, tu me fais perdre mon temps.

Fou de rage, il jeta le fusil à terre et dégaina son couteau.

— Tu vas regretter ce que tu viens de me dire, salope.

Cherchant désespérément à gagner du temps, Jenna lui fit signe d'avancer.

— Allez, vas-y, pauvre merde.

Son courage lui venait du mouvement qu'elle entendait. Son équipe s'approchait dans le sentier et sa voix sonore avait dû éveiller leur attention. L'homme qu'elle avait devant elle n'était pas aussi grand que Kane, et il était couvert des pieds à la tête. Un affreux bandana squelette lui masquait le visage, et des lunettes de soleil dissimulaient ses yeux. Il était exactement tel que Colter Barry l'avait décrit. Les jambes écartées, les épaules en arrière, elle voulait qu'il vienne à elle. Le profil de ce dingue lui revint à l'esprit ; selon Kane, le tueur se nourrissait de la peur et appréciait sans doute que ses victimes le supplient de leur laisser la vie sauve.

L'adrénaline montait en elle, elle avait envie de se battre avec lui, comme si l'idée qu'il soit vaincu par une femme devait tout remettre en ordre. Elle l'entendit parler, mais pas à elle ; il communiquait avec son talkie-walkie. Elle eut un moment de malaise, car elle n'avait pas songé qu'il pouvait avoir des complices. Il s'avançait, faisant passer son couteau d'une main à l'autre, comme s'il avait tout son temps. Le meurtrier marchait vers elle à petits pas calculés.

— Je vais te tuer lentement, te faire hurler et demander grâce, mais je n'ai jamais pitié. Tu es à moi, maintenant. Il n'y a plus d'issue, Mariah.

Soucieuse de ne manifester aucune crainte, Jenna lui rit au nez.

— Je ne m'appelle pas Mariah.

Elle entendait des pas dans les buissons, derrière elle, mais était-ce son équipe ou les complices de ce dingue ? Agir était la seule possibilité.

— Jette ce couteau. Je suis le shérif Jenna Alton et je ne suis pas seule.

Le tueur s'arrêta subitement et, à sa surprise, il ricana.

— Ah, j'ai gagné le gros lot. Donc ça doit être l'adjoint Kane que j'ai tué tout à l'heure. Eh bien, vous m'avez bien eu, mais vous ressemblez à la plupart de mes victimes, pas vrai ? Il n'y a ici personne pour vous sauver, Jenna. J'ai des yeux partout, et si cette jolie blonde faisait partie de votre équipe, je suis désolé de vous dire que son cœur n'est plus à vous.

Il fit encore quelques pas mesurés.

— Personne ne vous rejoindra à temps. Ce n'est plus que vous et moi, comme ça devait être.

Elle eut soudain peur pour Bradford. Comment avait-il pu l'atteindre alors que trois adjoints la couvraient ? Elle haussa le menton. Il ignorait qu'elle avait une arme sous sa veste, et à ce qu'elle pouvait deviner, il n'avait pour lui qu'un couteau et une bonne dose de démence. Raisonner avec lui était encore une option.

— Vous n'avez pas tué Kane. Je vous laisse encore une chance de vous rendre pacifiquement.

Il pencha la tête sur le côté.

— Vous êtes folle ? J'aimerais mieux mourir que de capituler devant une femme, surtout *vous*.

Il accéléra pour se rapprocher d'elle. Sans détacher son regard de lui, Jenna ouvrit sa veste et prit son arme. Tenant le revolver à deux mains, elle visa.

— Halte ou je tire.

Le tueur éclata d'un rire insensé et continua à avancer. Jenna appuya sur la détente, visant le bras droit. L'homme vacilla sous la force de la balle, mais sans lâcher son couteau, comme s'il était insensible à la douleur, et sans ralentir son allure. Il était à moins de dix mètres, il n'y en avait plus pour longtemps.

— Mauvais choix, Jenna. Il faut viser la tête ou le cœur, ma belle.

Il secoua la tête comme un chien, puis pressa le pas.

— Ou bien tu as raté ta cible ? Tu fais moins la fière, maintenant, sale garce ?

Il se jeta sur elle, le couteau levé.

Sans réfléchir un instant, Jenna resta à sa place, visa et tira. L'homme poussa un cri de souffrance quand sa rotule explosa, et il percuta le sol lourdement. Elle attendit une seconde, dans l'espoir qu'il allait céder. Si elle l'abattait, ils ne sauraient jamais combien de personnes il avait tuées. Alors qu'il rugissait de colère et agitait le couteau dans sa direction, elle avait les mains tremblantes de peur, elle le contemplait avec horreur. Comme animé d'une force surhumaine, il lui adressa un sourire satanique et se traîna vers elle.

— Tu es la prochaine, Jenna.

Le doigt de Jenna appuya une fois de plus sur la détente de son Glock.

— Oh, je ne crois pas.

— Cessez le feu !

Wolfe surgit hors de la forêt, Rowley et Webber sur ses talons. Avant que Jenna ait pu proférer un ordre, Wolfe fit voler d'un coup de pied le couteau que le tueur avait en main et il le menotta. Elle regarda les adjoints.

— Vous avez pris votre temps. Où est Bradford ?

— Elle est morte. Tuée par lui, je suppose.

Les yeux de Rowley étaient pleins de tristesse. Jenna fut envahie par le chagrin, mais elle le surmonta et hocha la tête.

— Il me l'a avoué. Faites venir un hélico. Kane est dans le canyon et il a besoin de soins médicaux urgents. Ce salaud peut attendre.

— Je m'occupe de l'hélico. Où est Kane ? Je vais descendre jusqu'à lui, déclara Wolfe, attendant les précisions du shérif. Webber pourra s'occuper des blessures du prisonnier.

Jenna agrippa le bras du légiste et l'entraîna à l'écart, baissant la voix.

— Kane a reçu une balle dans le crâne et il souffre de perte partielle de la mémoire. Il ne m'a pas reconnue. Soyez prudent avec lui. Il risque de tirer d'abord, et de poser des questions ensuite. Il se croit revenu au moment de l'attentat. La voiture qui a explosé.

— Moi, il me reconnaîtra.

Wolfe se retourna et partit dans le canyon.

— Vous auriez dû me tuer, s'écria le tueur en relevant la tête.

— Je ne vous aurais pas fait ce plaisir. J'espère qu'ils vous laisseront moisir en prison jusqu'à la fin de vos jours ; une injection létale, ce serait encore trop bien pour vous.

Jenna se pencha au-dessus du meurtrier pour lui arracher son déguisement, puis resta bouche bée. Ce n'était pas Ethan Woods, comme elle s'y attendait. Elle battit des paupières, confuse face au visage qui la regardait.

— James Stone.

ÉPILOGUE

Il était arrivé à Jenna tant de choses depuis qu'un hélicoptère militaire avait tiré Kane du ravin. Au lieu de l'emmener à l'hôpital de Black Rock Falls, ils étaient allés au centre médical militaire national Walter Reed, à Bethesda. Quand Wolfe lui avait appris que Kane avait besoin d'un environnement sûr pour sa convalescence, elle en déduisit qu'il ne reviendrait pas de sitôt à Black Rock Falls, peut-être même jamais.

L'appel de l'hôpital fut donc une surprise. Kane voulait la voir. Redoutant ce qu'il allait lui dire, elle se rongea les ongles sans savoir que faire. La personne qui avait téléphoné lui indiqua qu'elle pourrait lui rendre visite d'ici quelques jours, après la dernière série d'interventions chirurgicales, mais elle voulait être là pour lui et ne pouvait patienter une seconde de plus. Il fallait qu'elle sache s'il prévoyait de revenir à Black Rock Falls.

Le vol pour Washington lui laissa le temps de songer qu'elle avait bien failli être la victime de James Stone. Elle était sortie avec ce type. Qui aurait cru qu'un homme qui gagnait sa vie à défendre les gens pouvait tuer de sang-froid ? Contemplant les nuages par le hublot, elle se remémora toute l'affaire. Kane aurait envie de connaître les détails.

Les jours qui avaient suivi la capture de James Stone s'étaient révélés éprouvants. Sans informations sur l'état de Kane, hormis le fait qu'il était en vie, elle avait craqué nerveusement. Elle appelait l'hôpital tous les jours, sans succès. Comme elle n'était pas membre de la famille, on refusait de lui communiquer le moindre renseignement. Rowley et Wolfc l'avaient soutenue de leur mieux, et Emily passait ses week-ends à lui raconter des récits sanglants pour lui remonter le moral.

Elle avait fait envoyer le corps de Bradford à sa famille, à Helena, puis l'équipe s'était consacrée à mettre au jour la face cachée de James Stone. Après des heures à visionner les vidéos atroces de ses meurtres, ils découvrirent sa grotte à Bear Peak. À l'intérieur, ils trouvèrent le corps de Jim Canavar. Stone avait filmé la mort de Canavar, ce qui le disculpait de toute implication dans les crimes. Jim était assis au milieu d'un alignement de victimes inconnues. L'ex-fiancée de Jim Canavar et son copain ne figuraient pas parmi les squelettes de la caverne, pas plus que les propriétaires des sacs à dos, mais ils mirent la main sur une vidéo du meurtre de Paige et Dawson. Ce fut un soulagement de pouvoir classer ce dossier et de savoir que leur assassin serait derrière les barreaux pour très longtemps.

En suivant la piste des touristes asiatiques portés disparus, le FBI identifia l'inconnu comme Lee Pu, ressortissant chinois qui avait transféré d'énormes sommes en liquide depuis son compte en banque, la veille de quitter son pays. Le FBI ne put trouver aucune trace du compte *offshore* mais supposa que c'était un versement destiné à Stone pour participer au meurtre de Bailey Canavar. Alors que les paiements de sa nouvelle voiture venaient d'un compte à l'étranger, Stone nia connaître M. Pu.

En travaillant sur l'ordinateur de l'avocat avec la Cyberdivision du FBI, Wolfe put localiser et fermer le site de Stone sur le *dark web*. Jenna avait été horrifiée par les détails de l'entreprise. Stone passait ses vacances à commettre des meurtres dans tout le Montana et il avait rapporté un cadavre spécifique en souvenir, mais n'avait pas livré le nom de ses victimes. Il avoua avoir emporté à cheval le corps de cet ami dans la forêt pour qu'il rejoigne les autres dans sa grotte. Comme M. Pu était évidemment un client, le FBI lança des recherches ADN sur tous les continents pour identifier les autres victimes et ressortir des affaires non classées dans le Montana. Stone prenait manifestement plaisir à encaisser l'argent de ses clients, puis à les tuer ; les dossiers bancaires des victimes indiquaient d'énormes retraits peu avant leur disparition. Malgré tout le savoir-faire du FBI, il fut impossible de découvrir son complice dans l'organisation du site de vidéos payantes, ainsi que ses spectateurs en ligne.

Au fil des nombreux interrogatoires auxquels Stone fut soumis par un profileur du FBI, on apprit qu'il avait été adopté par un couple, sa famille ayant succombé à un incendie domestique. Six mois plus tard, Stone prétendit avoir découvert le couple assassiné dans leur lit. Comme il n'avait que 12 ans, la police ne l'avait pas considéré comme suspect, mais ce meurtre avait aiguisé son appétit.

À mesure que l'avion descendait vers la piste, Jenna frémit au souvenir d'avoir visionné l'interrogatoire de James Stone. Il avait divulgué ses nombreux crimes avec une joie évidente, mais sans accuser personne d'autre. C'était comme s'il aimait revivre ce récit macabre, depuis le massacre de ses parents adoptifs jusqu'à une litanie de meurtres commis plus tard. Sa conclusion l'avait glacée jusqu'aux os. Il affirmait qu'elle était la raison pour laquelle il tuait des femmes aux cheveux noirs, les hommes n'étant que des dommages collatéraux. Ses paroles tournaient en boucle dans son esprit.

« *C'est la faute de Jenna, c'est elle qui m'y a poussé. J'ai essayé d'être gentil avec elle, mais elle me traitait comme un moins que rien. Elle ne valait pas mieux que toutes les autres. Je n'étais pas assez bien pour madame le shérif. Tout ce que je voulais, c'était avoir une relation avec elle. »* Stone s'était tourné vers le miroir sans tain comme s'il pouvait la voir. *« Vous m'avez manqué de respect et il fallait que je vous le fasse payer, Jenna. Il fallait que je les fasse toutes payer. »*

L'incident remontait à un an auparavant, et malgré les nombreuses fois où elle l'avait éconduit, Stone était devenu une calamité. Quand Kane était arrivé en ville, elle lui avait demandé de le faire fuir. L'avocat avait enfin compris le message, l'avait laissée en paix, et elle avait cru qu'il avait surmonté son obsession. Elle ne soupçonnait pas que son hostilité envers elle durait depuis si longtemps. L'idée que des femmes étaient mortes parce qu'elles lui ressemblaient la rendait malade.

Après avoir pris un taxi jusqu'à l'hôpital, elle se laissa guider par une infirmière vers une salle d'attente froide et aseptisée. Inquiète sans raison, Jenna fit les cent pas. Kane était sur le billard depuis des heures. Elle poussa un soupir de soulagement quand les doubles portes de la salle d'opération s'ouvrirent. Un homme en blouse de chirurgien s'avança vers elle et lui tendit la main.

— Shérif Alton, je présume ? M. Kane m'a autorisé à vous communiquer les dernières nouvelles.

Jenna lui serra la main et hocha la tête, cherchant ses mots.

— Dave va bien ?

— Il a fallu trois interventions pour le remettre en état et il aura besoin de rééducation, mais il s'en sortira. La plaque dans son crâne lui a sauvé la vie, mais elle a été très endommagée et nous l'avons remplacée dès son arrivée. Il a fallu l'opérer deux fois au genou et il utilisera des béquilles pendant un moment, mais il est solide ; ça ne le handicapera pas longtemps.

Elle déglutit, s'interdisant de verser des larmes de soulagement.

— Et sa mémoire ?

Le médecin lui sourit.

— Il a des zones d'ombre, mais tout devrait lui revenir en temps voulu. Vous voulez le voir ? Il est sorti des soins intensifs et il a regagné sa chambre.

Jenna acquiesça et son estomac se noua. Ce serait peut-être la dernière fois qu'elle voyait Dave Kane. Le gouvernement allait vite lui trouver un emploi dans un autre État. Elle suivit le docteur dans un couloir et il lui désigna une chambre devant laquelle un agent des services de sécurité montait la garde. Elle montra son insigne à l'homme, puis entra et retint sa respiration. Kane était étendu sur le dos, des tuyaux attachés partout, un grand châssis métallique couvrant son genou. Il semblait grand et pâle, une cicatrice rouge longeant son crâne rasé. Elle s'approcha de son chevet et lui toucha la main.

— Dave, c'est moi, Jenna.

Il ouvrit les yeux et la dévisagea.

— Jenna ? Vous avez fait tout ce trajet pour me voir ?

Elle s'assit sur le bord du lit et lui toucha le bras.

— Ils n'ont pas voulu me laisser venir avant. Tu as l'air d'être quelqu'un de très important ici.

— Vous n'avez pas chômé. Wolfe m'a appelé avant mon opération et il m'a tout raconté.

Jenna humecta ses lèvres. Elle voulait apprendre tout ce qu'il lui était arrivé, mais il n'était pas en état de parler pour le moment.

— Je suis contente que tu aies reconnu Wolfe quand je l'ai envoyé à ton secours, dans le canyon.

Kane fixa sur elle un regard somnolent.

— Je lui aurais tiré dessus, mais il a utilisé son nom de code et le mien. Il était mon officier de liaison quand j'étais dans l'armée. Ah, vous ne le saviez pas, j'imagine ? Zut, maintenant je vais devoir vous tuer.

Il eut un rire de poitrine, puis gémit.

— Oh, Seigneur, Jenna, ne me faites pas rire, j'ai mal.

Elle fronça les sourcils.

— Eh bien, les médicaments t'embrouillent le cerveau. Tu sais, j'ai juré le secret, comme toi, à moins que tu aies oublié.

— Je m'en souviens très bien. Je voulais juste détendre l'atmosphère. La chronologie est un peu confuse dans ma tête, et le docteur dit que tout se remettra en place, avec le temps.

Jenna baissa les yeux vers son visage tuméfié et meurtri.

— Je suis si contente que tu sois en voie de guérison.

— Parlons d'autre chose. Vous avez arrêté le tueur, James Stone, le super-avocat. Qui l'aurait soupçonné ?

Kane plissa le front comme s'il avait une chose difficile à dire.

— Vous êtes un sacré shérif. Il fallait du cran pour capturer ce dingue toute seule.

La poitrine de Jenna se comprima. Il allait lui annoncer qu'il ne retournerait pas à Black Rock Falls. Elle avala sa salive.

— Je n'aurais pas pu le faire sans toi.

— Vous l'avez pourtant fait.

Kane semblait lutter pour rester éveillé. Jenna s'éclaircit la gorge.

— Duke te cherche partout. Il s'assied devant ta voiture et il hurle à la mort. J'ai dû l'emmener chez Rowley avant de partir. Il avait les yeux si tristes. Je lui ai promis de revenir bientôt.

— Il me manque aussi. Merci de vous être occupée de lui et des chevaux.

Kane ferma les yeux et détourna la tête, comme incapable de croiser son regard.

— Pas de souci. Duke fait partie de ma famille, désormais.

Elle ne put empêcher une larme de rouler sur sa joue.

— Quelque chose te tracasse, Dave. Dis-le, qu'on en finisse.

Il se remit à la regarder, l'observant à travers ses cils, et il baissa la voix.

— OK. J'ai une question à vous poser, c'est vrai. Approchez-vous, je sens les médicaments qui m'endorment.

Lorsqu'elle se pencha au-dessus de lui, la voix de Kane n'était plus qu'un murmure somnolent.

— Quand est-ce qu'on rentre à la maison ?

UNE LETTRE DE D.K. HOOD

Chers lecteurs,

Je suis ravie que vous ayez choisi mon roman et que vous m'ayez suivie une fois de plus dans le monde exaltant de Jenna Alton et de Dave Kane pour *Pas un bruit*.

Si vous voulez figurer sur une liste pour recevoir des alertes concernant mes livres, veuillez vous inscrire ici. Vous pourrez vous désinscrire à tout moment, et votre adresse électronique restera confidentielle.

france.bookouture.com/subscribe/

J'ai vécu la rédaction de cette histoire comme une aventure palpitante. Cette plongée dans la vie d'ex-agents secrets et de tueurs en série est un rêve qui s'est réalisé. J'ai adoré me documenter sur tous les aspects des scènes de crime.

Si vous avez apprécié ce récit, je vous serais très reconnaissante de laisser un commentaire et de recommander mon livre à vos amis et à votre famille.

J'aimerais vous lire, donc n'hésitez pas à me contacter *via* ma page Facebook, sur X et sur mon site Internet.

Merci infiniment pour votre soutien.

D.K. Hood.

RESTEZ EN CONTACT AVEC D.K. HOOD

www.dkhood.com

 facebook.com/dkhoodauthor

 x.com/dkhood_author

instagram.com/d.k.hood

REMERCIEMENTS

Je consacre beaucoup de temps à faire des recherches avant et pendant la rédaction de mes romans. Je veux être certaine que mes histoires sont « vraies ». Dans *Pas un bruit*, j'ai sollicité les conseils de quelques experts présents sur le terrain. Mon référent était Daniel Brown. J'apprécie énormément la patience avec laquelle il a répondu à mes questions constantes. Ses explications et suggestions étaient inestimables.

Je dois saluer la formidable équipe de Bookouture, qui se donne tellement de mal pour que mes livres soient le meilleur possible. Helen Jenner est une collaboratrice incroyable, et elle m'a guidée sur le bon chemin. Mes récits passent entre bien des mains très expérimentées avant d'être publiés. Tout le travail d'édition, les magnifiques couvertures, les livres audio et la promotion. Un grand merci à tous.

www.ingramcontent.com/pod-product-compliance
Lightning Source LLC
Chambersburg PA
CBHW032155190726
48290CB00005BC/1581